16

GREG
BUCHANAN

16

Traduit de l'anglais (Royaume-Uni)
par Elsa Maggion

CALMANN
LEVY
NOIR

CALMANN LÉVY
ÉDITEUR DEPUIS 1836

Titre original :
SIXTEEN HORSES
Première publication : Mantle, une marque de Pan Macmillan,
Londres, 2021

COUVERTURE
Maquette : Nom du maquettiste
Adaptation : Nom du maquettiste
Illustration : © Crédit photo de une

ISBN 978-2-7021-6755-7

Je crois savoir à qui sont ces bois
Et même s'il vit dans le village
Il ne me verra pas si je m'arrête là,
Pour regarder la neige tapisser le feuillage.

Mon petit cheval doit trouver bien étrange
De faire arrêt ainsi, loin des fermes et des granges,
Au milieu des bois tout près d'un lac gelé,
Par la plus sombre des soirées de l'année.

Il secoue son harnais, fait tinter ses clochettes
Me demande pourquoi s'éloigner des fermettes.
Ici où seul résonne le son délicieux
De la bise qui souffle des flocons duveteux.

Les bosquets sont plaisants, ténébreux et profonds
Mais il me reste tant de promesses à tenir.
De chemin à parcourir avant de m'endormir.
De chemin à parcourir avant de m'endormir.

« Stopping by the Woods on a Snowy Evening »
[Halte près des bois par un soir enneigé],
Robert FROST, 1922.

I

Des nuages d'ouate noircissaient le ciel d'aurore, d'épaisses rayures roussâtres souillaient l'horizon. Ils étaient seuls.

Au début de leur excursion, le fermier avait expliqué à Alec qu'il s'agissait de traînées chimiques.

Ensuite, il était resté silencieux.

Leurs torches révélaient à présent une rive, juste devant le coude d'un étroit ruisseau qui coupait à travers des marais dont le fermier reprenait possession. Le long de la rive boueuse et tout autour, des mouches, des grillons et des bruants bourdonnaient dans les roseaux.

— Où sont-ils ? demanda Alec en frissonnant.

Il était 6 h 55 et il avait laissé sa veste dans sa voiture de patrouille.

Ignorant la question, le fermier déclara :

— Il n'y avait aucun mouton ici.

Le fermier se pencha au-dessus du ruisseau. Ses bottes glissaient un peu sur la pente.

— En général, ils adorent venir ici.

Alec regarda la boue ; le fermier aux joues rougeaudes et à la barbe blanc terne eut un large sourire. Son épais ciré, sa bedaine et sa voix lui donnaient un air de père Noël fou.

— Vous ne tomberez pas, promit-il à Alec. Vous n'avez pas peur d'un peu de boue, n'est-ce pas, inspecteur Nichols ?

— Non, répondit Alec en pensant le contraire. J'espère juste que vous ne me faites pas perdre mon temps. Et ces mouches…

Il en écarta une violemment de son avant-bras, un gros insecte bulbeux qui s'était niché dans ses poils. Dans un environnement comme celui-ci, les hommes faisaient office de repas.

— Essayez de vous couvrir la prochaine fois, lui dit le fermier.

Alec grimaça. Il recula et tendit ses muscles avant de s'élancer par-dessus le ruisseau. Il atterrit dans la gadoue avec un bruit sourd et éclaboussa les jambes de son pantalon noir et le jean du fermier.

Ce dernier lança un « *tss tss* » en souriant.

— On se demande où on a atterri, hein ?

Alec frotta la boue sur le bas de son pantalon, mais cela l'étala davantage, et il se salit les mains.

Le fermier continua d'avancer. Il fit un geste en direction d'un grand réservoir d'eau à moitié vide qui se trouvait à une centaine de mètres. Le plastique transparent s'était sali avec le temps et l'eau dessinait comme un vague sourire là où elle avait abîmé l'intérieur.

— Nous les avons trouvés près d'ici.

Le visage du fermier s'assombrit.

Alec regarda sa montre. 7 h 06. Le soleil allait bientôt se lever.

Ils avancèrent dans un silence troublé par le bourdonnement des mouches et les bêlements de moutons hirsutes au loin, dans le demi-jour.

— Joan déménage, dit le fermier. Vous le saviez ?

— Qui ça ?

— Joan, la dame qui habite en bas de la rue, répondit le fermier en fronçant les sourcils. Elle déménage et vend sa ferme.

— Ah oui, Joan. J'ai vu le panneau.

Alec avait remarqué en venant une grande ferme dont les animaux, les terres et les occupants étaient en bien meilleur état que celle-ci. Il ne connaissait pas ce nom. Il en connaissait peu ici. Encore un signe, sans doute, pour lui rappeler qu'il n'était pas à sa place.

— Elle vend pour s'installer chez de la famille, à ce qu'elle dit.

— Je crois l'avoir vue en ville plusieurs fois.

Ils avaient presque atteint le réservoir d'eau, le sourire.

— C'est elle qui faisait des charcuteries ? Elle mixait de la chair à saucisse et la façonnait pour lui donner une forme de torsade. C'est délicieux. Vous avez déjà goûté ?

Alec écarta encore une mouche de son visage.

— Non. Je suis végétarien, répondit le fermier.

— Vraiment ? Ma femme a essayé il y a quelques années, et…

— Non, répéta le fermier.

La conversation s'interrompit. Il faisait encore sombre, mais pas pour longtemps. Le soleil était presque levé. La journée allait commencer.

À un mètre cinquante de là, le champ cédait la place à un terrain brun irrégulier fraîchement labouré et jonché de roches calcaires. On sentait la boue humide à chaque pas.

Plus loin, une fine clôture en fil de fer servait de démarcation. Elle était ornée de touffes de laine là où les moutons avaient autrefois essayé de passer, donnant à l'ensemble une allure de guirlande électrique. Mais il n'y avait pas d'animaux en vue, seulement des détritus.

— Je ne comprends pas ce que…

— Ici, le coupa le fermier. Dans la terre.

Alec baissa les yeux. Pendant un instant, il ne vit que de la terre.

— Je ne comprends pas.

Alec marqua une pause ; la brise soufflait dans leur direction. Quelque chose trembla sur le sol.

Il sortit sa torche et avança, pointant le faisceau vers la source du mouvement. À un mètre de lui, presque de la couleur de la boue, apparut un monticule de spirales de poils noirs épais et soyeux.

Il s'approcha, puis s'agenouilla. Il s'essuya les mains sur son pantalon, les plongea dans ses poches et en retira une paire de gants en latex. Il essaya de les enfiler d'un seul geste, mais après cette excursion, ses doigts humides collaient au latex et il dut les glisser un par un pour pouvoir toucher les spirales noires qu'il fixait.

Il souleva délicatement les mèches de poils, surpris qu'elles soient si lourdes, si rêches. Il les examina encore un peu. Vers la base de la spirale, là où des poils reposaient encore sur le sol, il sentit de la chair et des os.

Alec la remit en place. Le soleil continuait son ascension. Il y avait autre chose.

Il découvrit un demi-cercle noir, brillant, à l'aspect presque plastique et aux contours blanc terne, qui semblait regarder derrière lui. C'était un œil, un grand œil triste dans la terre.

Alec recula.

— Ma fille les a trouvés, lui indiqua le fermier. Elle n'aurait même pas dû être dehors.

Alec promena le faisceau de sa torche tout autour. Il y en avait d'autres, certains rapprochés, certains isolés. Il marcha jusqu'à ce qu'il soit sûr de les avoir tous trouvés. Il fit des allers-retours sur une centaine de mètres dans le périmètre.

Il compta seize têtes à demi enterrées, toutes avec un unique bout de peau nue exposé aux regards et un œil face au soleil. L'une d'entre elles était un peu moins ensevelie que les autres, révélant l'encolure. On ne pouvait pas vraiment savoir quelle partie du cadavre demeurait sous la surface.

Il y avait des empreintes de pas partout : les siennes et celles du fermier et de sa fille, sans aucun doute.

— Qui serait capable de faire ça ? demanda le fermier d'une voix rauque.

Alec leva les yeux, des remontées acides dans la gorge. Le ciel devenait plus lumineux ; sa teinte rouge se répandait comme du feu, tandis que les nuages se teintaient de bleu. Les mouches bourdonnaient et les grillons crissaient à travers les roseaux, mais aucun insecte ne rampait près de ces yeux morts. Rien ne semblait les toucher.

Huit cents mètres plus loin se dressait une maison en pierre.

— Qui habite là-bas ? demanda Alec.

— Personne, répondit le fermier.

Alec observa encore un instant la bâtisse. L'endroit semblait désert.

— Vous avez déjà vu une chose pareille ? demanda-t-il au fermier. C'est…

Grotesque. Magnifique.

— Non. Et vous ?

Alec hocha la tête, recula et fixa une fois de plus les mèches de poils. C'étaient des queues, il le voyait clairement à présent.

— C'est un meurtre, murmura le fermier. Regardez-les. Regardez.

Il s'agissait en réalité de dégradation volontaire, d'une simple atteinte aux biens. Quand on juge qu'on ne s'en prend pas à un être humain, presque tout est légitimé.

Alec regarda à nouveau la maison sombre au loin.

— Savez-vous si quelqu'un pourrait vous en vouloir au point d'essayer de vous faire du mal ?

Le fermier tenta de sourire.

— À part ma femme ? Non. Je m'entends bien avec tout le monde. Depuis toujours.

Il marqua une pause.

— Qu'est-ce que je dois faire maintenant ?

— Il faut appeler un vétérinaire, répondit Alec en se redressant. Des autopsies doivent être pratiquées, si c'est possible. Je ne toucherai à rien tant qu'on n'en saura pas plus.

— Je n'ai pas les moyens.

— Vous n'aurez pas à…

— Quelqu'un les a forcément enterrés, non ? l'interrompit le fermier. Les chevaux ne sont pas arrivés là tout seuls.

— Et la boue ? Si cette zone était humide avant, peut-être qu'ils… Je ne sais pas, peut-être…

— Non, abrégea le fermier.

Alec s'arrêta, observa à nouveau les yeux. Ils étaient immobiles, mais ressemblaient à ceux d'animaux vivants.

Il sortit son téléphone pour prendre quelques photos de la scène. Il devrait s'en contenter jusqu'à l'arrivée de ses collèges.

— Essayez de tenir vos autres animaux à l'écart, conseilla-t-il au fermier. Si vous pouvez, gardez-les à l'intérieur.

— Et le propriétaire ? demanda le fermier.

— De quoi ?

Le fermier fit de grands gestes en grimaçant et répondit :

— De ces…

Le regard d'Alec se porta sur les têtes, puis il se tourna vers le fermier.

— Vous les gardiez à l'écurie ? Il faudrait que nous contactions les propriétaires.

— Non, répliqua le fermier d'un ton sec. Non, non, non…

— Ne vous inquiétez pas, tempéra Alec en s'approchant du fermier qui se détournait. Je suis sûr que c'est couvert par votre assurance.

— Vous ne comprenez pas. Je n'ai pas de chevaux. Je n'en ai jamais eu. C'est ce que j'ai essayé de dire à la fille au téléphone. Je n'ai jamais vu ces chevaux de ma vie.

2

Un homme mort est assis dans une pièce. Ses mains sont attachées derrière son dos ; c'est pour ça qu'il n'est pas tombé. Ça sent la poussière et le gaz. Quelque chose bouge dans son ventre. Son œil droit a disparu.

Sa faim lui survit. Son intestin qui gargouille et son microbiote habité de bactéries qui poursuivent leur action. Toute cette vie en lui continue de manger et avant de déclarer forfait. Il s'autodigère.

Ça sent le porc avarié et le sucre. Un véritable cauchemar culinaire. C'est la pire odeur du monde.

Un homme mort est assis dans une pièce, mais il n'est pas seul.

Deux inspecteurs observent leurs collègues de la police scientifique prélever un échantillon sur le cadavre. Il ne vient pas de la victime, il n'est même pas humain.

Trois poils de chat blancs sont découverts dans le sang.

Cooper serre son masque sur son visage ; la puanteur est incroyable, mais elle persiste malgré tout. Elle ne va pas courir vers la fenêtre pour vomir. Elle ne donnera aucune raison de douter d'elle à ces sales prétentieux.

C'est la première fois qu'elle voit un cadavre, mais on ne croirait pas.

Elle se concentre sur les poils de chat, et seulement sur eux.

Elle fait abstraction de tout le reste. Ce n'est pas le moment de s'émouvoir.

Ces poils de chat vont résoudre l'affaire. Ils vont permettre d'identifier un homme que personne n'avait pu identifier.

— Pourquoi sommes-nous ici ? lui demanda sa thérapeute.

Il n'y avait pas d'horloge dans la petite pièce blanche éclairée au néon. Mais Cooper portait à son poignet gauche une montre noire connectée. Il fallait la recharger une fois par jour. Elle était encombrante, difficile à utiliser, bien plus gênante que pratique.

Cooper ne pouvait pas consulter l'heure sans que sa thérapeute lui reproche d'avoir la bougeotte. Elle était implacable et utilisait n'importe quoi contre elle.

— Pourquoi sommes-nous ici, Cooper ? Je veux revenir sur la raison de votre présence ici.

Cooper fronça les sourcils.

— Vous voulez que j'exprime ce que je ressens ? demanda Cooper en se redressant un peu. Mais je le fais déjà.

— J'aimerais revenir sur une chose que vous avez dite tout à l'heure. Sur le fait que ce n'était pas le moment de s'émouvoir.

— J'étais sur une scène de crime, répondit Cooper avec un soupçon de colère dans la voix. C'était la première fois qu'on m'appelait pour ce genre de mission. Qu'est-ce que j'étais censée faire ? Pleurer ?

La thérapeute se contenta de la fixer du regard. Elle n'était pas comme la précédente, chaleureuse, dans ses grands pulls verts amples, souriante et faisant écho à tout ce que Cooper ressentait. Chez elle, il y avait de la compassion, de l'empathie, tout. Cette femme-ci, en revanche…

Son regard était froid.

— J'avais vingt-cinq ans. J'ai prélevé les poils, examiné le reste, puis j'ai réussi à faire un mètre en sortant de l'immeuble avant de vider mes tripes dans l'herbe.

Cooper se pencha un peu en avant.

— J'ai fait du bon boulot.

— Pensez-vous que vous y étiez préparée ?

— Bien sûr que je l'étais. Sinon, ils ne m'auraient pas laissée venir.

— Vous n'êtes pas agent de police et vous n'êtes pas de la police scientifique. Vous êtes…

— J'étais préparée, l'interrompit Cooper. Je suis experte, en fait.

— Vous êtes vétérinaire.

Cooper détourna le regard. Comme le silence s'installait, elle leva son poignet et consulta sa montre.

14 h 18.

14 h 19.

— Les poils que nous avons prélevés sur la jambe de la victime étaient ceux du chat d'un ami de son beau-frère. Nous en avons trouvé en petite quantité dans la maison de sa sœur, nous avons retrouvé ses associés, nous avons trouvé l'ami. Les preuves nous ont aidés à l'inculper du meurtre.

Elle marqua une pause.

La thérapeute resta silencieuse ; Cooper se crispa et poursuivit.

— Je crois que vous ne comprenez toujours pas vraiment ce que je vous dis.

— Pourquoi vous intéressiez-vous autant à l'odeur ?

— Vous avez déjà senti l'odeur d'un cadavre ?

La thérapeute hocha la tête.

— On ne peut pas tellement penser à autre chose.

Cooper saisit la bouteille posée à ses pieds et but une gorgée d'eau.

— Une partie de nous survit après la mort, d'accord, mais ça n'a rien à voir avec l'âme ou un truc dans le genre. C'est juste notre intestin.

— Vous avez dit que nous nous mangeons nous-mêmes.

— Oui. Les bactéries qui vivent en nous commencent à tout décomposer.

— Donc il ne s'agit pas de « nous », pas exactement.

— On est constitués à soixante pour cent d'eau. Il y a de la place pour beaucoup de choses.

Cooper se redressa et regarda de nouveau sa montre. 14 h 23. La thérapeute examinait ses notes.

— Pourquoi êtes-vous devenue vétérinaire ? demanda-t-elle à Cooper.

Cooper la dévisagea.

— Pourquoi avez-vous fait ce choix ? insista la thérapeute.

— Je voulais aider les animaux.

— Vraiment ?

— Oui.

— La vérité se résume à ça ?

Il y eut une pause.

— Si vous vouliez aider les animaux, reprit la thérapeute, vous aideriez les animaux. Ce que vous faites est différent, si je comprends bien.

Cooper acquiesça d'un signe de tête.

— Alors pourquoi le faites-vous ?

— Parce que je ne voulais pas que la politesse soit mon gagne-pain.

— La politesse pour qui ?

— *Envers* qui.

— Cooper… soupira la thérapeute.

— Envers tout le monde.

— Qu'entendez-vous par là ?

— Eh bien, la plupart des gens ne réfléchissent pas au fait qu'ils vont mourir un jour.

— Savez-vous vraiment à quoi pensent la plupart des gens ?

— Oui. Et vous aussi. C'est votre boulot. N'allez pas me faire croire que la plupart des gens comprennent vraiment la nature de la mort. On le voit sur leur visage quand on aborde le sujet : « Oh, mourir, ce n'est pas si terrible, tant que je ne souffre pas trop, je ne saurai pas que je suis mort, alors où est le problème ? »

— Alors où est le problème ?

— C'est qu'on ne le saura pas, répondit Cooper. « Savoir » n'aura même plus de sens, tout ce qu'on vit en ce moment, chaque instant de notre existence, ce sera comme si ça ne s'était jamais produit. La fin sera juste une absence.

— D'autres continueront à vivre.

— C'est important ?

Un silence s'installa. Cooper ne regarda pas sa montre.

— J'ai fait des études de vétérinaire parce que je ne savais pas quoi faire d'autre.

— Et maintenant ?

— Maintenant, j'ai trente et un ans et je n'ai pas travaillé avec un animal vivant depuis un moment.

— Et qu'est-ce que vous ressentez ?

— Rien du tout.

— Vous avez des regrets ?

— Non.

La thérapeute nota quelque chose.

— Poursuivez.

— J'aime ce que je fais.

La thérapeute posa son bloc-notes sur la table.

— À la façon dont vous êtes assise et dont vous venez de formuler ça, on sent que cela vous a dérangée de dire que vous aimez votre travail. C'est intéressant pour moi.

— Je suis ravie que vous vous amusiez.

— Cooper…

Dehors, le jour commençait à baisser.

— Je ne peux pas travailler avec vous si vous ne coopérez pas, déclara la thérapeute.

— Je ne veux pas travailler avec vous. Je ne suis ici que parce que j'y suis obligée.

— Comme vous l'avez dit.
— Comme je l'ai dit.
— Je croyais que vous aviez peur de gâcher votre vie, Cooper. On dirait que vous choisissez de vous autosaboter.
— C'est ce qu'on dirait, n'est-ce pas ?
La thérapeute se crispa, hésita, puis reprit la parole.
— Parlez-moi de…
— Saviez-vous qu'un vétérinaire a quatre fois plus de risques de se suicider que la moyenne ?
Cooper s'interrompit un instant.
— Ce n'est pas une statistique récente – nous mourons depuis des années.
— Pourquoi, selon vous ?
— Nous savons comment mettre fin à la souffrance.
Il y eut une longue interruption pendant laquelle aucune des deux femmes ne prononça un mot. Elles se fixèrent sans réelle colère, mais sans courtoisie. Cooper respirait plus vite qu'elle n'aurait voulu.
Finalement, la thérapeute poursuivit.
— Pourquoi sommes-nous ici, Cooper ?
La thérapeute marqua une pause.
— Je vous ai posé la question il y a vingt minutes. Pourquoi sommes-nous ici ?
— Je vous ai répondu.
— Non, vous n'avez pas répondu. La vraie raison. Pas les histoires que vous vous racontez. Il faut que vous le verbalisiez.
— Je suis ici parce que les gens avec qui je travaille ont jugé que je n'étais pas à la hauteur. Parce qu'ils ont pensé que ça me conviendrait bien et qu'ils ne me connaissent pas du tout.
La thérapeute soupira.
— Je vais vous reposer la question et je veux que vous répondiez honnêtement, cette fois-ci. Pourquoi sommes-nous vraiment ici, Cooper ?

Il y avait du mouvement dans le couloir. Cooper consulta sa montre. 14 h 38. C'était bientôt fini.

Elle leva les yeux, le regard las, le corps encore tendu.

— À cause des chevaux, dit-elle. Nous sommes ici à cause des chevaux.

La camionnette roulait dans la nuit.
« C'est encore arrivé. »
Ils ne croisaient personne sur cette route.
« Et ça va continuer, n'est-ce pas ? »
Le chauffeur ne répondit pas.
« Dites-moi. »
Devant eux, des feux d'artifice explosaient dans le ciel.
« Vous préférez être négligent ou cruel ? »

PREMIÈRE PARTIE

ILMARSH

PREMIER JOUR

Chapitre I

— Le onze, fit la voix. Quelqu'un a le onze ?

Il n'y eut pas de réponse.

Des mouettes se perchaient en haut de bâtiments aux façades écaillées et de lampadaires en fer noir. Les logos des néons criaient : ST GEORGE CHARCOAL GRILL, TROPICAL CAFÉ, CAESAR'S PALACE. Les salles d'arcade désertes braillaient leur musique de jeu vidéo et projetaient leurs lumières clignotantes. Et tout ça pour personne, vraiment personne.

Le ciel était gris. Les vagues léchaient le rivage.

Dans vingt-quatre jours, on trouverait deux poitrails dans le sable.

Quelques heures après la découverte des têtes de chevaux, un homme était adossé contre sa caravane, une cigarette dans la main droite, un maillot de corps en coton souillé moulant son corps frêle piqueté de taches de rousseur.

Le bingo matinal avait tiré Michael de son sommeil – il avait lieu tous les deux jours à cette période de l'année. Les mots rabâchés, les questions, la monotonie de la voix de l'annonceur qui donnait envie de se pendre, tout ça était plus efficace qu'un réveil. Ça lui vrillait le crâne. La journée était froide et l'air sentait la cendre.

Il laissa tomber sa cigarette sur le ciment, l'écrasa avec le pied, expira profondément, puis toussa.

— Le soixante-treize. Le soixante-treize, quelqu'un ?

Il entra dans la caravane, y resta quelques minutes et en ressortit en tenue de travail : le même maillot de corps, mais avec une chemise à carreaux bleu-noir délavée par-dessus. Il ferma la porte à clé et avança, s'éloignant le plus possible du bingo.

Il avait laissé Annie chez *Joe's Tyres*. Il donnait tous les jours un peu d'argent au Joe en question pour s'assurer qu'elle allait bien.

Joe s'en serait bien occupé de toute façon, mais un service était un service.

Il y avait un bon terrain juste devant le garage de son ami, au bas des tours qui se dressaient tout autour ; c'était tout simplement parfait, bien mieux qu'attacher Annie à la caravane comme avant. Et à vrai dire, ça plaisait bien aux clients. Et à lui aussi. Ils faisaient un jour en attendant que leur voiture soit réparée et venaient jusqu'à la clôture pour offrir des friandises.

Un cheval, ça faisait de l'effet.

Les gens adoraient Annie et aimaient que Michael leur permette d'en profiter. Les affaires étaient plutôt calmes à cette période, mais il y avait toujours un gamin qui voulait se promener le long du rivage dans la petite calèche. Les adolescents aussi – certains réservaient une balade de nuit, un rendez-vous tracté par Annie dans le noir. C'était le grand moment de leurs jeunes vies, tout le reste n'était sans doute que déception.

En été, son business marchait du tonnerre. Ils formaient une équipe.

Il sortait Annie tous les matins avant le boulot, même quand il n'y avait pas de boulot. Il s'asseyait avec sa jument au bord de la mer pendant qu'elle broutait l'herbe à côté de lui. Il la laissait se dorer au soleil pendant qu'il lisait son journal, parfois un livre. Il venait là pour la même raison que les salles de jeux désertes ouvraient leurs portes qu'une partie de bingo se tenait pour six clients.

Il atteignit le garage de Joe et entra par la porte de derrière. D'une voix rauque, un peu trop faible, il appela :

— Annie !

Il avait la gorge un peu sèche à cause de la nuit qu'il venait de passer.

— Annie ! cria-t-il d'un ton joyeux.

Il frotta ses yeux fatigués. Il n'obtint pas de réponse.

Il se dirigea vers le champ. Le terrain n'était pas grand, mais il y avait des arbres et des bâtiments partout – autour desquels elle aurait pu aller faire un petit tour –, des hôtels fermés depuis des années dont on avait ravivé les façades grisâtres avec du bardage coloré pour leur attribuer un nouvel usage. Certains d'entre eux avaient commencé à accueillir les personnes expulsées et vulnérables, toutes expédiées là depuis d'autres villes. Les logements étaient bon marché.

Leur ombre s'étendait sur ce champ, à quelques minutes à pied de la mer. Ç'avait peut-être été un jardin, autrefois. Les clôtures étaient en fonte, noires, ornées. Michael continua d'avancer.

Il traversa le champ ; au loin, une voiture passa en vrombissant, suivie d'une autre.

— Annie ?

Rien. Il ne la voyait nulle part.

Tous ceux qu'on préfère :

GLACES, DIX PARFUMS.

PAPA TEA.

RÉPARATION DE CHAUSSURES ET DE CLÉS. PENDANT QUE VOUS ATTENDEZ.

AMERICAN CHIP SALON (Les propriétaires avaient oublié le second O, et le nom était resté.)

SURPLUS MILITAIRE, où un homme haineux lisait un journal haineux et levait la tête pour lancer des regards noirs à tous ceux qui osaient passer devant lui.

Tout autour, le sol était jonché des détritus de la nuit précédente. Mégots de cigarettes. Reçus. Chewing-gums. Fines brochettes de bois tachées d'huile à frire. Cierges allumés puis jetés.

Des scooters roulaient lentement sur la place, se regroupaient, s'éloignaient. Leurs conducteurs avaient la tête baissée, la mine hagarde, le visage enflé. Autrefois, ces hommes s'étaient tenus sur des plates-formes pétrolières tandis que les flots noirs grondaient en dessous, ou bien avaient rapporté des milliers de tonnes de poisson par an. Toutes les entreprises étaient en plein essor. Ils avaient souri aux garçons et aux filles sur la plage, les bras épais, le cœur solide et joyeux.

Maintenant, ils avaient la tête basse. Ils se parlaient à peine. La moitié d'entre eux ne se rappelaient pas qui ils étaient, pas vraiment.

Les mouettes faisaient des piqués de toit en toit. Des couples d'âge mûr étaient assis sur des bancs, la plupart silencieux. Ça sentait la poussière, le sel, la peau, le tabac.

Au-delà des bâtiments anonymes et craquelés qui entouraient la place du marché, des haut-parleurs au son métallique diffusaient une chanson. Quand la musique vient de si loin, quand elle retentit depuis les entrailles d'un pub pourri, on ne peut plus distinguer les mots.

Une Polonaise, des sacs de courses à ses pieds, son téléphone contre la joue, demandait :

— *Czy Alexey wciąż leży w łóżku ? Powiedz mu, żeby wstał z łóżka. Musi iść do szkoły.*

Elle parlait à voix basse, mais on la remarquait. La plupart des gens ne regardaient pas. Sauf une vieille dame. Ça la dérangeait.

— *OK, ja ciebie też kocham. Zrobię później klopsiki, dobrze?*

La Polonaise rangea son téléphone dans sa poche et croisa brièvement le regard de la vieille inconnue. Elle prit ses sacs de courses et se rendit au *tea sarah coffee (rolls)*.

— Au lait, avec deux sucres, dit-elle, presque sans accent.

Elle sourit en prenant son gobelet, hochant la tête pour remercier. Elle ramassa ses sacs de courses, puis sortit.

La vieille femme murmura quelque chose à l'oreille de son compagnon, affligée. Ils parlaient d'élections.

La journée suivit son cours. Les gens allaient et venaient.

À 12 h 02, une voiture de police passa par la place, puis s'arrêta à l'angle du parking. Ça n'avait rien d'anormal. Ça l'aurait été d'en voir une de nuit. La ville était livrée à elle-même la nuit.

Un des policiers sortit – le plus vieux, le beau, George, si la vieille femme se rappelait bien – puis se dirigea vers les tentes du marché. Il disparut un moment. Les lettres en métal au-dessus de l'arche – ILMARSH MARKET – étaient sales, elles ne brillaient que lorsque le soleil était bien levé.

Quelques minutes plus tard, George réapparut, remonta dans la voiture, puis partit.

Au cours de l'heure suivante, les gens se mirent à parler.

La vieille dame savait que quelque chose avait changé – les gens s'adressaient des gestes. Elle vit deux scooters arrêtés, leurs propriétaires en pleine conversation.

Elle eut un mauvais pressentiment.

Elle en fit part à son ami.

— Il s'est passé quelque chose, Derrick.

Il se contenta d'acquiescer. Elle ne savait pas très bien à quoi il pensait.

Elle tourna la tête, se contorsionnant avec des mouvements maladroits et théâtraux qui lui étaient venus avec l'âge. Elle semblait à la fois un peu effrayée et plutôt ravie.

— Il s'est passé quelque chose, répéta-t-elle.

La météo avait annoncé de la pluie pour la veille, mais il n'était pas tombé une goutte.

Il pleuvait maintenant.

Des policiers enfonçaient des sardines pour fixer les tentes autour des têtes de chevaux, aménageant trois sites à peu près identiques.

— Seize chevaux, avait dit Alec. Et les queues – elles sont toutes coupées et entassées.

Elles étaient collées les unes aux autres, légèrement mouillées par la pluie qui s'intensifiait. Les yeux, même maintenant, même après le vent, regardaient encore dans le vide. Les queues formaient presque des cercles ; ça ne ressemblait pas à une scène de crime.

C'était comme un vœu.

Aucun agent en uniforme n'était disponible ce matin-là. Alec n'aurait pas dû l'être non plus. Il était sergent-détective, rattaché à la police judiciaire. Il se destinait à mieux.

Il avait eu du mal à dormir.

Il passa un coup de fil après le départ du vétérinaire en chef.

Celui-ci lui avait donné un nom et un numéro, l'avait adressé à une spécialiste à quelques heures de route. Quelqu'un avec de l'expérience en médecine légale, apparemment.

— Ça pourrait valoir le coup, dit Alec à Harry, son supérieur.

Ils n'auraient pas besoin d'elle très longtemps.

Plus tôt dans la journée, on s'était moqué de lui parce qu'il avait suggéré de relever les empreintes trouvées sur les lieux avec du plâtre. (« Tu veux du luminol avec ça, Poirot ? Et si on appelait Cobra ? ») Maintenant, la situation avait changé.

Quantité de gens téléphonaient au commissariat. Et pas seulement les propriétaires de chevaux.

Il était arrivé quelque chose. Il se passait quelque chose. Il faisait froid ; le vent soufflait et la pluie tombait à verse.

— D'accord, répondit Harry en examinant une des photos de la scène de crime.

Il tenait les clichés sombres dans ses mains, regardait les queues photographiées en gros plan, le sang coagulé. Il voyait les os blancs.

— OK. Je vais passer un coup de fil.

Chapitre 2

Le trajet dura quelques heures, assez longtemps pour que Cooper ait la nausée sans cachets contre le mal des transports. D'ordinaire, en train, ça allait à peu près, mais cette fois-ci les wagons s'inclinaient légèrement sur les rails. Son corps et son esprit perdaient l'équilibre. Le monde entier plongeait dans la nausée.

Ses sacs, qui contenaient ses outils et ses instruments, étaient rangés sur des porte-bagages à côté d'elle. Un gobelet en plastique de vin rouge, abandonné depuis un moment, était posé devant elle. Le vin lui avait un tout petit peu taché les lèvres. Elle avait essayé de regarder un film dans ce pêle-mêle de voyageurs, mais elle avait vite abandonné et observé le paysage qui défilait par la fenêtre. Les voitures déversèrent des voyageurs dans différentes gares jusqu'à ce qu'il ne reste plus qu'une demi-heure de trajet, jusqu'à Ilmarsh.

La vétérinaire s'était renseignée sur Internet.

Dans le temps, ç'avait été une ville de loisirs, avec son lot de bonbons et de barbes à papa, en bord de mer.

Un endroit où s'évader. Un endroit où s'abreuver d'air pur, où rompre avec la routine.

Elle ferma les yeux, somnolente. Elle plia son manteau qu'elle cala contre la vitre pour s'en servir d'oreiller.

Elle s'assoupit. Au bout du wagon, la porte s'ouvrit et se referma. Des passagers montèrent chargés de leurs bagages.

L'un d'eux riait au téléphone. Un autre parlait à voix basse. Les minutes passèrent, puis elle se réveilla.

Le train avait atteint le terminus. Cent kilomètres étaient passés comme dans un rêve.

Elle ramassa ses sacs et descendit sur le quai désert. À en croire le panneau d'affichage, les trains ne passaient que toutes les deux heures. Les murs étaient couverts d'affiches de films sortis depuis plus d'un an et de vieilles publicités aux couleurs délavées. On pouvait connaître l'âme d'une région à la manière dont on la vendait. À ses évaluations. Aux économies qu'on pouvait faire.

Il n'y avait ni barrière ni gardien, il n'y avait vraiment personne. Juste un quai, un hall aux volets fermés et un petit îlot de fleurs rouges et bleues dans la rue.

Son taxi arriva quelques minutes plus tard. Le chauffeur était plutôt poli, silencieux et ne voulait pas discuter, ce qui lui convenait très bien.

Ils atteignirent leur destination, proche de la mer, même si on n'apercevait pas l'eau.

La police lui avait fourni l'adresse.

Dehors, un champ était planté d'arbres. Des chênes. Des hôtels sombres et sales se dressaient un peu partout, leur stuc autrefois blanc à présent recouvert d'une boue grise de cent ans, tous ornés d'une petite touche de couleur. La boutique de location de voitures située dans cette rue étrange était abritée dans un bâtiment bas à la façade rouge sur laquelle on lisait JOE'S TYRES.

Elle entra. La pièce sentait la cendre et la fumée de cigarette. Près de la caisse, des présentoirs proposaient du désodorisant pour voiture. Un adolescent, assis derrière le guichet, fouillait dans une pile de clés.

— Vous êtes Joe ? lui demanda-t-elle.

Le gamin leva les yeux, vaguement confus.

— Quoi ?

— C'est vous Joe ?

— Pourquoi ce serait moi ?

Cooper fronça les sourcils.

— À cause de l'enseigne dehors.

— Quelle enseigne ?

— Celle qui est dehors.

Cooper soupira, l'air renfrogné, puis finit par essayer de sourire.

— Vous savez quoi ? Ça n'a pas d'importance. Je suis venue chercher une voiture.

— Quel genre de voiture vous voulez ?

— Une voiture de location. On l'a réservée pour moi.

— Qui ça ?

Le gamin cessa de trier.

— La police locale.

— C'est à cause de ce qui s'est passé à la ferme ?

Cooper n'acquiesça pas, ne hocha pas la tête. Elle se contenta d'attendre.

— Votre nom ?

— Cooper, Allen.

Le gamin lui tendit les clés.

— Pour quatre jours, lui dit-il.

Quand elle arriva à son hôtel, la nuit était déjà tombée. Des guirlandes électriques se balançaient aux réverbères le long du front de mer. Sur le côté du bâtiment, on pouvait lire COATES INN peint en vieux caractères.

Il pleuvait, mais Cooper ne prit pas la peine de mettre sa capuche pour le court trajet. Elle lissa ses cheveux bruns en poussant la porte et ses doigts encore humides laissèrent des traces sur le verre sale.

La réception était fermée.

Une pancarte scotchée au mur indiquait : TOUTE PERSONNE SURPRISE À VENDRE DE LA DROGUE SERA MISE À LA PORTE.

OK. Ne pas vendre de drogue. D'accord.

Un bocal à poissons faisait des bulles dans la lumière jaune. Il semblait n'y avoir personne. Un restaurant jouxtait le hall d'entrée, mais il devait être en cours de rénovation ou abandonné, à en croire les canapés empilés comme si une rafle dont personne ne gardait la mémoire y avait eu lieu. Et des matelas sales étaient appuyés contre le mur du fond.

— Puis-je vous aider ?

Cooper se retourna et découvrit un vieil homme chauve. Elle lui donna ses coordonnées et récupéra sa clé. Il voulait photocopier son passeport, mais ce n'était pas indispensable, pas si on était ressortissant du Royaume-Uni. Elle dut argumenter et lui en fournir la preuve sur son téléphone portable.

— Vous photocopiez toujours les passeports de vos clients ? demanda-t-elle.

— Non, marmonna-t-il.

Il semblait pressé de s'en aller.

L'hôtelier quitta le hall et Cooper partit chercher sa chambre. L'ascenseur était de ces vieux modèles dont on tire et ferme la porte. Partout des affichettes indiquaient qu'il ne fallait pas monter trop nombreux dans la cabine. Mais le problème ne se posait pas. Quand elle arriva à son étage, elle ne trouva aucun signe de vie, mais on avait atteint le crépuscule de ce genre d'établissements, fréquentés ou non, le néant de clients. Un genre de solitude qui l'ennuyait davantage qu'être observée. Elle avait besoin de gens, même sans avoir besoin de leur parler.

Elle ne prit pas la peine de défaire sa valise, elle avait emporté juste assez de vêtements pour les quatre jours que durerait son contrat. Elle posa ses affaires de toilette près du lavabo de la salle de bains. Son sac à dos contenait quelques bouteilles d'eau, une cannette de limonade et des chewing-gums. Elle ôta son manteau violet, son haut vert, son jean bleu, sa montre noire au liseré rouge. Elle testa la pression de l'eau et laissa la porte entrouverte pendant qu'elle prenait sa douche.

En cinq minutes, elle avait terminé. Elle dénicha un sèche-cheveux sous le lit. Elle avait trop laissé pousser ses cheveux et avait horreur qu'ils lui tombent sur le visage. Elle les détachait uniquement pour les grandes occasions.

Et elle n'en avait pas eu, du moins pas récemment.

Elle enfila un pull rouge et le jean qu'elle portait déjà.

Elle s'approcha de la fenêtre et ouvrit les rideaux. Dehors, rien n'avait changé.

La mer grondait dans le silence derrière les fins carreaux. Si les gens faisaient du bruit, elle ne pourrait pas dormir de la nuit. Elle resta là quelques instants, les bras croisés. Elle voyait son reflet, comme quiconque regarde par la fenêtre la nuit. Tout semblait démultiplié. Cela semblait la contaminer. Cheveux bruns, yeux marron, presque engloutis par la déformation de son image.

Elle éteignit le plafonnier. Elle y voyait mieux. C'était plus calme à présent.

Au loin dans l'eau, quelque chose clignotait. Projetait des rayons lumineux par intermittence. Une balise de bateau, peut-être. Elle ne s'y connaissait pas.

Les mutilations de chevaux à grande échelle, cependant, c'était une tout autre histoire.

Quand il l'avait appelée, l'inspecteur avait voulu savoir si elle avait déjà vu un crime de ce genre. S'il y avait beaucoup de précédents, si c'était l'œuvre d'un fou ou bien autre chose.

La vengeance « pouvait » être un mobile, mais à ce qu'elle avait compris, les chevaux appartenaient à plusieurs propriétaires sans réel lien entre eux.

Parfois, des tueries comme celle-ci permettaient aux meurtriers de dissimuler d'autres mobiles. Les crimes étaient mis en scène pour que la police se concentre sur la monstruosité des faits au détriment de pistes plus banales.

D'une voix qui grésillait, parce que la réception était mauvaise, l'inspecteur lui avait demandé :

— Comme quoi par exemple ?

Comme une fraude à l'assurance.

C'était un acte de folie plus simple, du moins en apparence. Au cours des années soixante-dix, quatre-vingt et quatre-vingt-dix, cent chevaux avaient été tués aux États-Unis, et un individu assassiné ; l'affaire avait requis l'intervention du FBI pour mettre fin à cette fraude à l'assurance.

L'inspecteur l'avait informée que des recherches seraient effectuées sur les propriétaires de chevaux d'Ilmarsh. Il lui avait dit que l'équipe avait hâte de travailler avec elle.

Maintenant qu'elle était seule, contemplant le désert de cette nuit et de cette mer, sa nausée s'atténua encore.

Mais elle avait besoin d'un verre. Et il fallait qu'elle mange quelque chose. Elle sortit et ferma la porte à clé derrière elle.

Chapitre 3

La veille, la police n'avait enregistré que quelques signalements. Une vitre de voiture fracturée près du marché. Une bagarre dans un pub après la fermeture. Des cris et des bruits violents dans une maison où vivaient trois jeunes enfants et des parents furieux. Quand on les avait questionnés, ceux-ci avaient répondu que tout allait bien.

Les vieux hôtels étaient restés silencieux.

Des sans-abri avaient été délogés du parc dont on leur avait ensuite interdit l'accès.

Des camions transportant des palettes de denrées alimentaires et de boissons étaient venus.

La ville révélait cela à ceux qui s'y intéressaient.

Le samedi le plus proche du 5 novembre, les habitants d'Ilmarsh allumaient des feux d'artifice dans King's Park, plus bas sur le rivage. Tout le front de mer fourmillait de monde, de feux de bengale et de bâtons lumineux. Cafés, boutiques et pubs s'animaient. Cette année-là, c'était le 7 novembre.

La nuit du feu de joie.

À 3 h 05, le propriétaire de Well Farm était parti vers l'ouest dans une camionnette chargée de trente moutons. L'éleveur était arrivé au marché au bétail un peu avant 6 heures. Il n'était rentré qu'en début de soirée, vraisemblablement épuisé par la route, le poids qu'il avait soulevé et les disputes. Les passants qui le connaissaient, en chemin pour le spectacle, l'avaient vu décharger ses moutons. L'un d'eux en avait repéré en liberté un peu plus bas sur la route. Mais il n'y avait là rien d'étrange pour eux.

En ville, les gens étaient allés au parc.

Certains avaient déboursé cinq livres pour entrer et reçu une petite brochure pour leur peine. D'autres étaient restés dehors, préférant profiter des festivités gratuitement.

Il y avait eu des stands de hot-dogs, de barbe à papa, des jeux de lumière, et même une carriole transportant des représentants de la station de radio locale. Certaines années, il y avait de la musique, de grands thèmes classiques tirés de films et de programmes de télévision, retentissant depuis de grands haut-parleurs tandis que les feux d'artifice s'élevaient dans le ciel.

Ensuite, ils mettaient le feu à l'effigie géante d'un homme qui avait autrefois essayé de faire sauter le Parlement.

Tout le monde avait repris le chemin de la maison. Certains s'étaient arrêtés au pub.

Rien d'extraordinaire, en somme.

Peu de personnes auraient pu se rappeler quoi que ce soit d'anormal. Des camionnettes avaient circulé pendant toute la soirée ; on avait démonté les installations, ramené les fournitures et les gens chez eux. Une camionnette de plus serait passée inaperçue. Il y avait énormément de bruit, de lumières. Les propriétaires de chevaux se trouvaient suffisamment loin de leurs animaux pour que ceux-ci soient enlevés sans qu'ils ne le remarquent, au milieu des acclamations, de la fête.

On avait administré des sédatifs à un grand nombre de bêtes. Comme la police le découvrirait bientôt, leurs propriétaires en avaient fait eux-mêmes la demande. Sans cela, elles auraient pu paniquer, trembler à chaque éclat de lumière dans le ciel, chaque jaillissement dans la rumeur lointaine.

On les avait endormies, rendues dociles.

Elles n'auraient pas eu peur, pas au début.

Au moment où Alec terminait les interrogatoires à la ferme sous un ciel sombre et électrique, l'épaisse pluie grise pénétrant dans son unique manteau, un appel arriva depuis le commissariat. Un vieil homme attendait de lui parler. Il affirmait qu'il avait tout vu, qu'il était présent la nuit des meurtres. Un vagabond qui dormait aux abords de la ferme, cherchant refuge dans une vieille ruine en pierre. Sans domicile fixe. Pas inscrit sur les listes électorales. Pas d'amis. Ni aucun lien avec qui que ce soit quand il entra dans le commissariat pour raconter son histoire d'animaux et de lampes de poche.

Alec se rendit donc sur les lieux en passant par le centre-ville, son pantalon collant au siège de la voiture. Le commissariat était rattaché depuis longtemps à la bibliothèque de la ville, et la plus grande partie du budget du comté finançait un bureau de renseignement en ligne plutôt que le bureau d'accueil ou la salle d'attente habituels. La bibliothèque, presque vide et pillée depuis la fusion, disposait d'un ascenseur au fond, au niveau du quai de chargement, mais on l'utilisait uniquement quand on y était obligé. Le système de sécurité était pénible. L'entrée du commissariat se trouvait sur le côté du bâtiment, en haut d'un escalier métallique en zigzag.

Une dizaine de caméras filmèrent Alec quand il monta, en s'agrippant à la rampe rouillée et glissante de pluie.

Il présenta son pass au détecteur électronique. Le signal lumineux passa au vert et la porte s'ouvrit.

L'inspecteur lui fit signe depuis son bureau à cloisons de verre, puis montra du doigt le fond de la pièce. Alec ronchonna et se dirigea directement vers la salle d'interrogatoire. Même pas un pauvre bonjour, encore moins un débriefing.

L'ermite se trouvait là, comme promis, une cannette de soda posée sur la table devant lui. Elle était fermée et elle le resta pendant tout l'interrogatoire. Alec et l'ermite étaient assis, trempés par la pluie.

— Vous voulez une serviette ? demanda Alec.

— Quoi ? répondit l'ermite en levant un sourcil.

— Je vais chercher des serviettes.

Alec ne trouva que des essuie-mains bleus dans les toilettes. Bleus comme un ciel de nuages peint sur un mur de chambre. Une jolie couleur. Il en rapporta une pile.

Les deux hommes tamponnèrent leurs cheveux et leurs vêtements.

L'ermite raconta son histoire.

Chapitre 4

Le témoin

On avait planté de vastes champs de conifères, hauts, touffus, verts et magnifiques, même de nuit. Tout le monde avait été ravi. On avait laissé aux arbres le temps de construire des écosystèmes, de constituer une partie du paysage pour tous ceux qui passaient par la route, qui vivaient et faisaient bâtir leurs maisons ici. Puis on les avait tous coupés et vendus pour en faire du papier. La beauté résidait dans la mort, dans la brièveté. On était passé à autre chose.

Ces champs sépulcraux s'étendaient au milieu des fermes et des forêts, de la rivière et des étangs. Il y avait de l'eau, des arbres et des terrains où s'étaient autrefois élevés les conifères, côte à côte sur l'immensité de ces terres sans relief, sans courbe ni mouvement.

L'ermite reconnaissait le sifflement de l'air, les chants des oiseaux de ce genre d'environnement. Il ne connaissait pas le nom des espèces, mais identifiait chaque son à la perfection. Il avait prévu d'utiliser l'ordinateur de la bibliothèque quand il retournerait en ville. Pour voir s'il y trouvait une réponse. Il se les rappelait tous. Il en avait envie, vraiment. Il ferait de son mieux. Il possédait une carte de bibliothèque, tout usée et délavée qu'elle fût.

Quelques heures avant que les chevaux ne soient tués, il marchait dans la forêt ; le soleil était bas dans un ciel en grande partie caché par un tapis de nuages. Le sol était recouvert de feuilles fripées et desséchées. Elles craquaient sous ses pas. C'était agréable. Ça l'apaisait. Chemin faisant, il levait les yeux, regardait autour de lui. On trouvait surtout des squelettes à cet endroit, mais il y avait aussi des animaux, des écureuils et des hérissons, et même des blaireaux. Il avait entendu parler de sangliers plus près de la ville.

Il s'était construit une vie là où vivre en paix était le seul but. Il avait laissé tous ceux qu'il aimait, qui lui étaient chers. Il avait trouvé son équilibre.

Il s'était lavé dans le lac à une demi-heure de la limite de la forêt, près de l'épave rouillée d'une voiture calcinée.

Il avait sorti de son sac un chiffon pour s'essuyer. Les casseroles et les gobelets en métal qu'il contenait avaient tinté. Il s'était préparé du café en rentrant. En observant le ciel, il s'était demandé quel jour on était.

Il s'était habillé, puis était retourné dans la forêt. Il avait besoin de ramasser du petit bois. De la mousse humide, détachée des troncs des arbres. Des bouts de bois de différentes tailles. Une petite dizaine de centimètres, fins pour commencer. Plus longs et plus épais pour la flambée ensuite, pour les recouvrir. C'était l'eau qui les entretenait, les impuretés et les imperfections. Il avait ramassé ce dont il avait besoin et était rentré. Le soleil se couchait.

À la tombée de la nuit, il avait recueilli tout ce qu'il lui fallait pour faire son feu. Il formait une boule avec la mousse et les brindilles, les petites, les fines, les mains en coupe tout autour pour faire un petit puits avec ses doigts. Il craquait son allumette, puis allumait le feu au centre de la boule et soufflait pour aider la flamme à s'étendre. Il avait commencé à faire son feu à côté de la petite bâtisse en pierre – depuis quelques nuits, c'était sa maison –, empilant les plus longues branchettes en croisillons autour du petit bois. Ça le tenait au chaud et lui fournissait de la lumière pour lire son livre. Il avait réchauffé ses haricots en conserve au-dessus, et son café. La veille, il avait tué un oiseau, l'avait plumé et avait récupéré la viande. L'oiseau avait une bague à une patte.

Les feux d'artifice éclataient dans l'obscurité, très loin.

Des sifflements, de petits éclats d'étoiles dans le grand ciel noir. Les fusées explosaient depuis des semaines, mais cette nuit-là, ça s'intensifiait. Il ne savait pas trop si c'était le 5, le feu de joie et les feux d'artifice. Imaginez votre effigie brûlée depuis des centaines d'années. Il ne voulait ni l'imaginer ni le voir.

Il avait refermé le livre et laissé mourir son feu. Il était rentré dans la bâtisse en pierre et avait allumé sa bougie. Ses couvertures et ses draps étaient dépliés depuis la veille. Ils suffisaient à le tenir au chaud. Cette bâtisse était une petite ruine, il y avait des trous au plafond et elle était inondée par temps de pluie. Elle n'était pas grande. Il avait trouvé le meilleur endroit où dormir. Près de la forêt et du lac. On l'y avait laissé tranquille. Il resterait, s'il le pouvait.

Il avait aperçu le fermier à quelques reprises, celui qui vivait à côté, à *Well Farm*. La plupart des gens ignoraient l'origine de ce nom. Mais ils le trouvaient joli pour une ferme, avec ce « *well*[1] » plein d'entrain et selon eux synonyme d'espoir. Cependant ils faisaient fausse route. Ce « *well* » était en réalité un puits situé dans la forêt, sur un terrain qui avait autrefois appartenu à la ferme.

Alors les gens se disaient « *Well Farm* », quel nom bien pensé.

Il n'avait pas parlé au fermier, il l'avait juste aperçu, en essayant de rester invisible au cas où cet homme revendiquait la propriété du terrain, ou savait qu'il le pouvait. Il l'avait vu dans ses champs, en train de sulfater les orties ou de promener un chien. Cet homme semblait réduit à la solitude.

Comme un prisonnier.

L'ermite s'était endormi.

---

1. « Well » en anglais peut signifier « bien » ou « puits ». (*N.d.T.*)

Il fut réveillé avant l'aube.

Il faisait encore nuit. La bougie s'était éteinte. Il la ralluma. Quelque chose se tramait dehors.

Il entendit un ronflement de moteur, une voiture ou une camionnette, qui cessa aussitôt. Mais quand il regarda par la fenêtre, l'ermite ne remarqua rien. Le bruit venait de la ferme, ou de plus près. Il prit une profonde inspiration.

Il vit la lumière d'une lampe de poche. De deux lampes de poche.

Plus loin dans les champs, les faisceaux dansaient dans le noir. Ils allaient et venaient, puis se fixèrent sur le sol, en longues bandes horizontales.

L'ermite enfila son manteau et sortit. Il voulait voir.

Il discerna des mains dans la terre, qui tapotaient le sol autour de formes inertes.

Les inconnus faisaient des allers-retours.

L'un des deux pleurait.

Le lendemain, après avoir ramassé ses affaires, l'ermite partit avant le lever du jour. Avant que les policiers arrivent à la ferme. Avant les yeux dans la terre. Avant que tout commence.

— Et me revoilà, dit-il à Alec en tremblant. Je suis revenu. Je ne voulais pas être seul, pas après ça. Je voulais de nouveaux livres. Je souhaitais… être avec des gens. Et j'ai entendu parler de ce qui s'était passé. De ce que ces gens ont fait.

Alec le fixait depuis l'autre côté de la table jonchée de piles de serviettes en papier bleues.

— J'ai été utile ? demanda l'ermite en lui rendant son regard.

Alec lui demanda s'il était en mesure d'identifier les protagonistes. S'il avait vu leurs visages, s'il s'agissait d'hommes ou de femmes, ou s'il pouvait fournir une description, même partielle.

— Il pleurait. L'un des deux pleurait, répondit l'ermite.

Pour le reste, il n'était pas sûr.

Il était désolé.

— Vous nous avez été utile, déclara Alec en esquissant un sourire. Bien sûr que vous l'avez été.

À ces mots, l'ermite sourit jusqu'aux oreilles et ses yeux fatigués brillèrent.

Il n'avait nulle part où aller cette nuit-là.

Alec l'aida à descendre l'escalier en métal.

Il ne revit jamais cet homme.

Chapitre 5

La chaîne HI-FI beuglait une chanson sur la fin du monde. On l'entendait à travers la vitre tellement le son était fort ; les rideaux étaient tirés à l'avant de la maison ; le feu qui brûlait diffusait une lueur dorée dans le salon.

Au bout du couloir de l'entrée, un enfant de sept ans jouait avec des trombones dans le coin cuisine, les enchaînant les uns aux autres et les attachant ensuite autour de chaises en bois pour y accrocher ses jouets et ses figurines.

Alec faisait de son mieux avec l'enfant, on ne pouvait rien faire de plus. Il ne savait pas comment lui parler.

Près de la cuisinière, sa femme, Elizabeth, mélangeait du bœuf haché à de la sauce tomate.

Quand il entra dans la pièce, Alec en sentit le fumet. La musique changea.

Il cria :

— Je suis rentré !

Mais cela semblait un peu inutile. Sa femme était occupée à préparer le dîner et Simon à…, enfin… à son truc avec les trombones. Alec ébouriffa les cheveux de son fils en passant devant lui et le garçon grogna.

— Comment s'est passée ta journée ? lui demanda sa femme sans se retourner.

Alec l'enlaça par la taille. Elle s'écarta.

— Pas pendant que je cuisine.

— Ma journée s'est super bien passée, mentit Alec en l'enlaçant à nouveau.

Elle se détourna de la casserole et fourra la cuillère en bois dans les mains de son mari.

— Remue, lui lança-t-elle.

Alors il remua.

— Désolé d'être aussi en retard, mentit-il.

— Ce n'est pas grave, mentit aussi sa femme en sortant la casserole du feu.

— C'est juste cette affaire. Tu n'y croirais même pas.

Il attendit. La musique continuait. Simon continuait à jouer.

Alec poursuivit.

— J'ai dit : Tu n'y croirais même pas.

— J'ai entendu.

— Visiblement, tu es en colère. Qu'est-ce qu'il y a ?

— Visiblement, tu es en colère, répéta-t-elle d'un ton moqueur.

— Ah, super.

— Oui, super.

Elle récupéra la cuillère et prit le relais pour remuer, goûter, préparer. Alec entrevit un soupçon de sourire et sourit à son tour.

— Tu ne fais que me copier, dit-il.

— Tu ne fais que me copier.

— Alec Nichols est vraiment désolé pour ce qu'il a fait.

— Alec Nichols est *bla bla bla bla.*

Cela fit rire le petit garçon. Alec rit aussi, malgré lui.

— Hé, dit-il en touchant doucement le bras de sa femme.

Elle se retourna, manifestement fatiguée.

— Je pense qu'Alec Nichols ne sait pas la chance qu'il a, plaisanta-t-il.

Cette fois, elle ne répéta pas, elle se contenta de froncer les sourcils.

— Hé, répéta-t-il en la fixant du regard.

De légers sourires se dessinèrent sur leurs visages.

Après un instant de silence, sa femme déclara :

— On va… On va juste mettre le dîner sur la table, d'accord ? On discutera plus tard, quand il sera au lit.

Alec mit un moment avant de bouger, et ce fut pour soulever son fils et le mettre debout. Il lui demanda de ranger ses jouets.

Il retourna dans le couloir et ôta son manteau pendant que sa femme servait le repas. Il y avait encore de la neige sur ses manches ; il en était probablement tombé sur Elizabeth quand il l'avait enlacée.

La fatigue se faisait sentir. Il se frotta les yeux. Un mal de tête s'annonçait.

Alec s'arrêta. Il n'avait pas d'autre choix.

Il était planté devant chez lui, les vêtements encore recouverts de boue. À l'intérieur, il n'y avait pas de feu dans la cheminée, pas de musique, pas de cuisine chaleureuse.

La maison était vide. C'était un autre bâtiment, dans un autre endroit, à une autre époque. Simon vivait toujours avec lui, mais ce soir-là il était parti camper avec un ami. Son garçon avait maintenant dix-huit ans et grandissait de plus en plus. Bientôt, il quitterait l'école et il n'avait pas accroché ses jouets aux chaises depuis des années. Il allait nager dans la mer, même si Alec protestait à cause du danger des marées. Il passait le plus clair de son temps à la maison, à lire. Il jouait à des jeux sur ordinateur. Il s'asseyait souvent avec Alec le soir, sans qu'aucun d'eux parle, sans qu'aucun sache ce qu'il attendait de l'avenir. Simon avait envisagé toutes sortes de métiers. Policier, étonnamment, mais cela n'avait pas duré longtemps. Médecin. Vétérinaire peut-être, s'il n'avait pas d'assez bonnes notes pour intégrer la fac de médecine. Alec ignorait si une voie était plus difficile que l'autre, mais sans doute que oui. Sauver la vie d'un homme devait être plus difficile que sauver celle d'un chien.

Il avait essayé d'expliquer à son fils les problèmes qu'il pourrait rencontrer lors de son inscription à l'université – d'après ses brèves recherches, l'avenir, quel qu'il soit ne serait pas simple, mais Simon restait indécis.

Ce qu'on demandait à des jeunes de dix-huit ans était absurde.

Le ciel était sombre à présent. Le soleil s'était couché sur les chevaux. En ce début de novembre pris dans une bataille précoce entre automne et hiver, les deux journées suivantes devaient être de plus en plus chaudes.

Difficile à imaginer après cette journée pluvieuse. De toute façon, il était devenu difficile de prévoir la météo.

Alec ouvrit la porte d'entrée. Il alluma la lumière, retira ses bottes sales, les jeta dans la véranda, puis la ferma à clé. Il faisait froid à l'intérieur, le chauffage n'était pas allumé.

Alec était barbouillé des pieds à la tête de boue et d'éclaboussures d'eau marécageuse encore humides. Son pantalon et sa veste noirs empestaient. La boue s'infiltrait jusque dans sa chemise blanche. Il avait mis son manteau quand la pluie avait commencé à tomber dru, mais il n'aurait peut-être pas dû ; les gouttes auraient pu laver ses vêtements.

Il se déshabilla et ne garda que son caleçon ample. Il se regarda dans le miroir du couloir, fissuré et abîmé. Il fallait le jeter. En acheter un neuf. Mais il fonctionnait toujours, en quelque sorte. Il pouvait encore y voir son reflet. Il y avait de la terre sur sa barbe sombre, et même un peu de sang sur sa joue. Il s'était sans doute égratigné.

Il cligna des yeux, il avait un peu mal à la tête et il était déshydraté.

Il se dirigea vers la cuisine.

Normalement, à cette heure-là, il aurait entendu le vacarme de la télévision dans le salon.

Alec soupira. Il gagna lentement la cuisine, mit la bouilloire en marche, prit ses vêtements boueux, les jeta dans le lave-linge. Il alla prendre une douche et resta dix minutes sous le jet d'eau chaude qui lui brûlait la peau, détendait ses muscles. Adolescent, il prenait de longs bains. Cela lui apportait de la tranquillité là où il n'y en avait pas.

Il pensait à la façon dont cette enquête allait se dérouler.

La scène avait eu beau le bouleverser, elle l'avait aussi fasciné. Ils auraient quatre jours pour tout examiner – son supérieur n'était pas du genre à gaspiller de l'argent –, mais l'affaire passerait sans doute vite au second plan. Quand une mauvaise nouvelle en aurait remplacé une autre, quand la semaine aurait apporté des horreurs plus récentes ici et ailleurs, cette trouvaille préoccuperait bientôt moins la population. Il s'attendait à recueillir les premiers témoignages et déclarations de chaque propriétaire de chevaux le matin ; la piste des assurances plaisait beaucoup dans son service, et même si elle s'avérait être une impasse, les questions posées lui seraient utiles. Qui qu'elles soient, ces personnes connaissaient les chevaux ; elles savaient où on les gardait, comment s'en occuper et comment les tuer.

Un propriétaire n'était pas à exclure.

Alec essaya d'arrêter d'y penser. Il ne fallait surtout pas ramener du travail à la maison.

Les collègues avaient protégé la scène de crime du mieux possible.

Il espérait que la pluie n'allait pas tout dégrader.

Il coupa l'eau de la douche, puis se sécha avec une serviette qu'il aurait dû laver depuis des semaines et qui sentait le moisi. Quand il eut fini, il s'habilla, descendit et se rendit compte qu'il devait refaire chauffer l'eau.

Il ralluma la bouilloire en soupirant.

En attendant que l'eau frémisse à nouveau, il observa la photo à côté du calendrier. Elle avait été prise lorsque

Simon avait six ans, quand Alec portait une barbe épaisse, pas une de trois jours comme maintenant.

À côté de Simon, Elizabeth et Alec se tenaient par la taille. Ils souriaient. Sa femme portait un carré court ; ses cheveux à lui, bruns, étaient plus longs à l'époque ; il avait eu une phase comme ça. Avant les disputes. Avant tout ce qui leur était arrivé, tout ce qu'ils avaient appris l'un sur l'autre, tout ce qu'ils s'étaient fait.

Maintenant, Alec avait les cheveux courts et ébouriffés.

Pourquoi pensait-il tant à elle aujourd'hui ? Était-ce à cause de l'absence de Simon ? Ou à cause de la journée qu'il avait vécue, avec le fermier et cette famille, dans cet endroit désert au milieu des champs ?

Alec était passé devant cette photo une centaine de fois sans ressentir quoi que ce soit. Il ne savait pas ce qui lui prenait.

L'eau bouillait enfin, mais au lieu de s'en soucier il se dirigea rapidement vers la poubelle. Pourquoi ne l'avait-il pas vidée ?

Il attrapa le sac-poubelle en plastique noir et se précipita dehors dans la nuit. Il avait désespérément besoin de s'occuper.

Il repensa à sa journée, au fermier, à l'ermite qu'il avait fait sourire. Cela lui faisait du bien. Cet homme avait l'air si triste.

La lune décroissait et la nuit était de plus en plus sombre quand il sortit jeter le sac à la poubelle. L'herbe haute et humide détrempait ses chaussures.

Les feuilles des arbres tremblaient autour de lui, le vent se levait. La clôture du jardin se balançait. Il ouvrit le portail et traîna la poubelle dans la ruelle. Ilmarsh était une ville de ruelles. Tant de choses étaient si étroites, si étriquées. Les banlieues offraient plus d'espace de pâturage, en effet, mais

Alec ressentait toujours une sorte de vide, là, à la lisière des champs.

Autrefois, l'endroit était un marécage. Trois rues plus loin, quelqu'un avait construit une extension et exhumé de vieilles pièces de monnaie aux visages décolorés et quelques tessons de poterie scandinave. Le journal local en avait parlé l'année précédente, avant d'arrêter définitivement de paraître. Tout ce territoire, les marais et les zones humides qui avaient donné son nom à la ville, avait accueilli des exilés.

L'économie du pays reposait sur la pêche et cela supposait de créer des logements pour les pêcheurs, alors on avait asséché les zones humides et drainé les derniers restes de tout l'écosystème qui avait vécu dans les roseaux et y était mort.

Puis on avait trouvé du pétrole dans la mer.

Sous cette averse, Alec n'y voyait rien et son T-shirt trempé lui collait au corps. Mais il traîna quand même la poubelle. Maudite pluie.

Au bout de cinq mètres, il se retourna.

Ce n'était rien. Il n'y avait rien.

Pas âme qui vive dans la ruelle. Évidemment.

En rentrant, il claqua la porte si fort que l'encadrement trembla.

Il traversa la cuisine et son regard s'arrêta sur la bouilloire qu'il alluma pour la troisième fois.

Plus loin sur le comptoir, son téléphone vibra contre ses clés.

Une pinte? Au Stag.

C'était un message de George.

Il lui en envoyait toujours quand les autres allaient au pub. Enfin, peut-être pas toujours, mais assez souvent pour qu'ils s'accumulent sur son téléphone. Alec trouvait des excuses pour ne pas y aller: du boulot, s'occuper de son fils, être obligé de rester à la maison.

Il ne savait pas ce qui clochait chez lui.

Il détestait se sentir comme ça.

Quelqu'un lui avait dit un jour qu'il fallait quatre ans pour connaître un endroit. Alec avait l'impression de ne même pas le connaître à moitié. Il réfléchit un instant à cette remarque et s'énerva. À quoi quatre ans auraient-ils servi ? Quatre ans passaient en un clin d'œil. Ce n'était rien.

Elle lui manquait. Malgré tout ce qui s'était passé entre eux, elle lui manquait.

Il changea de chemise et enfila son manteau.

Il pensait à un monde où elle serait encore en vie, un monde où il ne serait pas seul. Il ressortit dans la nuit.

Chapitre 6

Les tentes tremblaient sous la tempête, résistant à peine aux assauts de la pluie. L'eau s'infiltrait déjà, s'accumulait près de la tête d'une jeune jument alezane qui s'était appelée Sally. Elle avait été la meilleure amie de son propriétaire.

On n'y voyait quasiment rien. Il n'y avait pas de lampadaires si loin de la ville.

Si vous vous étiez trouvé dans ces champs cette nuit-là, vous n'auriez rien pu apercevoir.

Vous n'auriez pas vu le masque à gaz à capuchon gris.

Ni les gants en caoutchouc.

Les étoiles, mortes depuis des millénaires, gardaient la foi.

Elles brillaient dans la nuit.

Chapitre 7

Des têtes de cerf étaient accrochées aux murs.

— Est-ce que…

Alec marqua une pause.

— Tu penses que les gens m'aiment bien ?

George fixa Alec un moment. Soudain, un grand sourire se dessina sur ses lèvres gercées.

— Est-ce que les gens t'aiment bien ? Bon sang…

George hocha la tête et but encore un peu de bière.

— D'où tu sors ça ?

Un jeune homme d'une vingtaine d'années, coiffé d'une casquette de base-ball, était assis devant la machine à sous. Il renifla et se gratta le cou. Un autre homme, d'âge moyen, parlait tranquillement au téléphone avec sa femme. On lui avait refusé l'allocation d'invalidité. Mais tout irait bien. Ils allaient faire en sorte que ça marche. Ils trouveraient un moyen. Rassemblés dans un coin à quelques tables de là, cinq hommes chauves riaient à gorge déployée d'une blague sur l'Argentine. De vieux couples étaient alignés le long du mur de briques comme dans un musée de cire. Le pub était plein, malgré la météo.

Alec hésita, un peu sur la défensive.

— Les gens ne me parlent pas comme à toi. C'est tout.

— Quels gens ?

— Ceux d'ici.

— Et comment ils te parlent ?

— Ils sont distants. Ils me dévisagent souvent et se fichent que je le remarque. Comme si ma présence était un fléau. Je ne sais pas si c'est à cause de mon métier, ou de ma façon de parler, ou…

— Qu'est-ce que ça peut faire que les gens t'aiment bien ?

— Je ne sais pas. C'est ce qu'on est censé vouloir, non ?

George rit, finit sa pinte, puis appela le serveur pour qu'il lui en apporte une autre.

— On n'a pas le temps de s'inquiéter de ce genre de trucs dans la vie. Tu as juste besoin de prendre du recul.

— C'est simplement que je n'aime pas qu'on me juge.

Ils discutèrent de l'affaire un moment, du témoin, du fait que deux personnes étaient peut-être impliquées. Finalement, la conversation glissa vers leur patron.

Quelques semaines plus tôt, des agents avaient quitté le service. Alec les connaissait à peine, mais pour George, ils étaient de vieux amis, de vieux partenaires.

— Harry a fait ce qu'il fallait, non ? dit Alec.

George acquiesça.

— Personne n'a à faire ce qu'il ne veut pas, répondit-il.

— Ils vont s'en sortir.

— Et nous, on va s'en sortir quand ils nous mettront dehors ?

Alec opina du chef et posa sa pinte sur la table.

— Ils ne peuvent pas.

— Pourquoi ?

— Il ne reste presque plus personne. Comment…

— On n'avait déjà presque personne avant, le coupa George.

— Je ne suis pas venu ici pour être…

— Être quoi ?

— Pessimiste, répondit Alec.

La remarque fit ricaner George.

— Tu viens de passer dix minutes à te plaindre que personne ne t'aime.

Alec fronça les sourcils.

— Tu vas venir au travail un jour et tous nous tuer, c'est ça ?

— Qu'est-ce que c'est que cette connerie ?

— Tu es comme le facteur.

George rit à nouveau.

— Tu es comme ce type, là, celui qui a tué toute sa famille, comment il s'appelle ? Il vivait au large des côtes, non ?

— Il n'était pas facteur. Et ce n'est pas drôle. Tu ne devrais pas…

George posa un doigt sur ses lèvres et regarda autour de lui, comme s'il fallait rester discret.

— Personne n'écoute, ne t'inquiète pas.

Il but quelques gorgées. Son sourire n'était plus le même.

Puis ils changèrent de sujet.

Personne ne parlait des vieilles affaires de ce genre sinon par des nuits comme celle-là.

Des nuits où l'on oubliait ce qu'on était censé être.

Où on n'avait rien d'autre à faire, à part se demander si les gens vous aimaient.

Ils abordèrent de nouveau la question, un peu plus tard.

Avant de partir, George décida de donner quelques conseils de vie précieux à son équipier.

— Essaie d'aider les autres. Concentre-toi sur le bonheur des autres, pas seulement sur le tien, ou sur ce que tu penses être juste et approprié. Ça mettra fin à…

Il pointa le doigt vers le crâne d'Alec, puis vers le sien.

— Tout ça.

— C'est égoïste, se moqua Alec.

— Comment ça, égoïste ? Pourquoi tu serais devenu flic sinon ?

— Si j'essaie de faire en sorte que les gens m'aiment en les aidant, alors…

— Non, non, non.

George enfila son manteau.

— Si tu fais bien le boulot, ce que les gens penseront de toi n'aura aucune importance. Leur bonheur sera le tien.

Il regarda les pintes sur la table, l'empreinte de leur bouche s'imprimait comme du rouge à lèvres. Alec resta assis.

— Détends-toi un peu. Ton père ne t'a rien appris de tous ces trucs-là ?

Alec ne répondit pas. Il se contenta de fixer son verre.

George soupira.

— Sois toi-même, alors.

— Je n'y manquerai pas.

Alec but encore. Son ami s'attardait.

— Je vais juste finir ma bière, ajouta-t-il. Je rentrerai après.

George soupira de nouveau.

— Ça va aller, je t'assure, affirma Alec.

— Non, ça n'ira pas.

— Bonne nuit, George.

Son collègue hésita, puis partit en soupirant à nouveau. Alec resta assis, but le reste de sa pinte d'une seule traite, puis se dirigea vers le bar.

— Un whisky, s'il vous plaît, dit-il en s'appuyant sur le comptoir en bois.

Le barman hocha la tête, peut-être un peu lassé.

— Double ou simple, l'ami ?

— Double !

Alec attendit un moment, le temps que le barman lui serve son verre, et se regarda dans le miroir en face de lui.

Il avait mal au crâne, il cligna des yeux et sortit du paracétamol de sa poche.

Il se retourna et contempla le jardin par la fenêtre sale, les fausses clôtures de bambou ornées de guirlandes.

Il pleuvait, mais il avait besoin d'air frais.

Il se rendit dehors et fit tinter les clochettes de la porte au passage. Il lui fallut quelques instants, quelques gorgées, pour se rendre compte qu'il n'était pas seul.

Une femme était appuyée contre l'un des poteaux en bois de l'auvent du jardin, encore protégée de l'averse. Elle portait un chandail rouge foncé à fleurs noires comme des taches d'encre. Un jean bleu rentré dans des bottes marron. Elle avait les yeux rivés sur son téléphone. Sur la table près d'elle étaient empilés un petit dossier en plastique plein de papiers et un carnet sur lesquels elle avait posé une boisson. Son manteau violet était suspendu au dossier d'une chaise.

Ses cheveux bruns parsemés de gouttelettes de pluie étaient partiellement éclairés par la lueur de l'écran de son téléphone. Elle se mordait un peu les lèvres, stressée, et le fixait d'un air perplexe. Un sourire se dessina soudain sur son visage quand elle lut le message qu'elle venait de recevoir. Alec sourit aussi ; la femme l'aperçut enfin.

Zut. Alec détourna le regard et se concentra sur son verre.

En retournant dans le bar, il ne put s'empêcher de jeter un coup d'œil vers elle.

Il posa son verre sur la table, puis partit à la hâte.

Alec emprunta le plus long chemin pour rentrer chez lui, par le front de mer. Il avait trop bu et ressentait le besoin de se vider la tête.

La tempête faisait rage, mais les salles d'arcade étaient encore ouvertes, même à dix heures du soir, même par une nuit comme celle-ci.

Plus loin, une caravane oscillait près des vagues, perchée sur un parking près d'un bâtiment en briques abritant un café.

Les lumières étaient allumées à l'intérieur et un inconnu se tenait dehors, la capuche relevée.

Son regard croisa à celui d'Alec.

Ils restèrent immobiles, à dix mètres l'un de l'autre, avec pour seul bruit celui de la pluie qui martelait les rues, la lumière des néons vacillant au rythme des gouttes. L'électricité statique sembla envahir le monde jusqu'à ce que les images disparaissent.

L'homme bougea les lèvres. Alec n'entendait pas ce qu'il disait et ne savait pas s'il lui parlait. Mais bon sang, il s'en fichait.

Alec rentra chez lui en colère, brisé, dans cette maison qui n'était pas un foyer, vers un lit vide, vers la solitude.

Demain, il irait déterrer les chevaux. Il rencontrerait l'experte médico-légale. Ils trouveraient le coupable, l'experte partirait et lui resterait. Sa vie – merdique, digne d'une coquille brisée – continuerait.

Il ferait ce qu'il avait à faire jusqu'à ce qu'il ne puisse plus rien faire.

« Elle m'a posé une question, un jour. »
La camionnette ralentit pour prendre le virage.
« Elle m'a demandé si je connaissais la volonté de Dieu. »
Le bruit des fusées résonnait dans l'air.
« Qui demande une chose pareille ? »
Le chauffeur ne répondit pas.
« Vous êtes croyant ? »
Le chauffeur haussa les épaules.
Tout était silencieux à présent.
Les cris avaient cessé.

DEUXIÈME JOUR

Chapitre 8

Le lendemain matin, Alec se rendit à la ferme en voiture. En chemin, il fit gicler l'eau d'une flaque sur un jogger.

Techniquement parlant, il s'agissait d'un acte répréhensible qui l'exposait à une amende de mille livres et à un retrait de trois points sur son permis. Il était en tort. Ce type courait de *son* côté de la route. Il n'aurait pas dû s'écarter de la circulation qui venait en sens inverse, surtout dans une obscurité pareille.

Alec ne l'avait pas vu.

Il ralentit une centaine de mètres plus loin et envisagea un court instant de klaxonner pour s'excuser, mais le jogger aurait pu prendre cela pour du sarcasme, alors il s'abstint. Il accéléra et repartit en direction de la ferme.

À son réveil, il avait découvert des e-mails contenant des témoignages et des déclarations de tous les propriétaires de chevaux, compilés à partir d'appels téléphoniques au commissariat et de quelques entretiens en face-à-face.

Les animaux appartenaient à des propriétaires très variés : trois à l'école d'équitation locale et à l'écurie, quatre à une ancienne conseillère municipale, Joanne Marsh, et la plupart des autres à des fermiers et des enfants du coin. Deux des chevaux ne portaient pas de puce d'identification au garrot.

L'un des propriétaires identifiés avait un casier judiciaire : Michael Stafford, quarante-trois ans, domicilié en bord de mer. Il se servait de son cheval pour le travail, il promenait des enfants le long de la côte dans sa calèche. Alec examina son dossier.

Coups et blessures aggravés. Détention de stupéfiants avec intention de vendre. Michael était plus jeune à l'époque. Mais les erreurs étaient comme des flèches lancées à travers le temps. Elles poursuivaient leur trajectoire, sans trouver de cible, sans pouvoir s'arrêter.

Deux autres noms se détachaient de la liste : les propriétaires de l'écurie, Charles et Louise Elton, les seuls copropriétaires de chevaux, des coupables tout trouvés si l'on se fiait aux déclarations de l'ermite. Mais étant donné leur âge, on les imaginait mal décapiter des animaux.

George étudierait ce qu'il pourrait ; ce jour-là, on avait besoin de lui pour d'autres affaires.

Alec prendrait le relais.

Il avait quelques heures devant lui avant de se rendre sur la scène de crime. Il avait prévu d'aller s'entretenir de nouveau avec le fermier. Parmi les propriétaires de chevaux, plusieurs avaient entendu parler d'Albert Cole et de son passé mouvementé. Des rumeurs couraient sur la raison pour laquelle sa femme, Grace, l'avait quitté ; il avait retiré sa fille, Rebecca, de l'école à peu près au même moment.

Alec voulait aussi parler à la fille. Il avait essayé la veille – après tout, c'était elle qui avait trouvé les bêtes –, mais son père était protecteur, évasif, et affirmait fermement que Rebecca était trop occupée par son travail ou qu'elle avait une tâche urgente à accomplir à la ferme. Alec se demandait ce qui était urgent ou non dans le coin.

Tout en continuant de rouler, il pensait aux têtes de cerfs sur le mur du pub.

Il gardait les yeux sur la route. La spécialiste en saurait davantage. Lui en savait si peu.

Chapitre 9

L'adolescente s'écarta du soleil levant qui l'éblouissait. Son visage se crispa, la forçant à éternuer sur le rocher couvert de mousse humide à côté d'elle. Aux premières lueurs du jour, des gouttelettes s'écoulaient dans le marécage terne qui se trouvait en contrebas. Elle avait mal aux narines.

Elle était seule.

Assise là, recroquevillée sur ce trône naturel, Rebecca n'avait pas besoin de mettre les mains devant son nez. Elle n'avait pas besoin d'être polie. Éternuer sans s'en soucier, c'était la liberté.

Au loin, elle apercevait les tentes qui avaient toutes survécu à la tempête. Un des policiers se trouvait là-bas, M. Nichols. Il était arrivé aux premières lueurs du jour, comme la veille. Il lui avait parlé, son père à ses côtés.

Comment avez-vous trouvé les chevaux ? Pourquoi êtes-vous sortie si tôt ?

Pourquoi en avez-vous touché un ?

Avez-vous vu ou entendu quelque chose d'inhabituel ?

Savez-vous pourquoi quelqu'un pourrait faire ça ?

Elle promenait le chien, elle avait eu du mal à dormir.

Elle n'était pas sûre d'avoir bien vu.

Non, à part la scène elle-même.

Non.

Rebecca observa les lumières isolées des fermes voisines, assez éloignées pour ressembler à des feux de camp.

Elle balançait les jambes. Quelque chose bougeait en dessous.

Il n'y avait pas d'autre bruit que le chant des grillons et des feuilles d'arbres ondulant telles des gouttes de pluie sur l'eau.

Elle regarda en bas. Son cœur battit un peu plus vite. Juste un peu. Comme une musique sortie d'un haut-parleur qui s'allumerait tout seul. Un marmonnement venu d'une autre pièce.

La chose sous ses pieds était enroulée, fine, plate.

Les poils des chevaux, les queues avec du sang coagulé à deux champs de là... pendant un instant, cela leur ressembla.

La chose respirait, palpitait. Rebecca releva aussitôt les jambes, s'appuyant au rocher avec les mains. Elle cligna des yeux ; la chose restait dans l'ombre. Elle dirigea le faisceau de la lampe de son téléphone vers le bas, et la chose la regarda, à présent immobile.

Ce n'était qu'une vipère.

Le motif le long de son corps rappelait des pixels noirs mêlés à du cuir gris. Un V couronnait sa tête.

Quand Rebecca avait levé les pieds, la vipère s'était dressée en laissant échapper un sifflement aigu. La lumière du téléphone l'éclairait encore dans l'obscurité. Rebecca et le serpent se fixèrent.

Le ciel s'éclaircit, puis la jeune fille éternua à nouveau. La vipère releva la tête en arrière, montrant ses crochets en réponse à ce bruit soudain. Rebecca se demanda ce qu'elle ressentirait si elle la mordait.

Elle se leva, épousseta son jean, baissa les yeux ; le serpent avait disparu.

Elle avait l'impression d'être dans un rêve. De vivre dans un rêve.

Une voiture qui revenait de la ville ralentit, s'arrêta.

Rebecca ne la reconnut pas. Ce n'était pas celle d'un des amis de son père, peu nombreux au demeurant. Ce n'était pas non plus la police. Ce n'était pas quelqu'un qu'elle connaissait.

Bizarrement, le bruit l'effraya.

Elle quitta son perchoir et grimpa sur le rocher pour regagner la route. Quand la police serait partie, il faudrait que son père vienne tuer ce reptile. Il y avait des moutons dans les environs.

Chapitre 10

Cooper accéléra, comme toujours pendant les longs couplets ; les haut-parleurs diffusaient « Waterloo » d'ABBA, et elle chantait par-dessus.

Les routes étaient longues et désertes. Peu de choses venaient rompre la monotonie du paysage, sinon le paysage lui-même, les lisières de la forêt, la voiture.

Elle allait arriver sur la scène de crime avec quarante minutes de retard et elle avait très mal dormi. Le lit de sa chambre d'hôtel pourrie semblait être en granit et elle était sans doute rentrée trop tard, et s'était couchée trop tard. Mais ce matin, elle s'était sentie mieux en découvrant les vagues à son réveil, leur couleur presque bleue dans la lumière des premiers rayons du soleil. Qu'est-ce qu'on lui avait dit ? *Essayez d'être positive ?*

Elle but une bonne gorgée de café noir dans son thermos. Elle chantait une chanson sur la victoire, l'amour, une guerre.

Il n'y avait qu'un seul CD dans la voiture de location, oublié là par un précédent conducteur. Le signal de son téléphone était faible, et ici la radio ne retransmettait que des parasites. Et la chanson était du genre à faire appuyer sur l'accélérateur.

Elle rattrapa finalement cinq minutes sur son trajet. Seulement trente-cinq minutes de retard, au lieu des quarante prévues. Super !

Une voiture de police était stationnée sur le bord de la route à environ dix mètres d'une ferme, à proximité d'un portail ouvert, et des traces de pneus sillonnaient les champs.

Cooper se gara plus bas. Elle sortit, puis après avoir bu une dernière gorgée de café, elle se précipita vers le coffre. Elle mit son téléphone déchargé dans la poche de son jean, ouvrit son sac et sauta à cloche-pied pour troquer ses vêtements et ses chaussures de ville contre une combinaison et des bottes imperméables. Elle prit sa trousse en dernier. Ses lentilles, ses pots de prélèvement de tissus, ses forceps, sa brosse à puces, ses aiguilles et ses seringues, son poinçon à biopsie, un paquet de bonbons à la menthe et ses scalpels. Elle emportait généralement un scalpel, ou un couteau chirurgical, si l'envie lui en prenait. On ne savait jamais quand on pouvait en avoir besoin.

Seize chevaux morts, la tête et la queue tranchées, tous enterrés un œil tourné vers le soleil.

La police lui avait envoyé des photos.

Elle referma le coffre d'un geste vif.

Près de la ferme, elle aperçut un policier qui se grattait le bras, la manche retroussée. Sa peau était couverte de rougeurs.

Cooper avança.

Un jour, elle avait vu un sergent mettre les doigts dans un orifice de balle dans le crâne d'un mouton, sans gants. Ils s'étaient arrêtés après un appel sans rapport avec du braconnage. L'auteur supposé des faits était resté sans rien faire, opinant du chef lorsque le sergent avait suggéré que la blessure avait pu être causée par un oiseau. Un oiseau apparemment capable de percer l'os d'un animal vivant.

Elle traversa la rive, les mouches et les grillons bourdonnant autour d'elle. La pluie de la nuit avait tout détrempé, et elle ne pouvait que remercier le ciel qu'il n'y ait visiblement pas eu beaucoup d'inondations. Elle poussa un soupir de soulagement en apercevant au loin les arcs blancs des tentes qui ondulaient comme les voiles d'un bateau. Les cadavres avaient été recouverts.

Elle pataugeait un peu. Ses bottes s'enfonçaient dans la boue et le bourdonnement des insectes était de plus en plus sonore. Elle écarta des moucherons de son visage.

Elle pensa aux photos qu'elle avait vues.

Les yeux dans la terre. Les queues façon roi-de-rats dans l'obscurité.

Un cheval, c'était différent, n'est-ce pas ?

Cooper en avait parlé un jour dans un bar avec des collègues à la fin d'une longue journée. Après un accident de voiture, les gens disaient : « J'ai eu un accident » ou « Je me suis fait renverser », non pas « Ma voiture a eu un accident, elle a été renversée ». Ils étendaient leur concept d'individualité à leur véhicule. En y réfléchissant, ils verraient qu'il en va de même pour un cheval et son cavalier.

Elle cligna des yeux, écoutant le bruit de ses bottes entre les roseaux. Elle crut un instant que quelqu'un l'observait, mais il n'y avait personne.

La scène de crime avait été organisée de manière rituelle, les têtes soigneusement placées sur le côté pour qu'un œil soit exposé au ciel. Les queues avaient été entassées à proximité. C'était théâtral et tape-à-l'œil. Destiné à susciter la peur, la colère et l'indignation. C'est ce que les photographies suggéraient. Il lui faudrait examiner la scène pour en savoir plus.

Les lieux mourants font des gens désespérés. En règle générale, les gens désespérés ne sont ni prudents ni subtils.

Elle n'imaginait pas que l'affaire serait difficile.

Plus près des tentes, à environ six mètres de là où elle se trouvait, un policier inspectait le sol.

Il était grand, trapu, avec un visage barbu de cow-boy. Ce qu'il regardait retenait toute son attention. Il leva les yeux quand Cooper arriva près de lui.

Il changea aussitôt d'expression.

— Je suis le docteur Allen, lui dit-elle.

Elle commençait toujours par « docteur » pour asseoir son autorité.

Le policier ne répondit pas. Il donnait l'impression qu'elle venait de lui marcher sur le pied.

Elle aussi éprouvait une sensation bizarre.

— Nous nous sommes déjà rencontrés ? lui demanda-t-elle. Votre visage me dit quelque chose.

— Non, répondit le policier en clignant des yeux.

Il semblait plus serein à présent.

— Je suis désolé, ajouta-t-il. Non, je ne pense pas que nous nous soyons déjà rencontrés.

Il se gratta le cou et, lui tendant la main, essaya aussitôt de sourire.

— Sergent Alec Nichols, enchanté.

Sa poignée de main était ferme, mais Cooper s'y attendait, et elle serra la sienne encore plus fermement. Il avait les yeux tout rouges. Manifestement, ce type était fort, mais il n'avait pas l'air dans son assiette.

Elle regarda le sol derrière lui. Elle vit un corbeau, le corps moucheté de sang séché. Il avait probablement été déchiqueté.

— Désolé, je suis un peu dans les vapes, s'excusa le sergent.

Il hésita, s'essuyant les yeux.

— J'ai travaillé toute la nuit. Je n'ai pas beaucoup dormi.

— J'imagine…

Elle observa l'oiseau, et Alec l'imita.

— Je ne sais pas si c'est pertinent, mais il n'était pas là hier.

Il marqua une pause.

— C'est moi qui ai trouvé les chevaux. Enfin… après M. Cole et sa fille, bien sûr.

Il marqua de nouveau une pause. Cooper leva les yeux vers lui. L'expression de son visage était difficile à déchiffrer. Il semblait presque nerveux, au début. Mais elle se trompait sûrement.

Elle se pencha et ramassa le corbeau de ses mains gantées, le tenant à distance. Elle essaya de ne pas le serrer trop fort de peur de le blesser.

Elle palpa le bréchet, examina délicatement les ailes et les pattes brisées.

Sans dire un mot, elle ouvrit, puis referma le bec.

Le corbeau avait le ventre gonflé et souffrait énormément. Il était décharné et infesté de parasites, comme elle s'y attendait.

Il allait mourir. Même si on le nourrissait pour le stabiliser, il ne tiendrait pas plus d'une semaine dans la nature.

Elle lui tint le ventre dans une main et lui brisa le cou de l'autre. Puis elle le posa sur le sol et regarda Alec. Il fut surpris, mais resta silencieux.

Chapitre 11

On avait placé de grands seaux et des abreuvoirs dans les tentes, aux endroits où l'eau avait goutté à travers le tissu et s'était accumulée. Les faisceaux des torches ponctuaient l'obscurité. De petites lampes avaient été disposées sur le sol, et des cordes colorées attachées à des piquets pour délimiter chaque élément intéressant.

Alec lui assura que la scène avait déjà été entièrement photographiée. Cooper prit quand même quelques clichés. De loin, en plan serré, en gros plan. Une documentation photographique appropriée était essentielle pour une possible procédure pénale, même pour les animaux – surtout pour les animaux.

Seules des images pouvaient témoigner de leur douleur, pour constater la malveillance.

Cooper le savait d'expérience, elle en avait appris beaucoup dans ce domaine, tout au long de sa vie, mais le monde ne cesse jamais de vous surprendre.

Les têtes de chevaux avaient été enterrées sur le côté. Pour chacune, le sol avait été manipulé de façon à tout couvrir sauf la région autour de l'œil visible, ouvert.

Il y en avait cinq dans cette tente, disposées à environ un mètre les unes des autres.

Cooper s'agenouilla et ses genoux s'enfoncèrent dans le sol pendant qu'elle plongeait la main dans son sac. Elle en sortit sa brosse, choisit la tête la plus proche et commença son travail.

Elle gratta minutieusement la terre autour de l'œil du cheval. Elle ne trouva rien au début. Puis, en grattant davantage, elle découvrit une seconde couche de terre en dessous.

Le tueur avait creusé des trous pour caler les têtes dans le sol, les avait fait tomber à l'intérieur, avait tassé la terre autour, puis avait répandu de la terre meuble afin que la chair se fonde dans la terre environnante.

Le but était de retarder leur découverte, mais pas indéfiniment. L'opération procurait ainsi un sentiment de puissance.

Elle poursuivit l'examen. Elle observa le site où la décapitation avait eu lieu. Elle devait procéder avec précaution, en manipulant doucement les matières étrangères de la base du moignon pour ne pas endommager les tissus.

— Celui-ci a été décapité avec un objet tranchant, déclara-t-elle. Mais il a fallu effectuer plusieurs coupures. Peut-être avec des outils différents.

— Des entailles ? demanda Alec d'une voix rauque.

— On dirait plutôt qu'une partie de la tête a été sciée, répondit Cooper en regardant le cheval. On en saura plus au labo.

Le cheval était apparemment en bonne santé avant sa mort, du moins à en croire la masse graisseuse autour de l'encolure. Elle toucha le cuir, froid et presque mou.

Autour du naseau, elle remarqua des traces de sang séché. La rigidité cadavérique s'estompait et les yeux étaient vitreux, plus qu'elle ne s'y attendait pour un décès en novembre. La décomposition se déroulait à une vitesse inhabituelle, mais au moins les insectes étaient peu nombreux. Il y en avait davantage dans l'air que dans les cadavres.

Elle ouvrit délicatement la bouche du cheval. Elle en sentait le poids dans ses mains. Une petite partie de la langue était visible entre les dents. Elle examina les gencives. Les muqueuses étaient pâles. Elle palpa les ganglions lymphatiques sous-mandibulaires ; ils n'étaient pas enflés.

Elle se redressa, puis demanda :

— Où sont les queues ?

Alec et Cooper passèrent à la deuxième tente.

Alec l'observait Cooper pendant qu'ils avançaient, déplaçant le faisceau de sa torche chaque fois qu'il se tournait. Un tremblement révélateur.

Il semblait mal à l'aise en sa présence. Il se comportait comme s'il était responsable de toutes les preuves contaminées.

— J'en ai soulevé une, dit-il, mais à ce moment-là je ne savais pas de quoi il s'agissait.

Il frissonna. Après un petit moment, d'une voix un peu plus aiguë, il demanda à Cooper si elle avait déjà vu ce genre de chose.

— Des mutilations ? Bien sûr, répondit-elle en franchissant la corde de sécurité autour des queues.

Elles étaient situées dans le coin d'un autre cercle de têtes, à l'écart des autres, comme la queue d'un Q.

Cooper s'agenouilla puis plongea ses mains gantées dans la pile de poils.

Elle cherchait un moignon osseux. Elle le trouva et retira une queue de la pile.

— Celle-ci a été tranchée de la même manière que les têtes. Sciée avec un mouvement de va-et-vient.

Elle palpa la queue en retenant son souffle. Elle était rêche et, vers le haut, il y avait des amas séchés de sang et de matière fécale liquide. Une diarrhée, peut-être ? Difficile à déterminer.

En observant tout autour, elle remarqua que les queues ne présentaient pas toutes les mêmes caractéristiques. Le sang légèrement plus vieux à cet endroit suggérait qu'elles n'avaient pas séché ensemble, mais séparément.

— Ils ont probablement été tués dans des endroits différents, déclara-t-elle. Pas en même temps.

— Nous avons localisé neuf propriétaires pour quatorze des chevaux, dit Alec. Deux des chevaux ne sont pas équipés de puces et personne ne les a réclamés.

Alec orienta sa lampe torche vers les queues et le sol autour d'elles.

— Quand les a-t-on appelés ?

— Comment ça ?

— Quand les propriétaires ont-ils remarqué leur absence ?

Alec grimaça.

— Certains ne s'en étaient pas rendu compte. Pas avant qu'on les prévienne. La plupart s'en sont aperçus tôt hier matin. Peu après que j'ai constaté les faits moi-même.

Cooper observa la queue encore un moment avant de la reposer.

— Vous pensez trouver quelque chose ? demanda Alec. Au labo, je veux dire.

— Pour ne pas trouver, il ne faut pas chercher.

La matinée avançait. Cooper se rendit dans chaque tente, effectua des examens similaires et en tira toujours les mêmes conclusions. Rien ne montrait que les yeux avaient été picorés. Ils n'étaient pas restés exposés plus de quelques heures avant leur découverte, et à ce moment-là il faisait encore nuit, si l'on se fiait au témoignage des habitants de la ferme.

Avant qu'ils repartent, Alec demanda à Cooper si les chevaux étaient encore vivants au moment des faits.

— Que voulez-vous dire ? lui demanda-t-elle.

Il lui demanda si les têtes avaient été sectionnées *post-mortem* ou quand les animaux étaient encore en vie.

S'ils avaient eu mal.

Cooper répondit qu'elle l'ignorait. Mais c'était faux.

Des traces de pneus s'étendaient dans le champ depuis la route. Alec montra à Cooper des photos. Une grande camionnette. Ils n'en connaissaient ni la marque ni le modèle, pas encore.

— Vous avez une vidéo de surveillance ?

Alec hocha la tête.

Plus loin se trouvait une petite ruine en pierre. Leur témoin y avait dormi et avait vu deux personnes, dont l'une pleurait, enterrer les têtes. La région était semée de ces bâtisses délaissées.

Debout dans la lumière du jour, ils avaient une vue imprenable sur le reste du secteur. Des tracteurs et des voitures abandonnés. Quelque part derrière eux, des moutons bêlaient, affamés.

Le soleil était un peu plus haut dans le ciel à présent. L'air commençait à se réchauffer.

— Vous savez… commença Cooper.

— Quoi ? répondit Alec.

— Vous m'avez demandé si j'avais déjà été confrontée à une affaire de ce genre.

Elle hésitait. Des moutons broutaient dans le champ de l'autre côté de la route ; l'un d'eux la regardait fixement. Elle se retourna.

— Il y a eu celle d'un homme, une grosse affaire dans le Sud. Ç'a commencé à Croydon, mais ça s'est étendu tout autour de la M25.

Les animaux bêlaient. Un chien invisible aboya au loin.

— Cet homme, continua Cooper, attirait les chats hors de chez eux, les battait, les découpait et les abandonnait sur les voitures de leurs propriétaires et dans leurs jardins, à la vue de tous. Les queues, les membres, les têtes, tous espacés.

— C'est horrible, déclara Alec avec une moue de dégoût.

Cooper acquiesça.

— Les enquêteurs ont pensé que les animaux n'étaient pas au centre du crime. Le mobile, c'était le pouvoir absolu que le tueur ressentait quand le propriétaire découvrait la scène, le triomphe sur la relation avec l'animal qu'il aimait. On a pensé qu'il guettait près des habitations le moment où les propriétaires sortaient le matin. Tout tenait au moment de la découverte, pas à l'assassinat.

Alec soupira. La ferme était à portée de vue.

— Et le coupable, alors ? demanda-t-il.

— Il est trop tôt pour se prononcer.

— Pour les chats, je veux dire. Qui les a tués ?

Cooper se tut un instant.

— Vous l'avez attrapé ?

— Les enquêteurs ont décidé de clore l'enquête. Ils ont conclu que c'était juste l'œuvre des renards. Les coupes nettes, les mises en scène, les membres disposés sur les toits des voitures, même la chair trouvée dans des sacs en plastique fermés, tout ça n'était qu'une simple coïncidence.

— Combien de chats ont été tués ?

— Quatre cents. On en a trouvé quatre cents.

Chapitre 12

Cooper prit son déjeuner près de sa voiture, assise sur le bord de la route. Du bœuf recouvert d'une sauce rouge clair non identifiée et du pain blanc insipide.

La viande – deuil d'un autre être vivant.

Elle sourit pour elle-même, faiblement, avala une bouchée en grimaçant, puis but un peu de café, encore chaud dans son thermos après quelques heures.

Il y avait de minces clôtures aux alentours. Pleines de trous. Les subventions se faisaient très rares. Elle se demandait quelles pertes *Well Farm* avait connues ces dernières années. Si les propriétaires avaient envisagé de vendre, si quelqu'un avait seulement voulu acheter. Certaines parties du monde perdaient toute valeur, étaient laissées à l'abandon. Ici, ce père et sa fille restaient et continuaient, seuls.

La mère avait fui. La fille avait été retirée de l'école à peu près au même moment, et seul son père s'était chargé de son instruction. Alec avait tout raconté à Cooper.

Les policiers avaient fouillé partout où ils avaient pu dans la maison. La mère prenait des anticoagulants, l'étiquette sur le flacon indiquait « Grace Cole ».

Ils découvrirent aussi des vêtements et des bijoux qu'elle n'avait pas emportés. Des lettres récentes envoyées à son nom à cette adresse, restées sans réponse. Cette femme n'avait plus voulu avoir aucun contact avec la chair de sa chair. Elle avait abandonné sa famille un an plus tôt. Aucun contact depuis.

Cooper termina son sandwich, se leva, s'étira. Le soleil déclinait. Les têtes étaient presque toutes chargées.

Les autopsies allaient bientôt commencer.

Chapitre 13

Plus tard ce jour-là, Michael Stafford se redressa dans son lit et regarda par la fenêtre. Il avait raconté à la police tout ce qu'il savait. Mais les policiers avaient continué à l'interroger. Ils voulaient savoir où il habitait. Et connaître son emploi du temps le soir des faits. Pourquoi le traitaient-ils comme ça ?

Il n'y avait pas d'appels de bingo ce matin-là et aucune bribe de musique ne lui parvenait à travers les murs de sa caravane. Il avait mal dormi à cause de la pluie.

De l'autre côté de la baie, des îles au relief plat formaient des taches noires à l'horizon.

Il chercha quelque chose à boire. Il devait ouvrir les fenêtres, aérer et faire le ménage. Des bouteilles vides traînaient partout, de la vodka et du rhum.

Il sortit et l'air salé lui frappa le visage. Il ferma la porte à clé, puis se dirigea vers le *Local*.

En chemin, il reçut un coup de fil. Joe voulait lui parler. Il voulait lui dire qu'il était désolé.

— Désolé de quoi ?

D'une voix rauque, Joe lui donna une réponse inaudible. Puis il lui demanda de se rendre à la salle d'arcade à quinze heures.

Michael avait grandi dans les environs et était resté dans cette ville de bord de mer alors que tous ses amis étaient partis. À vingt ans, des erreurs l'avaient forcé à la quitter. Les payer lui avait permis de revenir.

Il se souvenait encore des bouchers, de la moustache de l'un, de la barbe sale de l'autre, des visages rouges, de l'odeur de détergent et de viande dans le caniveau, de l'eau mousseuse sur les marches, des morceaux rouges en vitrine, qui semblaient aussi savoureux que dans les films.

Mais la boutique n'était plus là.

Un petit supermarché avait pris sa place.

Les portes coulissantes s'ouvrirent en sifflant.

Il se dirigea vers le rayon des alcools.

Il se trouvait près de la glace et des surgelés. Michael choisit une grande bouteille de rhum en promotion, qu'il tint de la main droite pendant qu'il tâtonnait de la gauche pour sortir sa monnaie en avançant vers la longue allée.

Les clients étaient peu nombreux.

Michael se demanda brièvement s'il n'en reconnaissait pas une, une femme âgée qui cherchait des céréales. Mais il ne voyait pas où il l'aurait rencontrée. Il y avait aussi des enfants, accaparés par leurs téléphones, près des magazines et des journaux.

Il songea que l'un d'entre eux avait peut-être fait un tour avec Annie et lui, un jour. Il ne savait pas.

Tandis qu'il rejoignait la courte file d'attente à la caisse, il sentit des doigts sur son cou.

Il se retourna et la bouteille de rhum lui échappa des mains pour venir s'écraser sur le sol en PVC. Des éclats de verre imbibés d'alcool firent des ricochets comme des cailloux sur l'eau.

Il ne vit personne derrière lui. Déconcerté, il se mit à trembler.

Il entendit le bruit des salles de jeux. La porte d'entrée du *Local* était ouverte et l'horrible musique était une fois de plus bien audible.

Un employé vint à son secours. Le jeune homme était muni d'un rouleau de papier de soie bleu et d'une balayette. Il commença à rassembler les éclats de verre.

— Ça va, lui dit Michael.

— Je dois juste nettoyer.

L'employé installa un panneau pour avertir la clientèle que le sol était humide et glissant.

— Je n'avais que...

Michael regarda autour de lui, puis se tut.

D'autres clients se trouvaient maintenant près de lui. Tout le monde l'observait. Comme s'il y avait quelque chose à voir. La femme âgée se trouvait derrière eux à l'entrée de l'allée et le dévisageait avec pitié.

Il regarda ses mains et vit qu'il tremblait. Il jeta un coup d'œil à la porte ouverte du *Local*, écoutant la musique, plus forte à présent.

— Vous pourrez régler la bouteille à la caisse, lui dit l'employé.

— Je ne peux pas en acheter deux, répliqua Michael en le fixant. Je ne peux pas m'en payer deux.

— Alors payez juste celle-ci.

— Mais je ne l'ai pas bue.

— Vous l'avez cassée, répondit l'employé en se redressant. Vous êtes sur les caméras de surveillance. On vous filme.

— Comment ça ? Qu'est-ce que ça veut dire ? demanda Michael en grimaçant.

— Ne vous énervez pas. Contentez-vous de régler.

— Je ne me fâche pas ! Je vous ai juste demandé ce que vous vouliez dire par « on vous filme ». Pourquoi vous me filmez ?

— On filme tout le monde, répondit l'employé d'un ton un peu sec. C'est pareil partout.

— Pourquoi ?

Michael avait les larmes aux yeux. Il avait honte.

— Au cas où vous feriez une bêtise.

— Quelqu'un m'a touché le cou, se défendit Michael. Je n'ai rien fait de mal.

Le jeune homme le fixa.

— Je veux juste ce que j'ai payé.

Michael s'agitait.

— Qu'est-ce qu'il y a de mal à ça ? Je veux juste…

La femme âgée passa devant l'employé et posa son panier sur le tapis roulant.

— C'est bon, dit-elle en hochant la tête pour elle-même.

Elle sortit de son panier une boîte de café, une boîte de flocons d'avoine et une grande bouteille de rhum.

— Je vais régler pour lui. Il peut payer la bouteille cassée et moi je paierai la pleine.

— Pourquoi ? lui demanda l'employé en secouant la tête.

Mais la vieille femme ne répondit pas.

Le caissier lui posa encore la question. Il lui dit qu'elle pensait peut-être bien faire, mais qu'elle se trompait. Qu'un homme comme lui n'avait pas besoin de boire plus que ce qu'il buvait déjà.

La femme ne répliqua pas.

Une fois dehors, elle tendit la bouteille à Michael.

Il la saisit de ses mains encore tremblantes et marmonna :

— Merci.

Elle semblait vouloir discuter, mais Michael se détourna.

— Vous ne voulez pas parler ?

Il s'éloigna d'un pas rapide.

— Je suppose que c'est tout ce que j'aurai comme remerciements, lança la femme.

Mais il continua de s'éloigner.

Il essaya de ne pas trop boire avant son rendez-vous à la salle d'arcade. Il prit un café pour se réveiller. Il repartit vers la lumière. Les minutes se changeaient en heures. Il lui semblait que des journées entières s'étaient écoulées depuis le matin.

La salle de jeux, moquettée en bleu, était sombre, seulement éclairée par la lumière des machines qui clignotaient. Un garçon jouait à un jeu de tir au pistolet, il tirait frénétiquement sur les extraterrestres qui se précipitaient vers lui sur l'écran. Des hommes âgés se tenaient près des machines à sous au fond de la salle, une zone appelée « REEL » réservée aux plus de dix-huit ans.

C'est par là que Joe disparaissait, semaine après semaine. Un jour, Michael avait entendu une rumeur selon laquelle Joe était propriétaire de l'établissement. Il en avait entendu une autre selon laquelle il ne possédait rien du tout, que la salle était juste à son nom, qu'il s'agissait d'une escroquerie, que tout ça n'était qu'une grosse arnaque.

Rien de plus. Des petites plaques qui se déplaçaient d'avant en arrière, d'arrière en avant. Des lumières scintillantes et de la musique protégée par copyright. Des canetons réalistes qui se déplaçaient de haut en bas sur une borne. Un lieu désolé semé de chewing-gums et de pièces de monnaie.

Les salles d'arcade restaient ouvertes en permanence, même si personne ne venait.

Michael s'était demandé comment elles pouvaient survivre alors que tous les autres commerces fermaient, jusqu'à ce qu'un jour il prenne un verre avec un ami qui lui avait révélé le secret.

Les salles d'arcade n'étaient pas ce qu'on croyait.

— Les clients mettent des pièces dans les bornes tout le temps. Ils ne récupèrent rien, lui avait expliqué son ami. Tu n'avais pas compris ?

Michael n'avait pas compris. Un inconnu s'était approché d'eux, leur avait demandé de l'argent, et son ami lui avait dit d'aller se faire foutre.

— Les salles d'arcade blanchissent de l'argent. Elles blanchissent tout. Toutes les saletés, c'est comme du détergent, ces jeux.

Son ami avait écrasé sa cigarette, souri, puis ébouriffé les cheveux de Michael. Ça ne lui avait pas plu.

— Tu crois que l'argent va où, Mikey ? Tu crois que l'argent de ce connard va *où* ?

Et maintenant Michael était assis là, des mois plus tard.

Il attendait Joe, qui pouvait être le propriétaire, ou pas.

Un inconnu vint vers lui, hésita, puis lui demanda :

— Ce siège est pris ?

Michael hocha la tête.

L'inconnu s'assit quand même et se gratta le cou. C'était un vieux aux cheveux gris, aux bras épais. Michael pensait l'avoir aperçu dans le coin au volant d'une voiture.

L'homme lui demanda :

— Vous perdez souvent ?

Michael le dévisagea et s'arrêta.

— Oui.

— Moi, je joue rarement, je n'ai pas les moyens.

— Alors c'est bizarre que vous veniez ici, dit Michael en regardant autour de lui.

Joe n'était pas encore arrivé.

— À moins que vous n'aimiez les jeux pour gamins.

— Hé, hé, fit l'homme en souriant. Je peux vous poser une question ?

Michael ne répondit pas. Quelque chose chez cet homme commençait à le déranger.

— On se connaît ?

— Répondez-moi d'abord. Jouez le jeu, répondit George en souriant. Où étiez-vous la nuit du 7 ?

Chapitre 14

Les nuages dérivaient au-dessus des champs à mesure que le temps passait. Il n'y avait pas de grands immeubles pour les briser, pas de ville pour dissimuler le sillage du ciel.

Être accusé de quelque chose que vous n'avez pas fait, ça ne forgeait pas forcément le caractère.

Mais ça faisait quelque chose. Potentiellement accuser des innocents représentait la moitié du boulot d'Alec. Au début, on ne savait pas qui avait raison ou tort, qui mentait. On devait faire son travail.

Il écouta son ami ; un peu de sueur luisait sur sa joue sale. Le téléphone était appuyé contre son oreille.

D'une voix un peu robotique à cause de la faiblesse du signal, George lui dit :

— Michael prétend qu'il était au feu d'artifice, la nuit des meurtres. Il n'a donné le nom de personne qui pourrait confirmer, mais il affirme qu'il était là. Il affirme y être allé seul. Qu'est-ce que je peux dire ?

— Et son permis poids lourd ?

— Apparemment, notre ancien détenu n'a pas conduit de camion depuis des années. Juste un cheval et une calèche.

George hésita, puis reprit.

— J'ai jeté un coup d'œil par les fenêtres de sa caravane avant de lui parler. Il boit pas mal, il prend peut-être de la drogue aussi, c'était difficile à dire.

— Comment tu l'as trouvé quand tu lui as parlé ?

— Triste, je crois. Je ne sais pas vraiment. Cet animal, c'était pour lui : un ami, un animal de compagnie, mais aussi son gagne-pain. Je ne crois pas à cette piste, ce type ne lui aurait pas fait de mal.

— Il a déjà été violent, répliqua Alec.

— Moi aussi. On peut tous faire des erreurs.

George soupira.

— Je vais voir si on peut se procurer les images d'une caméra de surveillance sur la côte. Il faudrait qu'elle pointe dans sa direction. Ça pourrait aider pour l'alibi, l'heure à laquelle il est rentré, à laquelle il est parti. Je n'exclurais pas que certains de ses associés soient impliqués. Mais lui ? J'en doute.

— OK, dit Alec. Toutes les têtes sont chez le vétérinaire. La consultante les examine en ce moment même.

Il y eut un blanc dans la conversation.

Alec entendit une porte claquer près de la ferme des Cole.

— Tu crois qu'elle va trouver quelque chose ? demanda George d'une voix sourde.

— Elle a dit que les têtes ont peut-être été sciées. Ça semble prometteur.

— Elle fait un drôle de métier.

George marqua une pause, puis ajouta :

— Vous aviez l'air de bien vous entendre tout à l'heure.

— Quoi ?

— Vous aviez l'air de bien vous entendre. Vous avez beaucoup parlé.

— Oui, d'environ quatre cents chats.

— Je ne comprends pas.

— Ils étaient découpés en morceaux, posés sur les… Tu sais quoi ? Laisse tomber.

— Pourquoi quelqu'un découperait des chats en morceaux ?

George semblait vraiment peiné, dérouté. Il baissa la voix.

— C'est horrible.

— Oui, c'est horrible, admit Alec. On se rappelle plus tard, OK ?

— Ça marche.

Alec rangea le téléphone dans sa poche.

Il éternua. Pendant un moment, il crut avoir saigné, mais c'était une simple illusion d'optique à cause du jour qui déclinait.

Quand Cooper lui avait demandé s'ils s'étaient déjà rencontrés, Alec avait menti, ou répondu par une demi-vérité en tout cas.

Dans la lumière du matin, la vétérinaire, avec sa salopette d'ouvrier verte, ses bottes en caoutchouc noires et ses yeux fatigués, ne ressemblait pas à la femme de la veille dans le pub. Cette femme aux cheveux bruns et au pull rouge foncé, à laquelle il s'était surpris à sourire dans le jardin.

Il ne pouvait pas lui dire qu'ils ne se voyaient pas pour la première fois, qu'il était le type muet et bizarre du pub. Il ne savait pas ce qui clochait chez lui, pourquoi il avait eu des pensées aussi étranges. Il se demandait si elle l'avait seulement remarqué. Une femme comme ça, il y avait sans doute tout le temps des types qui lui passaient de la pommade.

Alec la revit en train de briser le cou du corbeau.

Il fixa la route. Le terrain était très plat à cet endroit. Il n'y avait aucune colline en vue, aucun relief. C'était un vaste espace vide, tout juste ponctué de quelques granges, quelques tracteurs ; la courbure de la Terre cachait tout le reste. Seul Ilmarsh restait visible à l'est, avec ses bâtiments bas. On ne voyait même pas la mer.

Juste au coin de la grange, il y avait une benne d'où dépassaient des outils et des machines agricoles rouillés. Quelque chose semblait flotter dedans.

Il s'approcha. Le plastique brillant l'empêchait de voir correctement.

Il dut déplacer un peu une brouette, mais il perça assez vite le mystère.

L'objet métallisé, à moitié dégonflé, s'élevait dans une brise passagère, puis retombait.

C'était un ballon.

Sur lequel était imprimé : « JOYEUX 16ᵉ ANNIVERSAIRE ».

« Aidez-nous à retrouver notre chat Jake.

Jake est tigré.
Il a été vu pour la dernière fois avant la nuit des feux d'artifice
à Lower Greenwood, Ilmarsh.
Il porte un collier rouge : Ne pas nourrir.
Diabétique.
Petite récompense à la clé. »

Chapitre 15

Au centre de la zone de béton peint en jaune, du sang avait goutté d'un tuyau d'évacuation. La plupart des grandes étables en possédaient un de ce genre.

L'étable devant laquelle vaquaient les autres vétérinaires était froide et vide. Tout comme les grandes baies paillées où vivaient les animaux pendant la journée, et le sol jaune. Cooper n'avait jamais vu de sol de ce jaune-là. Des étagères, des boîtes, de la corde et du matériel de suture étaient entreposés contre un mur.

Il n'y avait pas de fenêtres. Une porte d'entrée rouge était fichée dans un coin près de l'évier. Et à côté, pour faire passer les animaux, un volet roulant en tôle ondulée.

Les têtes reposaient sur des tables chromées, sous des néons blancs, disposées en cinq-cinq-six. Les queues étaient rangées dans un chariot.

Les vétérinaires ôtèrent leurs gants, puis se lavèrent les mains. Le vieux directeur grisonnant du cabinet vétérinaire, Frank, et une jeune vétérinaire timide, Kate, prirent le thé avec Cooper sur le seuil, dans la douce brise. Aucun autre n'était resté tard pour l'aider.

— J'aime bien ton mug, dit-elle en souriant à sa jeune collègue.

— Ah !

Kate baissa les yeux vers son mug, puis les releva. Il était décoré d'une inscription : « JE BOSSE COMME UN DROMADAIRE ».

— C'est mon ami qui me l'a donné, dit-elle en rougissant. C'est marrant.

— Autrefois, j'avais un mug « FOU DE T'OIE ». OIE, épela Cooper en haussant les épaules. Cadeau d'un ex !

— Comment as-tu pu le laisser filer ?

Cooper sourit à nouveau, mais ne répondit pas. Elle posa à ses collègues temporaires des questions sur leur parcours.

Kate avait obtenu son diplôme assez récemment et exerçait depuis deux ans. Elle avait fait de ce cabinet son port d'attache pendant ses stages. Enfant, elle avait vécu dans le coin avant que sa famille ne déménage.

Frank travaillait au cabinet depuis des années. Il en était copropriétaire et s'occupait principalement des gros animaux. Plus jeune, il avait exercé un certain temps en France et en Belgique, et il ne ratait pas une occasion d'en parler.

— Et vous ? demanda-t-il à Cooper. Comment êtes-vous entrée dans le métier ?

Cooper tenta de sourire.

— Ce n'est pas une histoire très intéressante, vraiment.

— Essayez toujours, dit Kate.

— Vous avez trop regardé la télé, ajouta Frank en souriant.

De la vapeur s'élevait du mug de Cooper au-dessus du sol jaune.

— C'est une activité comme une autre.

Ils parlèrent de ce qu'ils avaient pu voir.

Ils lui racontèrent le pire.

L'historique des infections dans la région.

La vache folle, trente ans plus tôt.

La fièvre aphteuse, plus récemment.

— Les bêtes ont été abattues dans trois fermes et des restrictions de mouvement ont été mises en place pour les autres, expliqua Frank en grimaçant. Les propriétaires ont été indemnisés, mais pour certains de ces bovins, les lignées remontaient à des décennies. Comment peut-on compenser toutes ces années d'élevage ? J'étais dans le coin pendant l'épidémie. La première fois, je veux dire. C'était quand ? En 2000 ? 2001 ? Vous auriez vu ce que ça a fait ici…

Il marqua une pause, remit la bouilloire en marche.

— Vous avez déjà fait un tour en ville ?

— J'ai dormi ici la nuit dernière, répondit Cooper.

— Alors vous avez vu. Il ne nous restait plus que l'agriculture, quand on n'a plus fait dans le poisson, le pétrole et le tourisme. C'était tout ce qu'on avait. Ces fermes… Si vous pensez que cette affaire avec les chevaux est terrible, imaginez que des dizaines sont morts, une centaine même. Imaginez que vous les voyez tous brûler, un homme en larmes juste à côté de vous. Toute cette douleur.

— Il y a eu un mort aussi, dit Kate.

— Un des éleveurs s'est suicidé, précisa Frank. Il s'est tiré une balle dans la bouche. L'épidémie l'a frappé deux fois. D'abord en 2001, puis l'année dernière. Et il y a eu l'affaire au large de la côte.

— Quelle affaire ?

— Un incendie dans une ferme, sur une île à quelques kilomètres d'ici. Personne ne connaissait ses habitants, pas vraiment, mais des rumeurs couraient. Ce n'était peut-être pas un accident. Le fermier y avait peut-être mis le feu lui-même. Mais c'est dur de connaître la vérité. Dur de déceler la vérité dans tout ça. C'est une période difficile, Mademoiselle Allen. Très difficile.

Il reversa du thé dans son mug, sans en offrir aux autres.

— Et les Cole, alors ?

Cooper jeta un coup d'œil à l'horloge. Il fallait qu'elle commence.

— Alors quoi ? demanda Kate.

— Que faisaient-ils dans tout ça ? J'ai surtout vu des moutons quand j'ai visité la ferme, je me demandais juste s'ils avaient eu d'autres animaux.

— Pour autant que je sache, non, juste des moutons, se moqua Frank. Et je n'appellerais pas ça une ferme, pas une vraie en tout cas.

Il avait l'air contrarié.

— Vous avez déjà eu des problèmes avec eux ? lui demanda Cooper.

— Pas vraiment des problèmes. Pas avec leur bétail, en tout cas. La vérité, c'est que cet homme nous doit des milliers de livres.

Pendant qu'ils parlaient, les chevaux regardaient par le volet roulant. La pluie avait hérissé leurs toupets, relevé leurs poils.

Ils regardaient droit devant eux.

Kate et Frank rentrèrent chez eux avant vingt-deux heures. Cooper resta ; le hangar était fermé à présent.

Elle frotta ses yeux ensommeillés.

Les néons n'étaient pas placés aux bons endroits. Ils diffusaient une lumière crue et froide. Ses collègues avaient apporté des lampes pour l'aider, mais pas suffisamment. Elle devait les débrancher et les rebrancher à mesure qu'elle avançait.

Elle se mit au travail.

Elle devait d'abord nettoyer les têtes pour révéler les éventuelles preuves sans les détruire. La bataille était toujours perdue d'avance, surtout avec des corps enterrés et laissés à la merci des éléments. C'était un compromis, comme souvent dans la vie.

Elle examina les têtes les unes après les autres pour déterminer si leur dégradation présentait des incohérences, des différences. En fin de compte, cela ne signifiait peut-être pas grand-chose, n'expliquerait peut-être pas grand-chose – l'eau avait pu s'infiltrer en quantité différente et à différents endroits dans les différentes tentes –, mais c'était une énigme à résoudre.

On ne savait pas ce qui serait pertinent avant d'avoir une meilleure idée de l'ensemble. On ne pouvait pas non plus faire de suppositions. Les preuves pouvaient mentir.

Au-dessus de chaque tête, elle avait accroché au bout d'un fil des photos prises par la police.

Une quand les têtes étaient encore enterrées, sèches et fraîchement découvertes.

Une datant du matin, quand elle les avait vues pour la première fois, pas encore exhumées.

Une autre, prise une fois les têtes déterrées, mais toujours pas déplacées de la scène de crime. Alec avait déjà numéroté chaque cheval et Cooper avait numéroté les photos en conséquence.

Les têtes étaient mouillées à peu près comme elle s'y attendait – elles n'étaient pas restées assez longtemps pour s'imbiber beaucoup. Mais une l'était plus que les autres. Les photos aidaient à expliquer l'anomalie. Celle-ci avait tout simplement été placée au bord d'un petit monticule. L'eau s'était sans doute accumulée sur ce sol irrégulier.

Elle passa les queues en revue. On ne pouvait pas établir avec certitude de correspondance avec les têtes sans test ADN, mais pour trois ou quatre d'entre elles, la couleur des poils permettait d'étayer une supposition éclairée.

De cheval en cheval, elle opéra de la même manière, consignant les résultats sur sa tablette, puis les enregistrant. Tout d'abord, elle rechercha les signes de traumatisme ou de maladie qui auraient pu entraîner des lésions cutanées potentiellement gênantes.

Certaines encolures présentaient des contusions, très légères.

Quelques entailles dans la peau, probablement faites avec un couteau. Dans l'ensemble, elles apparaissaient surtout sur les plus grands chevaux.

On observait des éraflures au-dessus de certains yeux, suggérant que les têtes avaient été traînées sur une surface dure.

La plupart des blessures avaient été causées après la mort, après que les têtes avaient été sectionnées.

Cooper procéda ensuite du mieux qu'elle put à l'identification.

Les animaux eurent un nom. La plupart des encolures étaient équipées de puces.

Elle pouvait accéder à l'identité de l'animal et de son propriétaire via ces puces et croiser les données avec l'intranet du cabinet vétérinaire, en renseignant l'âge et l'historique médical. Ses confrères lui avaient donné un accès temporaire.

Pour presque tous les chevaux, les seuls problèmes signalés au cours de l'année écoulée concernaient des claudications de divers degrés, ce qui était prévisible – non pas parce qu'elles étaient les seuls problèmes de santé des chevaux, mais parce que peu d'autres pathologies auraient affecté l'intérêt essentiel qu'avait un cheval pour son propriétaire, à savoir la possibilité de le monter.

Deux chevaux restaient non identifiés. Ils n'étaient pas équipés de puce et aucun propriétaire ne les avait réclamés. Seules leurs dents permettaient de déterminer leur âge. Tous les deux présentaient un sillon de Galvayne, une rainure sur les incisives qui apparaît peu après les dix ans du cheval, s'étend avec l'âge, puis commence à s'estomper quand il atteint la mi-vingtaine pour disparaître ensuite progressivement. Elle arrivait à la moitié de la dent pour l'un, un peu moins pour l'autre. En se basant sur l'état du reste de la dentition et de la tête elle-même, elle estimait que l'un avait entre dix-sept et dix-neuf ans, l'autre peut-être vingt ou vingt-cinq. Une vieille fille, s'il s'agissait d'une jument. Cette idée lui vint, étrange et aussitôt écartée. Il n'y avait aucun moyen de déterminer le sexe de l'animal.

Elle se lava les mains à l'évier dans le coin de la pièce. Elle avait la gorge sèche, un peu douloureuse même, mais elle ne pouvait pas s'arrêter maintenant.

Elle examina chaque moignon à l'aide d'une loupe à bord noir dont la lentille de verre haute puissance grossissait la chair, ses crêtes et ses sillons. Cooper faisait la lumière sur les morts. Chaque tête portait des signatures, à la fois dans la chair et dans les os. La mort avait commencé par l'incision de l'encolure, les tissus ventraux mous sectionnés en courbe sans difficulté. La peau, la trachée, les principaux vaisseaux sanguins étaient coupés en deux. Dans certains cas, l'os et le cartilage avaient été tranchés en même temps, mais quelle que soit la lame utilisée, elle ne pouvait pas attaquer le squelette en dessous. Dans la plupart des autres, la décapitation s'était produite à travers les vertèbres.

Cooper observa des crêtes d'abrasion dans les os blancs sales. Leurs extrémités découpées étaient légèrement carbonisées et les tissus mous dorsaux et latéraux jusqu'aux vertèbres étaient effilochés et brûlés. Elle trouva de petits fragments de fil de fer sur quelques-uns, confirmant son hypothèse initiale selon laquelle les têtes avaient été sciées. Mais elle doutait, en se basant sur le fil et la présence de coupures au couteau au-dessus, que l'opération ait été réalisée avec un outil électrique. Cela ressemblait presque aux marques qu'on aurait obtenues avec une scie-fil d'embryotomie, ou du moins quelque chose d'approchant.

Les vétérinaires de la vieille école utilisaient – parfois encore – ce genre d'instrument pour démembrer les veaux morts dans le vagin, en coupant la tête et les membres pour pouvoir les retirer en toute sécurité. Aujourd'hui, on utilisait aussi ces scies-fils pour l'écornage, ou parfois pour amputer les orteils des vaches.

L'effet global et la propreté avec laquelle était réalisée la décapitation variaient. Les tueurs avaient peut-être gagné en dextérité au fur et à mesure, ou agi de manière de plus en plus frénétique.

Ou bien l'un savait ce qu'il faisait et l'autre non.

Un couteau pour trancher la gorge d'un cheval debout, ou légèrement anesthésié.

Les pattes de l'animal se dérobent lentement.

Il saigne, à peine capable de respirer, jusqu'à ce qu'il tombe au sol.

Un fil de fer pour retirer la tête lorsqu'il meurt. Un couteau si nécessaire.

Elle lut la déclaration du témoin.

Il pleurait. L'un des deux pleurait, avait affirmé l'ermite.

Cooper songea qu'il lui faudrait rechercher les cas de maltraitance dans la région. Déterminer s'il y avait eu des pics de disparition ou de maltraitance d'animaux.

Elle poursuivit sa tâche.

Elle commença par écorcher les têtes. C'était plus difficile avec les chevaux qu'avec d'autres espèces ; chez certaines, on pouvait couper la peau et l'arracher. Avec les chevaux, le cuir restait collé sur les os du crâne. Il fallait l'enlever petit à petit, par fragments. Elle travailla d'abord sur les spécimens les mieux conservés. Elle était curieuse de voir s'il y avait des marques de piqûre là où une aiguille aurait pu pénétrer, en particulier sur l'encolure – peut-être une accumulation de sang. Elle savait que les vétérinaires avaient administré des sédatifs à certains de ces animaux, mais qu'en était-il des autres ?

Elle posa les morceaux de cuir sur des planches, marquant les endroits où des lésions et des abrasions pourraient s'avérer importantes par la suite. Elle les étiqueta, prit des photos – côté poil et côté chair – sous différents angles, puis les consigna sur sa tablette.

L'autolyse était en cours. L'autodigestion avait commencé.

Chapitre 16

Lorsqu'Alec s'était installé à Ilmarsh, il n'avait vu que brièvement ses voisins. Il avait été surpris de constater à quel point ils étaient discrets et peu nombreux à lui dire bonjour quand il les croisait.

Il ne pouvait qu'imaginer ce qui se passait derrière les rideaux et les stores de chaque maison. Elles étaient disposées en courbe comme un large sourire de briques et d'électricité. D'une porte-fenêtre filtrait de la lumière rouge, d'une autre de la lumière bleue, d'une autre encore de la lumière presque blanche. Mais cela tenait simplement à la couleur des rideaux.

En s'approchant de chez lui, Alec ouvrit un peu la fermeture Éclair de son manteau. Il allait faire chaud le lendemain, à ce qu'il avait entendu dire. Presque vingt degrés en tout cas. Cela le terrifiait. George avait parlé d'un barbecue, une dernière flambée pour le sombre mois de novembre.

Alec arriva devant chez lui.

La porte d'entrée était ouverte, déjà ouverte.

Il y avait quelqu'un à l'intérieur.

Il pensa que Simon était déjà rentré – il supposa que les traces de pas boueuses dans l'escalier étaient celles de son fils, qu'il avait oublié de refermer la porte, qu'il venait peut-être d'arriver.

Il n'envisagea rien d'autre pendant une minute et quarante-trois secondes.

Il verrouilla la porte derrière lui et se dirigea vers la cuisine pour faire du café.

Dans le couloir, il demanda en criant à Simon s'il voulait quelque chose.

Pas de réponse.

Alec entendit une clé tourner dans la serrure de la porte d'entrée quand la bouilloire s'arrêta ; de légers nuages de vapeur humidifiaient les carreaux de céramique bleue sur les murs.

Il sortit de la pièce et vit Simon entrer, son sac à dos déjà abandonné sur le sol du couloir, ses cheveux bruns mouchetés de pluie. Les gens disaient qu'ils se ressemblaient, mais tout ce qu'Alec voyait en lui, c'était le fantôme de sa femme. Le regard pétillant, le nez – ses traits étaient différents chez le jeune de dix-huit ans, néanmoins bien présents si on savait quoi chercher.

— Il y a de la boue partout dans l'escalier, dit Alec en fronçant les sourcils.

— Quoi ?

— Quand tu es entré tout à l'heure, tu as laissé la porte ouverte.

— Je viens de rentrer.

— Tu es entré et ressorti.

— Quoi ? s'étonna son fils, confus.

— La boue.

Alec ressentit soudain une furieuse colère qu'il tenta de cacher.

Simon observait l'escalier sombre et semblait encore plus confus.

— Ce n'était pas moi. Je viens de rentrer.

Les empreintes de pas étaient encore humides. Elles menaient à l'étage. Il n'y avait pas de traces dans l'autre sens.

Alec dit à son fils de ne pas bouger et de l'attendre.

Il fouilla chaque pièce, tremblant, clignant des yeux. Il ne trouva rien ni personne. Les traces de pas s'arrêtaient sur le palier après un léger demi-tour près de l'interrupteur – peut-être l'intrus s'était-il rendu compte qu'il laissait de la boue partout ? Exception faite de la saleté, tout semblait intact, aucune lumière n'était allumée, rien ne manquait, aucune fenêtre n'était entrouverte.

Une fois redescendu, le cœur battant à tout rompre, Alec trouva Simon en train de regarder la télévision.

— Tu n'étais pas à la maison, alors ? Ce n'est pas toi qui as monté l'escalier ?

Son fils hocha la tête sans se retourner.

— Tu me le dirais si tu mentais ?

— Tu m'as vu rentrer, lui répondit son fils. Je ne sais pas ce que tu me veux.

Alec tremblait quand il remit la bouilloire en route. Quelque chose en lui bascula, une sensation vertigineuse l'envahit. Il avait laissé des notes chez lui, des photos de la scène de crime, d'autres documents. Il avait aussi laissé son ordinateur portable. Il ne savait pas si quelqu'un l'avait utilisé, avait pu accéder aux fichiers.

Il découvrit de plus en plus de choses à mesure qu'il marchait dans la maison.

Il voyait tout ce qu'il avait laissé en évidence.

Des rapports du poste de police à moitié remplis.

La note sur la table avec le numéro de téléphone de la femme absente de la ferme griffonné dessus. Il devait encore l'appeler.

Alec se demandait ce que Simon dirait s'il voyait le papier. S'il avait écrit « Grace » à côté des chiffres – ce qu'il n'avait heureusement pas fait – est-ce que son fils pourrait croire qu'il avait à nouveau quelqu'un dans sa vie ? Et que ressentirait Simon, si c'était le cas ?

Dans la cuisine, la photo était toujours là, juste à côté du calendrier.

Son fils, douze ans plus tôt, à tout juste six ans. Sa femme.

L'amour était terrifiant. Ce qu'on perdait au bénéfice des autres... Ce qu'ils gardaient de vous et vous de...

Il avait déjà pensé à cela. Dernièrement. Il ne se souvenait plus quand.

Il avait l'impression de perdre la tête.

Alec s'assit devant son ordinateur dans le noir, en attendant le serrurier. Il ne savait pas si c'était trop, même en essayant de se sortir ces événements de la tête, de vivre en ignorant délibérément tout ce qui aurait pu arriver, tout ce qui pourrait encore arriver.

Il décrocha le miroir fissuré du couloir. Ça, au moins, c'était de sa faute.

Il enveloppa chaque fragment dans un vieux journal pour qu'ils ne blessent personne. Il les jeta ensuite dans la poubelle de derrière et s'entailla un doigt en les y enfonçant.

Il retourna à l'intérieur.

Sur le mur, il ne restait qu'une ombre à la place du cadre.

Il chercha le nombre seize sur Internet.

Il voulait savoir ce qu'il pouvait représenter, même si c'était fou, même si ça s'avérait inutile.

UN MOIS PLUS TÔT

Chapitre 17

À des kilomètres de la baie, là où la mer avait commencé à empiéter sur le littoral, il restait quelques rangées de bungalows abandonnés.

Les vagues bouillonnaient tout autour. Les planchers étaient inondés.

Personne ne venait là.

Sur la rive, la forêt veillait.

Une voiture roulait sur la route.

À l'intérieur se trouvaient quelques boîtes de nourriture pour animaux. Quelques paquets de chips, de la marque du supermarché, premier prix. Du scotch, du chatterton aussi. Un téléphone à l'écran rayé. Des clés.

La voiture s'arrêta au milieu de la route, le moteur tourna un peu ; il ne se passa rien de particulier. Puis le conducteur coupa le contact. Une vague frappa l'une des maisons aux murs curieusement peints de couleur pastel.

La portière du conducteur s'ouvrit.

Un homme sortit de la voiture, puis se dirigea vers une clairière un peu plus à l'intérieur des terres en longeant la limite des grands arbres de l'autre côté de la route.

Dans la clairière, on apercevait douze caisses en bois. Au départ, toutes avaient été posées sur le côté, et certaines l'étaient encore. Elles faisaient l'effet de portes miniatures. Deux d'entre elles, éloignées des autres, étaient scellées, clouées, surmontées de deux grosses pierres.

Les rayons du soleil et les ombres dansaient à travers le temps.

L'homme ouvrit des boîtes de conserve, puis les vida dans les caisses ouvertes.

Ensuite, il s'assit et regarda dans le vide. Il attendit.

Au bout d'une heure, il sortit un livre et se mit à lire.

Quand vint la quatrième heure, le ciel avait commencé à rougir. À cause de la poussière, d'après les informations. Venue du Sahara, modifiant la lumière au nord de la planète. Cela semblait si étrange. Le ciel resterait rouge pendant une bonne partie de la semaine.

Quelque chose bougeait.

Un chien se tenait de l'autre côté de la clairière, à la lisière des arbres. Il était effrayé, affamé, galeux, avec des plaques de poils gris-brun.

— Viens ici, mon grand, lui dit l'homme.

Le chien sembla réagir, mais il hésitait.

L'homme sortit une friandise de son sac et la lui tendit, même si l'animal était loin, même s'il était effrayé, même s'il avait des dents pointues.

Au bout de quelques minutes, le chien se dirigea en boitant vers l'une des caisses, fixant l'homme qui resta assis, lui rendant son regard, la friandise toujours à la main. Le chien se retourna et mangea quelque chose dans la caisse.

— Qui c'est, le meilleur ? lui lança l'homme.

L'animal continua de mastiquer. Il partit sans regarder derrière lui.

Le lendemain, plus tard dans l'après-midi, alors que le ciel rouge s'assombrissait, la voiture revint. En moins d'une demi-heure, la même scène se déroula. Le chien sortit encore.

Cette fois, il se dirigea vers les caisses les plus proches du chauffeur. Elles contenaient toutes sortes d'objets. Dans certaines, des friandises. Dans l'une d'elles, une balle qui couina lorsque le chien la prit dans sa gueule. Il la lâcha rapidement, comme s'il ne se souvenait pas tout à fait à quoi servaient les jouets. Il remuait la queue, malgré tout.

Le conducteur parlait tout le temps, à voix basse, en rythme, une friandise dans sa main tendue.

Le chien se calma.

Il fit le tour de toutes les caisses en boitant, les renifla. Il s'arrêta une dernière fois, hors de portée de l'homme, puis s'approcha courageusement pour renifler la friandise.

Il la saisit d'un coup de langue, ce qui fit sourire le chauffeur, qui lâcha : « Eh ». Le chien remuait de plus en plus la queue. L'homme lui flatta la tête.

— Quel bon chien !

L'animal frissonnait de bonheur.

Le troisième jour, le chien était déjà là lorsque l'homme arriva. La journée était plus chaude. Cette fois, l'animal s'approcha d'abord de la friandise. Il ne restait rien à manger dans les caisses, bien sûr. La balle avait depuis longtemps disparu loin dans un des fossés de la forêt.

Finalement, le chien s'endormit aux pieds de l'homme. Celui-ci observa l'animal pendant un moment, puis le souleva comme un bébé endormi et le déposa dans une des caisses.

Il se munit ensuite d'un tournevis électrique et de quelques vis qu'il cloua dans les angles, condamnant la caisse avec le chien à l'intérieur et ne lui laissant qu'un trou d'aération sur le côté, assez grand pour que l'animal puisse respirer, mais suffisamment pas pour qu'il voie à travers.

Malgré tout, le chien dormait.

L'homme ramassa la caisse, la porta à l'autre bout de la clairière, puis posa une grosse pierre dessus.

Il attendit là que le chien se réveille. Il attendit le bruit.

Puis il retourna à la voiture.

Retourna à Ilmarsh en passant devant les maisons affaissées.

Un jour, cet homme regarderait Alec droit dans les yeux.

Un jour, cet homme repenserait à ces semaines avec les boîtes en bois, loin de la ville.

Un jour, il sourirait, pleurerait, sourirait à nouveau.

Tout finit par mourir.

Un jour, cet homme essaierait de mourir.

Mais pas encore.

TROISIÈME JOUR

Chapitre 18

Le téléphone sonna. Alec l'entendit avant d'ouvrir les yeux. Il n'aimait pas les coups de fil, surtout quand il devait décrocher à six heures du matin, et encore moins quand il avait à peine fermé l'œil de la nuit.

Il était parti tôt de chez lui en voiture, s'était rendu jusqu'à la baie et s'était garé à côté du restaurant en attendant l'ouverture.

Il avait juste fermé les yeux un moment et n'avait pas rêvé.

— Tu es réveillé ?

À l'autre bout de la ligne, la voix de George grésillait.

— Je suis réveillé.

— Les pilules ne marchent pas ?

— Elles marchent très bien, répondit Alec en regardant les lumières clignoter sur la rive sombre. C'est juste que je ne les ai pas prises.

— Je n'ai pas…

George toussa.

— Ça va ? lui demanda Alec.

George ignora la question.

— Harry a appelé. Il veut qu'on aille à l'école d'équitation.

— Je croyais que vous aviez déjà pris une déposition.

— Il y a du nouveau, dit George d'une voix rauque. Les propriétaires de l'écurie ont fait leur déclaration à l'assurance.

— Et alors ?

— Ils l'ont faite deux heures avant qu'on leur parle. On ne leur avait pas dit où les chevaux avaient été trouvés, mais ils le savaient déjà. Ils ont mentionné *Well Farm* quand ils ont appelé. Tout est dans la transcription.

— On était assez visibles dans ces champs. Les nouvelles vont vite.

— Mais quand même. Ils en savaient beaucoup sur l'affaire. La femme ne semblait pas trop bouleversée non plus.

— Je te retrouve là-bas ?

— Je suis malade. Je n'y vais pas.

— Ah bon ? Tu es malade ?

— Va te faire foutre !

— D'accord, d'accord. Tu es malade.

Pendant qu'ils parlaient, les salles d'arcade s'animaient, les enseignes commençaient à clignoter et la musique, à se diffuser en direction de la mer.

— Tu viens toujours à mon barbecue ?

— Je croyais que tu étais malade.

— C'est pour ça que j'ai besoin de repos. Réfléchis un peu.

— Tu as la grippe et tu vas t'occuper d'acheter de quoi faire un barbecue, que tu fais en novembre ?

— Je n'ai pas à m'expliquer.

Alec soupira, s'étira dans son siège. Son corps tout entier souffrait du manque de sommeil.

— Tu veux que j'apporte quelque chose ?

— Du caractère.

Chapitre 19

Une heure s'écoula. Le petit univers vide s'animait.

Alec sirota son milk-shake au chocolat en attendant son café. Il observait les îles et regardait le soleil se lever sur la mer.

À part prendre le petit déjeuner, Alec n'avait pas vraiment de raison de venir là. Il n'y avait pas beaucoup d'interventions à faire dans ce coin. De temps en temps, un couple qui faisait l'amour dans le noir. Des drogués qui laissaient des aiguilles dans le sable. Pas de quoi inquiéter la police, dont les effectifs étaient plus que réduits.

Il se demandait si les lieux avaient une mémoire.

Un bateau voguait sur l'eau.

Il avait déjà commandé pour Cooper. Elle lui avait envoyé un message pour le prévenir qu'elle serait en retard. Il ne voyait pas trop comment c'était possible, étant donné que son hôtel se trouvait à dix minutes à pied. Elle avait peut-être eu une panne d'oreiller.

— Comment voulez-vous vos œufs ? lui demanda la serveuse.

— Au plat.

Alec marqua une pause, tapota la table, puis pencha la tête.

— Non, attendez. Brouillés.

La serveuse transmit la commande au cuisinier qui semblait ne jamais être autorisé à quitter arrière. Retournant à sa mise en place, elle sortit les menus de derrière le comptoir. Un chien décoratif, une grande caisse enregistreuse rouge, blanche et bleue, et une voiture de sport en jouet servaient de points de repère sur la longue surface bleue ponctuée de porte-couverts et de bouteilles de ketchup. C'était un *diner* à thème américain, le plus décontracté possible.

Trois tables plus loin, la serveuse demanda à Alec :

— Vous travaillez sur l'affaire des chevaux ?

Alec acquiesça. Il était le seul client dans la salle. D'habitude, elle ne lui posait pas de questions sur son travail.

— Pourquoi ?

— Les gens en parlent.

Elle posa une bouteille de ketchup sur la table et reprit sa mise en place.

— Comment ?

— Avec leur bouche.

Alec leva les yeux au ciel. La serveuse poursuivit.

— J'ai entendu dire...

— Quoi ?

— Qu'une des têtes était, vous savez... humaine.

Alec fronça les sourcils.

— Non.

Il se réveillait de plus en plus tôt ces derniers temps et prenait tous les appels matinaux qu'il pouvait. Il avait du mal à s'endormir et à garder le sommeil.

Attendre que Simon se réveille, le regarder manger ses céréales, le regarder passer la porte d'entrée, tout cela n'était plus nécessaire, et en prendre conscience, c'était un signe de la fin. Bientôt, son fils allait déménager, il partirait à l'université et bien plus encore. Bientôt, Alec pourrait être à nouveau lui-même, il aurait à nouveau son propre espace.

Il retrouverait sa vie. C'était peut-être horrible de penser de cette façon.

Peut-être que d'autres parents pensaient la même chose.

Peut-être qu'on ressentait tous ça pour nos proches, d'une manière ou d'une autre.

Ou peut-être qu'il était complètement, profondément seul.

Durant son petit déjeuner au *diner*, il lisait le journal. Il mélangeait tout à chaque bouchée, mettait des morceaux d'œufs sur un gros bout de saucisse, plaçait une petite tranche de bacon en dessous et couronnait le tout de lamelles de boudin noir.

C'est ce qu'il était en train de faire quand la clochette de la porte sonna et que Cooper se précipita dans la salle. Elle manqua de tamponner la serveuse.

— Désolée! lança Cooper en jetant un regard fugace à la serveuse, puis à Alec.

Elle s'assit et son petit déjeuner arriva.

— Vous avez bien dormi? lui demanda Alec.

Cooper ôta son manteau violet et son écharpe grise.

— Assez mal. Je crois que je me suis coincé la nuque. J'ai dormi dans une position bizarre, je crois.

Elle prit sa tasse de café sur la table et, avant qu'Alec ne puisse dire quoi que ce soit, elle la but en grimaçant.

— Beurk. Il n'est pas très chaud.

— C'était le mien, dit doucement Alec. J'attendais qu'il refroidisse.

— Oh, fit-elle en grimaçant.

— Pas de problème.

Alec se tourna vers la serveuse et en commanda un autre.

Ils passèrent en revue les conclusions de Cooper. La décapitation avait été effectuée au moyen d'un couteau et de fil, très probablement un fil de fœtotomie. La théorie selon laquelle au moins deux personnes étaient impliquées était étayée par les différentes manières dont les têtes avaient été sectionnées.

— Pourquoi un couteau et du fil ?

— Un couteau n'aurait pas pu traverser l'os. Mais il aurait pu trancher la gorge, immobiliser les chevaux et donner suffisamment de prise sur le cuir et les tissus mous pour que le fil fonctionne. Mais il s'agit d'un outil vétérinaire.

Alec émit son commentaire quelques secondes plus tard.

— Donc le coupable pourrait être fermier. Ou travailler avec des animaux.

— Peut-être, oui.

— Les auteurs savaient probablement que les chevaux étaient sédatés. Ils savaient où ils se trouvaient et comment les manipuler.

Il but une gorgée de café, puis reprit.

— Ce serait quelqu'un du coin alors, impliqué dans la vie locale. Ces outils sont-ils très difficiles à utiliser ?

— Il aurait fallu environ dix minutes par tête à quelqu'un d'assez fort pour maintenir les chevaux immobiles, ce qui aurait été un exploit en soi.

Cooper termina ses haricots blancs. Elle mangeait son petit déjeuner dans un ordre précis, sans rien mélanger du tout.

— Peut-être plus de dix minutes. Je ne sais pas.

La serveuse vint débarrasser les assiettes en prenant manifestement son temps, essayant d'écouter. Cooper et Alec se turent jusqu'à ce qu'elle soit partie.

— Nous ne sommes donc pas en présence d'un psychopathe qui brandit une hache, de l'écume au bord des lèvres, dit Alec. L'acte aurait été commis de façon plus délibérée. Comment vous ont paru les vétérinaires, quand vous leur avez parlé ?

— Bien, répondit Cooper. Le directeur, Frank, était un peu… disons agressif, mais beaucoup de mes confrères le sont. Le seul autre vétérinaire à qui j'aie parlé, c'est Kate. Elle était un peu timide, elle soignait déjà quelques animaux. Ils ne m'ont pas paru bizarres.

— *Mhh.*

Alec regarda la serveuse retourner dans la cuisine.

— On devrait peut-être leur parler plus tard. Voir si on leur a volé une partie de leur équipement, voir dans quelles fermes ou dans quelles propriétés ils ont apporté ces fils de phéto... photo... comment avez-vous dit ?

— Fils de fœtotomie.

— Quelqu'un d'autre aurait-il pu y avoir accès ? Quelqu'un susceptible de les utiliser souvent ?

— Comme qui ?

— Comme des propriétaires d'écurie.

Cooper hocha la tête.

— Même s'ils élevaient des animaux, ils n'auraient pas pris le risque d'effectuer une fœtotomie sur une jument tout seuls. Ils auraient appelé un vétérinaire.

Alec acquiesça.

— Autre chose ?

— Oui, répondit Cooper.

Elle ouvrit son sac et en sortit un dossier. Il contenait notamment des photocopies de messages de tableaux d'affichage, des affichettes d'animaux disparus.

— Pourquoi ces documents ?

— Ce sont des chats et des chiens.

— Je le vois bien. En quoi est-ce pertinent ?

— Je voulais voir s'il y avait eu une augmentation des cas de maltraitance au cours des derniers mois, des preuves d'autres agressions sur des animaux.

Elle but une dernière gorgée de café.

— Je n'ai pas trouvé grand-chose. Les vétérinaires ne les remarquent pas toujours, et encore moins la police. Ils ne disent rien.

Elle se frotta un œil ensommeillé.

— Donc j'ai décidé de chercher les signalements d'animaux disparus dans la base de données locale, et aussi en ligne. Et dans l'ensemble, tout était normal : des chats qui ne sont jamais rentrés à la maison, des chiens qui se sont enfuis dans des parcs, etc. Mais si on compare la fréquence à celle des autres mois…

Elle poussa des papiers vers Alec.

— Vous verrez qu'elle a augmenté. Et on a retrouvé moins d'animaux disparus, que ce soit dans les refuges ou ailleurs.

— Alors admettons qu'il y ait un lien. Qu'en pensez-vous ? Le tueur passe à la vitesse supérieure ?

Elle l'ignorait.

Alec continua d'insister pour obtenir des explications qu'elle n'était pas en mesure de donner. Elle ne savait pas qui pouvait faire ça, mais en même temps, tout le monde savait, non ?

On parlait à des hypocrites tous les jours.

Des gens qui ne vous donnaient pas envie de vous attarder.

Des gens que vous vouliez fuir ou faire souffrir.

Chapitre 20

Il y avait vingt, peut-être trente cerfs dans les champs.

Ils semblaient pouvoir s'enfuir à tout moment, prêts à ruer une dernière fois.

Ils regardèrent la voiture jusqu'à son départ. Alec les observa dans son rétroviseur.

Il continua de rouler. Il essayait de comprendre sa partenaire temporaire.

Cooper avait le regard aiguisé, presque furieux, quelle que soit son humeur. Chacun de ses sourires, chaque froncement de sourcils traduisait une sorte d'intensité involontaire. Il avait rarement vu ça. Il avait parfois du mal à lui parler, mais il en allait de même avec tout le monde. Parfois, il avait l'impression qu'elle était une vieille amie, l'impression qu'il la connaissait depuis toujours.

Elle avait accepté de l'accompagner pour cet interrogatoire, pour juger de la manière dont les propriétaires de l'écurie géraient leur entreprise, pour l'aider à comprendre les vérités, les mensonges et les faux-fuyants.

Ils parlèrent de l'affaire un moment, de la région, des habitants. Cooper posa des questions sur l'incendie de l'île – elle précisa que les vétérinaires lui en avaient parlé.

Alec se contenta de faire oui de la tête. Il lui expliqua qu'il n'avait pas travaillé sur l'affaire, qu'il en savait très peu.

Il lui dit que, cependant, tout n'était pas aussi dramatique qu'on le lui avait fait entendre. C'était un accident.

Puis il changea rapidement de sujet.

Il voulait savoir comment elle avait choisi cette branche de la médecine vétérinaire, et pendant un moment ils parlèrent de leurs métiers. Elle n'exerçait pas depuis très longtemps quand elle s'était tournée vers les scènes de crime et la médecine légale. Elle ne précisa pas pourquoi ni comment elle avait changé de domaine, ni si son ancienne spécialité lui manquait.

Elle orienta la conversation vers Alec, elle voulait savoir comment il avait choisi sa voie lui aussi.

Il n'avait pas de passé tragique. Il ne voulait pas venger qui que ce soit, personne ne lui avait fait de mal, il n'y avait pas de bonne excuse pour tout ce qu'il avait fait à son tour. C'était juste un de ces métiers que les enfants s'attendent à exercer : pompier, médecin, policier. Tous les enfants pensent qu'ils vont sauver des gens. C'est pour ça qu'ils aiment les histoires. Alec avait juste continué la sienne. Il était doué pour s'identifier au personnage.

Il demanda à Cooper si elle avait jamais envisagé de devenir médecin. Elle se contenta de rire sans rien expliquer.

— Avez-vous déjà envisagé de rejoindre la police ?

Elle hocha la tête en rangeant son téléphone dans sa poche. Elle avait un regard légèrement amusé.

— Pourquoi ? demanda-t-il. Vous auriez été utile.

— J'aime découvrir de nouveaux endroits. Choisir ce que je fais.

Elle ouvrit légèrement sa fenêtre.

— Travailler seule.

— C'est possible aussi dans la police.

— On peut choisir où on va ? Ce qu'on veut faire ?

— On peut se faire muter, oui.

— Et vous avez voulu être muté ici ? Vous l'avez choisi ?

— C'était un nouveau départ.

Il essaya de répondre avec un large sourire, sans conviction.

— J'ai toujours voulu vivre au bord de la mer.

— Pourquoi ?

Cooper se contorsionna pour ajuster son appui-tête.

— On en a tous envie, non ?

Ils se trouvaient à environ huit minutes en voiture des écuries. Il était un peu plus de treize heures. L'air était presque humide. La température dépassait certainement les vingt degrés ; c'était au-dessus des prévisions météo.

— Quelle est la pire chose que vous ayez faite ? demanda soudain Alec.

— Quoi ? répondit Cooper en tournant la tête vers lui.

— C'est juste pour faire la conversation, répondit-il en regardant devant lui.

Il s'interrompit, penaud.

— Je ne suis pas très doué pour ça.

Cooper dirigea de nouveau le regard vers la route.

— J'ai rayé une voiture une fois.

— Pourquoi ?

— J'avais treize ans, je livrais des journaux. J'ai vu un homme balancer un coup de pied à son chien. J'ai voulu lui donner une leçon. J'ai sorti ma clé – mes parents venaient de me la donner. Avant qu'on déménage, mon père venait me chercher à l'école, mais là, je rentrais toute seule, alors ma mère m'en avait donné une. Je l'ai sortie de ma poche et j'ai éraflé la peinture du type.

— Qu'est-ce que ça vous a fait ?

— C'était super.

— Vous avez eu des ennuis ?

— Pas vraiment, répondit Cooper en fronçant les sourcils. Mais…

— Mais quoi ?

— En fait, ce n'était pas la bonne voiture.

Cela les fit rire tous les deux et ils se surprirent l'un l'autre à sourire.

— C'est vraiment ce que vous avez fait de pire ?
— Non.

Le panneau était un rectangle de bois d'un vert délavé légèrement bombé en haut. Cooper avait l'impression qu'il avait été mal repeint et trop vite. Elle pouvait encore voir les traces de coulures, figées dans les chiffres d'une date.

ÉCOLE D'ÉQUITATION ET PENSION D'ELTON. EST. 2001.

L'écurie se présentait en courbe au bout du chemin, protégée par de grands conifères et des haies liés entre eux par du lierre qui zigzaguait entre les branches et derrière lesquels on apercevait les toits des bâtiments et des hangars. La route était la seule entrée assez large pour une camionnette, et pas de beaucoup. Les chevaux avaient pu être d'abord conduits ailleurs. Un sentier public indiqué par un poteau traversait le terrain.

La maison des Elton se dressait au milieu des champs. De ce que Cooper avait vu dans les environs, c'était ce qui ressemblait le plus à une colline, une légère pente suivie d'une crête, avec des marches menant au bas de cette colline miniature. La maison lui semblait étrange, dressée seule contre le ciel.

Chapitre 21

— Nous nous sommes réveillés, nous avons pris le petit déjeuner. C'était un matin comme les autres.

La propriétaire de l'écurie tenta de sourire, mais ses yeux ne suivaient pas.

— Nous sommes sortis pour les nourrir.

Au-dessus de la cheminée en briques rouges était accrochée une unique photo – celle d'un neveu oublié depuis longtemps, peut-être – et une horloge était posée sur la console, en argent avec deux cloches qui ne sonnaient jamais. Elle faisait *tic-tac* au milieu du silence de la pièce. La poussière semblait s'accrocher aux rayons de lumière de la fenêtre. La pièce était peuplée de chevaux.

Des petites figurines, des images, des photos, des sets de table. Alec se demandait à qui tout cela était destiné. Si on ne s'en lassait pas, avec le temps. Cette pièce était peut-être destinée aux invités et aux parents d'élèves plutôt qu'aux habitants de la maison. Elle semblait là pour faire une certaine impression. Une boîte de repas à emporter de restaurant indien, négligemment posée dans le couloir, était le seul indice d'une vie désordonnée.

Ils s'assirent de chaque côté d'une table basse où reposaient trois tasses de thé fumant : Louise Elton, la propriétaire de l'écurie, en robe et pantoufles légères sur un canapé, Cooper et Alec, serrés sur un autre où ils logeaient à peine.

— Ils étaient vides, déclara Louise Elton d'une voix douce, presque cassée. Les box de l'écurie, je veux dire.

— Et ensuite ? demanda Alec, stylo plume à la main.

Son fils le lui avait offert pour son anniversaire.

— Nous avons fait notre déposition, répondit-elle en prenant sa tasse de thé.

Sa main trembla légèrement et la soucoupe heurta la tasse en porcelaine blanche.

— Que vous rappelez-vous de la nuit du feu de joie ?

— Nous étions en ville.

Louise Elton but une gorgée de thé.

— On y va toujours. Vous y êtes allés ?

— J'étais de service, oui. À l'entrée droite pendant un moment, puis en patrouille.

— Il y a eu des problèmes ?

— Non, non, répondit Alec en souriant. Les gens se sont étonnamment bien comportés, tout compte fait. Certains enfants faisaient les fous près du front de mer, mais rien de grave.

— Il n'y a pas beaucoup de nuits comme ça. Où on peut voir tous nos amis. Avant, les gens allaient plus souvent au pub, ils faisaient le marché le dimanche. Tout ça disparaît.

— Il n'y a plus de marché ? demanda Alec en fronçant les sourcils.

Mme Elton secoua la tête.

— J'aimais bien y aller, dit Alec.

— Il n'y en a plus depuis un an. Vous ne deviez pas l'aimer tant que ça, ajouta Louise Elton en souriant.

— Alors...

Alec jeta un coup d'œil par la fenêtre. Il croyait avoir vu du mouvement, mais il n'y avait rien.

— Vous étiez donc au feu d'artifice. Y a-t-il des gens pour en témoigner ?

Mme Elton acquiesça.

— Que s'est-il passé plus tôt dans la journée ? Quelque chose qui sortait de l'ordinaire ?

— Non. Juste des leçons.

— À qui ?

— Aux enfants. Il n'y a pas beaucoup d'adultes qui veulent en prendre.

— Vous avez une belle maison, lui dit Cooper.

Louise Elton sourit, surprise du compliment et reconnaissante pour la diversion qu'il permettait. Elle resservit du thé à tout le monde.

— Comment avez-vous débuté dans ce métier ? lui demanda Cooper.

— L'ancien propriétaire a déménagé. Nous ne supportions pas de voir l'écurie fermée. Elle n'avait pas été utilisée comme ça depuis des années.

— Utilisée comment ? demanda Alec en prenant sa tasse.

— Comme manège.

Il y eut un bruit dans le hall, un petit claquement. Quelqu'un entrait. Le mari sans doute. Louise Elton poursuivit.

— Nous voulions offrir aux enfants d'ici la chance que nous avons eue.

— Vous montiez à cheval plus jeune ? demanda Cooper.

Louise Elton, enjouée, opina de la tête.

— Charlie, oui. Moi, eh bien, j'avais peur.

— Des chevaux ? demanda Alec, perplexe.

Mme Elton hésita.

— Non, eux, ils sont adorables. C'est l'équitation que je n'aime pas. Les chevaux sont trop grands pour moi, trop forts. Avancer sur un animal vivant, ça…

Elle haussa les épaules en souriant.

— J'aime aider les enfants, mais l'équitation, ce n'est pas pour moi. Mais Charlie, vous auriez dû le voir, à dix-sept ans, trottant vers moi dans le champ. Nous étions amis au début. Nous avons grandi ensemble et nous nous aimions bien, rien de plus, mais quand il est venu me voir ici, j'ai su que j'étais amoureuse. Et cet endroit était important pour nous.

— Comment étaient les chevaux, avant tout ça ? demanda Alec.

— Ils étaient adorables, répondit Louise Elton d'un ton enjoué. Ils…

— Je veux parler de leur santé. Étaient-ils en bonne santé ?

Un peu déconfite, Mme Elton répondit :

— On a fait de notre mieux.

— Les clients se plaignaient parfois ?

— Parfois, soupira-t-elle. Mais c'est une chose à laquelle il faut s'habituer. Vous voyez, avant de prendre ma retraite, j'étais professeur à l'école. Jusqu'à l'année dernière. Je parie que parfois, les gens ne sont pas ravis de vous voir. Quand vous travaillez pour le public, les gens trouvent forcément des raisons de vous en vouloir.

— Vous aimiez vos chevaux, dit Cooper. C'est pour ça que vous les avez drogués.

— Drogués ?

— Vous avez fait en sorte qu'ils soient sédatés, n'est-ce pas ?

Après un bref temps d'arrêt, Louise Elton hocha la tête.

— Oui. Oui, je l'ai fait.

— Qu'est-ce que ça veut dire exactement, Mme Elton ? lui demanda Alec. Ça les a assommés, ou… ?

— Ça les a rendus dociles. Ils ont peur, avec les feux d'artifice, et c'est sans danger. Ça les calme.

— Et vous l'avez fait vous-même ?

— Non, c'est le vétérinaire qui s'en est chargé. Je ne suis pas douée avec les aiguilles.

— Quel vétérinaire ?

— Kate. Je ne connais pas son nom de famille.

Tandis qu'il prenait des notes dans son carnet, Alec sentit qu'elle l'observait.

— Vous avez déclaré n'avoir remarqué leur disparition que le matin.

— C'est exact.

— Vous n'êtes donc pas allée vous assurer que tout allait bien à votre retour cette nuit-là ?

— Nous ne le faisons pas d'habitude.

— Les box sont près de l'entrée. Ça n'aurait pas été difficile.

— Nous n'avons jamais eu de problème avant.

Elle hésita. Elle enfonçait ses ongles, longs, ébréchés, sales et vernis de bleu clair, dans ses bras.

— Pourquoi ces questions ?

Cooper posa sa tasse.

— Il pose la question parce qu'il se demande pourquoi quelqu'un qui se soucie que ses chevaux n'aient pas peur, au point de payer des drogues intraveineuses, ne prenne pas une minute pour s'assurer qu'ils vont bien.

— Vous avez demandé à être indemnisée avant même d'avoir parlé à la police, dit calmement Alec. Pourquoi ?

Chapitre 22

Louise Elton déclara qu'elle n'avait pas essayé de faire de réclamation à son assurance, peu importe ce que la compagnie avait affirmé, peu importe ce que semblait impliquer la déposition. Elle s'était juste renseignée. C'était une mesure de précaution – elle voulait savoir s'ils seraient d'accord. D'autres propriétaires lui avaient déjà envoyé des messages. Quelle importance de donner l'alerte ? Leurs animaux avaient disparu. Mais eux avaient toujours besoin d'un toit.

— Ma famille et moi, nous essayons toujours de faire de notre mieux. Nous essayons toujours.

— Quelle famille ? demanda Cooper.

Alec se tourna vers elle.

La propriétaire de l'écurie ne comprenait pas la question. Et lui non plus.

— Celle que vous avez intégrée en vous mariant ou celle dans laquelle vous êtes née ?

— Celle que j'ai construite.

Elle leur expliqua longuement.

Un oiseau marchait sur le rebord de la fenêtre au bois pourri ; le ciel était plus bleu que les ongles de Louise Elton. Les deux couleurs semblaient irréelles.

Louise Elton essayait encore d'expliquer.

Les dernières années avaient été difficiles pour son mari et elle.

La plupart des mensonges sont banals. La plupart des gens ne savent même pas qu'ils mentent, et si on les y prend, ils se justifient. Cooper l'avait compris. Elle n'aimait pas ça.

Elle était prête à enfreindre un peu les règles comme tout le monde. Elle s'était plus ou moins chargée des téléchargements illégaux à l'université, et il y avait aussi eu des histoires d'herbe parfois, et une quasi-expulsion, et une petite tentative de suicide, mais qui n'essaie pas de se suicider à vingt ans en fin de compte ? Il y avait une différence entre vivre dans la douleur et vivre dans le mensonge.

Et cet homme – ce partenaire temporaire –, cet Alec, vivait dans le mensonge.

Pas dans le cadre du travail, pas pour les choses importantes. Pas comme un criminel.

Cela se sentait dans sa voix, dans ses regards, dans son comportement.

Il n'était pas honnête avec lui-même. Il se cachait sa vraie nature, ses véritables aspirations.

Plus elle le regardait, plus il parlait, en manque d'affection, s'écartant sans cesse du protocole, plus elle avait de la peine pour lui. Il voulait être aimé et n'aimait pas en retour.

— Il faut que j'aille… commença-t-elle.

— Où ? s'enquit Alec.

— Où sont les toilettes ? demanda Cooper en se tournant vers leur hôte.

Mme Elton lui indiqua la direction de la cuisine.

— Ça ne peut pas attendre ? demanda Alec.

Cooper secoua la tête.

Elle sortit de la pièce, puis ferma la porte derrière elle. Elle entendait la conversation en sourdine ; Alec ronchonnait davantage ; Louise parlait d'une voix rauque, presque stridente.

Des assiettes sales étaient éparpillées dans la cuisine. Cooper prit son temps pour rejoindre la porte adjacente. Il n'y avait pas grand-chose d'écrit sur le calendrier, un « *aller voir Danny* » entouré d'un cercle, la date d'un film plus loin. La page du mois d'octobre n'avait même pas été tournée. Il n'y avait rien en novembre.

Deux piles de lettres étaient posées près de la bouilloire. Cooper en lut quelques-unes.

Dernier avis.
Arriéré de solde débiteur.
Les frais seront appliqués sur votre compte le 28 décembre.

Votre demande a été refusée.
Les retards de paiement peuvent affecter votre crédit pendant une période de six ans.
Les décisions des tribunaux de comté peuvent affecter la disponibilité du crédit.
Votre carte a été refusée.

Dernier avis.
Solde compte : - 15 468 £.
Cartes bancaires : - 89 421 £
Veuillez nous contacter pour discuter d'un futur crédit.
Le prélèvement automatique a été annulé.

Sous les lettres, elle remarqua les bords brillants d'une photo. Elle jeta un coup d'œil par-dessus son épaule. Il n'y avait personne. La maison était calme et tranquille. Cooper entendait seulement Louise, qui était en train de craquer dans le salon.

Elle découvrit la photo d'un labrador brun, un Polaroid. L'image était sombre, l'appareil avait eu du mal à la saisir.

Les yeux du chien étaient fermés.

Ses pattes avaient été séparées de son corps, une petite section de sept centimètres de long était disposée à côté de chaque jambe.

Cooper retourna au salon.

Alec lui jeta un coup d'œil quand elle s'assit, puis détourna rapidement le regard.

Il l'avait déjà fait plusieurs fois.

Louise Elton passait les noms en revue.

Aucun étranger ne s'était intéressé aux chevaux, personne de bizarre ne se cachait dans les bois.

Louise s'inquiétait des sentiments de haine à son égard.

Elle parla de tous les clients.

De ceux qui auraient pu lui en vouloir. De tout ce qu'ils lui avaient reproché. De tous ceux qui n'avaient pas payé, qui s'étaient plaints de leurs animaux, des frais d'annulation, plaints au sujet de leurs enfants, et plus encore. Ceux qui n'avaient pas été aimables avec elle.

— Je n'ai jamais eu d'enfant, dit Louise en hochant la tête. J'aimais ces chevaux. Je les aimais vraiment. J'aimais… J'aime Charlie. Mais ça, tout ça…

Elle se tut un instant.

— C'était peut-être quelqu'un qui nous connaissait, murmura-t-elle.

Cooper ouvrit son sac et en retira un des avis de recherche qu'elle avait montrés à Alec au restaurant.

Quand elle les aperçut, Louise se figea.

Cooper le laissa volontairement sur ses genoux quelques instants, puis le rangea dans son carnet.

Louise Elton ouvrit le tiroir de la table, en sortit un flacon en plastique, voulut verser des pilules dans sa main, mais il était vide. Elle ferma les yeux.

— Je suis désolée.

Elle se leva, puis quitta la pièce.

DISPARITION
Labrador brun.
S'est enfuie dans Denton Park le 2 août.
Très gentille. Répond à son nom, Lizzie.
Aidez-nous à la retrouver.
50 £ de récompense.

Chapitre 23

Cooper fit part à Alec de ce qu'elle avait découvert dans la cuisine. Une minute plus tard, il le vit par lui-même. Puis, du bas de l'escalier, il cria :

— Mme Elton ? Tout va bien ?

Il n'obtint pas de réponse.

Après avoir jeté un coup d'œil dans le salon sans l'y trouver, ils décidèrent d'aller voir à l'étage.

Ils remarquèrent de la lumière dans le couloir sombre du palier.

Ils trouvèrent une porte entrouverte. Une porte en chêne.

Cette maison avait été une crèche autrefois, mais pas pendant des décennies. Un arbre était sculpté dans le bois peint en bleu, et la peinture était tachetée et écaillée. Elle ne convenait pas à une porte comme celle-ci. L'humidité avait attaqué les murs dans les coins sombres du couloir.

Les lames du plancher grinçaient sous leurs pas.

Une mouche vola devant eux.

Puis ils aperçurent Louise Elton qui pleurait, assise à son bureau, tremblante.

Devant elle, sur le bureau, les rayons rougeoyants du soleil éclairaient des dizaines de photos, noires, bleues et vertes.

— Mme Elton, êtes-vous…

Elle se retourna, bouche bée. Elle essaya de couvrir les photos en les serrant dans ses mains tremblotantes ; elle prenait soudain conscience de l'endroit où elle se trouvait, des personnes qu'elle voyait.

Alec poussa la porte. Mme Elton se tourna vers son bureau.

— Ils n'arrêtent pas d'en envoyer, dit-elle d'une voix rauque.

Elle laissa tomber les photos comme si son âme avait quitté son corps. Elle tenait encore une enveloppe dans ses mains.

Les clichés représentaient des animaux, des boîtes en bois, un rivage, une île lointaine.

— Nous en trouvons sans cesse. Ils savent, murmura-t-elle en secouant la tête.

Décroche le téléphone.
Parle-moi.
Écoute.
S'il te plaît
Je n'ai rien fait de mal.

Chapitre 24

Les seaux d'eau étaient presque pleins à ras bord à cause de la tempête survenue deux nuits plus tôt. Du foin flottait à la surface de l'eau boueuse. Tout près, devant une des portes de l'écurie, des silos d'ensilage avaient été attachés dans du plastique. L'un d'entre eux était à moitié ouvert, probablement inutilisé depuis des semaines.

Cooper ne se sentait pas bien, seule là. Enfin, une voiture arriva. Le silence fut rompu.

Les écuries pouvaient accueillir au moins vingt bêtes. C'était la seule pension à des kilomètres apparemment, mais elle en avait seulement hébergé six. Ceux qui avaient enlevé les chevaux avaient pris tout ce qu'ils pouvaient. Le sol des vieux boxes était couvert de crasse et de matière fécale. Ils n'avaient sans doute pas été nettoyés depuis deux semaines. Les preuves n'avaient pas été vraiment effacées, on n'avait pas tenté de cacher les conditions de vie des bêtes, du moins à ce que Cooper pouvait constater.

— Salut !

Kate, la vétérinaire timide venait d'arriver et sa voiture verte rouillée était garée juste derrière celle d'Alec.

Il était resté dans la maison avec deux autres policiers pour la fouiller pendant que Cooper examinait le terrain. Ils n'avaient pas pu tirer beaucoup plus d'informations de Mme Elton ; elle avait refusé d'en dire davantage avant le retour de son mari. Visiblement, il avait fui les lieux pendant leur entretien avec sa femme. Son tracteur était abandonné dans les champs, rouge et immense sur fond de colline. Sa voiture avait disparu de l'allée. Les tentatives de le joindre par téléphone avaient échoué.

— Je suis contente que vous ayez appelé, dit Kate. Je voulais aider hier, mais…

— J'ai juste besoin d'un peu de contexte, dit Cooper en se retournant pour se pencher au-dessus de la porte d'un box. C'est toi qui as mis ces chevaux sous sédatif ?

— Oui, répondit Kate d'un ton irrité. Ceux-là et quelques autres. Surtout les plus proches de la ville, ceux qui auraient pu être gênés par les feux d'artifice.

— Qu'est-ce que tu penses des Elton ?

— C'est-à-dire ?

— Est-ce qu'ils ont été de bons propriétaires ?

— Ça allait. Ils n'ont pas traité certains problèmes, mais quelles entreprises les traitent tous ?

— Quel genre de problèmes ?

Cooper savait que son attitude dérangeait sa consœur, mais le savoir ne changeait rien. Plus jeune, elle pensait avoir un discours compulsif, contraire aux conventions sociales. Elle pensait que les autres – sa famille, ses amis d'école – ne la comprenaient tout simplement pas. Mais plus elle vieillissait, plus elle se disait que c'était peut-être l'inverse. Qu'il existait un secret pour savoir quels comportements adopter, et qu'elle ne le connaissait pas. Parfois, elle ne savait pas comment imiter les autres, et le vague instinct avec lequel elle agissait semblait la pousser de plus en plus loin dans ses pensées.

Elle avait donc demandé à Kate quels problèmes les Elton avaient pu ne pas traiter.

— Sans doute des claudications. Quelques-uns de leurs chevaux perdaient l'équilibre. Les plus vieux, surtout. Les Elton ont commencé à m'éviter dès que j'ai abordé la question. Ils n'avaient probablement pas les moyens de payer un traitement ou une opération.

— Mais ils pouvaient se permettre d'acheter des sédatifs.

Kate haussa les épaules.

Cooper disparut dans un des boxes.

— Vous avez déjà des suspects ? demanda Kate d'une voix légèrement plus aiguë.

Comme Cooper ne répondait pas, elle poursuivit.

— J'espère que vous aurez le temps de profiter de la ville quand vous aurez fini. Dites-moi si vous voulez des conseils ou quoi que ce soit d'autre.

Cette tentative de rapprochement mit Cooper mal à l'aise. Elle essaya de se concentrer sur sa tâche.

— Aide-moi à soulever ça.

Elles sortirent une caisse en bois du coin d'un des boxes vides.

— Que cherchez-vous ? demanda Kate.

— Des photos.

Le premier cliché avait été envoyé pendant l'été, quelques mois plus tôt, à en croire Louise Elton. Elle affirmait avoir trouvé la photo par terre dans un des boxes vides plongés dans l'obscurité.

Elle représentait une boîte en bois dans la forêt.

Le couple ne s'en était pas soucié.

Au fil du temps, les photos n'avaient plus cessé d'arriver. Et puis elles avaient occupé toutes leurs pensées.

Des clichés de leurs élèves montant à cheval dans les champs, prises de très loin.

Des clichés d'animaux mutilés, d'animaux domestiques disparus depuis longtemps.

On les avait fait chanter, avait déclaré Louise Elton. Ils n'avaient absolument rien à se reprocher.

Alec en tenait la preuve dans ses mains gantées, une coupure de journal collée sur du vieux papier blanc.

La menace était simple, c'étaient les mêmes mots que Louise avait prononcés après leur confrontation.

NOUS SAVONS.

L'exigence de l'expéditeur n'était pas claire.

La requête d'Alec ne l'était pas non plus.

Si le mari ne se présentait pas pour un entretien au commissariat avant le lendemain matin, ils le localiseraient et l'arrêteraient.

Quand il lui avait dit cela, Louise n'avait même pas levé les yeux.

Les policiers emportèrent toutes les photos et les lettres qu'ils trouvèrent.

Puis ils la laissèrent seule chez elle, un sous-bock à motif de cheval sous sa tasse, un tableau de cheval sur le mur, une statue de cheval près de l'horloge.

Elle devait en parler, mais elle n'avait personne à qui se confier.

L'horloge faisait *tic-tac* sur la cheminée en briques rouges. Une mouche bourdonnait dans la cuisine. Les policiers commencèrent à partir. C'était une maison d'enfants, pas d'adultes.

Tandis qu'elles parcouraient les écuries et le terrain, Kate et Cooper discutèrent de leur carrière. Cooper essaya de sourire davantage, de se forcer à être à l'aise.

— J'avais une idée, dit Kate. J'allais tout changer. Tout ce que j'ai vu à la fac – les animaux qui n'avaient pas besoin d'être abattus, l'argent qui pourrait être économisé si les propriétaires savaient faire certains soins eux-mêmes, quand nous appeler, quand ne pas nous appeler. Je l'ai abordée pendant mon entretien d'embauche. J'allais donner des cours de gestion des animaux aux propriétaires. Nous allions travailler tous ensemble.

Même si la vie s'avérait plus dure qu'elle ne l'aurait cru, elle avait essayé de changer les choses à sa manière.

Les gens n'étaient pas malveillants. Personne ne l'était, pas vraiment.

On pouvait leur enseigner des choses. On pouvait les rendre meilleurs.

Mais elle n'avait pas le temps, pas de financement. Ses patrons refusaient systématiquement ses propositions.

— Je dois retourner au cabinet, dit Kate en retirant son téléphone de la poche de son jean. J'ai des consultations à quatorze heures.

— Et tu vas jeter un coup d'œil à vos fournitures ? lui demanda Cooper. Voir s'il manque des fils de fœtotomie, te renseigner sur la question ?

Kate acquiesça, aussi nerveuse et souriante que jamais.

Chapitre 25

Cooper ouvrit la fenêtre de la voiture pour laisser entrer l'air. Alec la referma quelques secondes plus tard, puis s'excusa. Il n'aimait tout simplement pas que la fenêtre soit ouverte.

Il ne voulait pas tomber malade à cause des émanations d'essence.

— C'est dangereux quand on est en présence d'autres véhicules, vous savez. Les gens les laissent ouvertes et…

Ils ne croisèrent aucun véhicule de tout le trajet.

Ils roulèrent en direction de la mer.

Plusieurs photos d'animaux torturés trouvées sur la propriété des Elton montraient une étendue de mer et une petite rangée de maisons en ruine sur le rivage, visibles derrière la lisière des arbres. Alec et Cooper passèrent leur heure de déjeuner à rouler le long de la côte pour essayer de repérer l'endroit.

— Il y a douze animaux différents sur les photos, déclara Cooper à mi-voix.

Regarder les photos sur son écran pendant qu'ils roulaient la rendait un peu nauséeuse.

— Six chats, quatre chiens. Je n'arrive pas à identifier les deux autres, pas dans l'état où on les a laissés.

Les photos montraient aussi des adolescents. D'autres policiers avaient été chargés de les retrouver au cas où ils auraient remarqué quelque chose au cours des semaines précédentes.

— Nous devrions nous renseigner pour savoir s'ils connaissent Rebecca Cole, suggéra Alec. Ils ont à peu près le même âge. Et c'est elle qui a trouvé les têtes. Les enfants parlent entre eux.

Puis ils cessèrent d'organiser leurs recherches et se turent.

L'atmosphère chaleureuse qu'il y avait eue entre eux le matin s'était estompée à la vue des clichés sur le bureau de Louise. Cooper n'était même plus satisfaite de l'avancée de ses recherches. Il n'y avait aucune victoire possible.

Chaque enquête comportait un potentiel terrible. Certaines questions ne trouveraient jamais de réponse. Même traduites en mots, même si le coupable se tenait devant vous et vous disait honnêtement tout ce qu'il savait, tout ce qu'il avait fait et avait voulu faire, il y avait certains actes qu'on ne pouvait jamais comprendre, pas complètement. À moins d'être capable de les commettre aussi.

Cooper s'enfonçait dans son siège quand Alec prenait certains virages un peu vite, un peu n'importe comment. Ce n'était pas un homme prudent quand il devait aller quelque part, pas plus que quand il pensait avoir raison. Cela ne faisait qu'aggraver le mal des transports de Cooper.

Une demi-heure plus tard, ils atteignirent enfin l'endroit qu'on voyait sur les photos, plus bas sur la côte, des îles visibles à l'horizon.

— Celui qui les a laissées devait savoir qu'on trouverait cet endroit. Il devait vouloir qu'on vienne ici.

Alec arrêta la voiture.

Au-delà, la marée descendante effleurait à peine les maisons en ruine dans la mer. Elles avaient déjà commencé à s'effondrer ; l'eau les avait atteintes quelques semaines plus tôt.

La plupart des gens n'avaient aucune raison d'emprunter un itinéraire aussi éloigné de la route principale. Plus loin encore, le chemin grimpait jusqu'à de petites falaises verdoyantes.

— Il y a un sentier entre les arbres. Ça correspond à l'angle sur la photo.

Ils s'y engagèrent.

Alec se demanda un instant s'ils auraient dû demander à d'autres agents de les accompagner, mais Cooper avait déjà commencé à marcher. Elle observait tout. Elle essayait d'imaginer ce qu'on pouvait ressentir en commettant un tel carnage.

Ils suivirent des traces de pas quasiment imperceptibles.

Douze caisses en bois étaient disposées dans la clairière, certaines ouvertes, d'autres clouées.

Elles faisaient penser à des portes tombées au sol, exposées sous différents angles.

Tout autour gisaient ce qu'Alec prit d'abord pour des jouets d'enfants, des balles, des hochets.

L'étendue de terre – semée de copeaux de bois et humide – grouillait d'insectes invisibles qui faisaient un bruit de parasites électriques.

On sentait une odeur de fumée lointaine. Ils n'en trouveraient jamais la source.

Ils ouvrirent une boîte.

— Qu'est-ce que c'est? fit Alec.

Cooper ne réagit pas.

— Qu'est-ce que c'est? répéta-t-il.

Alec sentit l'odeur qui s'échappait de la boîte.

Cooper et lui se trouvaient en plein air, au milieu de bois magnifiques, loin de toute habitation, et il ne pouvait pas respirer. Il se couvrit le nez et la bouche, tituba et s'écarta.

Sa tête se renversait en arrière tandis qu'il marchait en regardant les arbres nus et le ciel qui perçait entre leurs fines branches.

Des chevaux y avaient été mutilés, enterrés, un œil enfoui dans le sol, mais l'endroit dégageait une certaine beauté. Il pouvait inspirer stupeur et émerveillement, même si Alec imaginait la douleur de ces créatures, même s'il avait peur de savoir pourquoi.

Les caisses, ce qui avait été laissé là, ce qu'on avait infligé à ces pauvres animaux, tous drogués, tous empoisonnés et piégés jusqu'à leur mort…

Il n'y avait rien de beau ici.

Rien d'un rituel ou d'un acte symbolique non plus. Rien qui pousserait Alec à se renseigner immédiatement sur la symbolique des nombres et les doctrines ésotériques. Rien qui l'empêcherait de dormir la nuit, l'obligeant à établir des théories sur les motivations de l'auteur des faits.

Dans ces boîtes, dans ces bois, Alec ne voyait rien qui donnait envie de s'émerveiller.

Il voyait de la douleur et une longue souffrance.

Indépendamment de la loi ou du sens des actes, il voyait enfin des meurtres.

Il remarqua des lettres fraîchement peintes sur les côtés des caisses vides. Il les fit pivoter pour mieux voir. Cooper le pria d'arrêter, de cesser de toucher à tout, mais il ne pouvait pas. Il fallait qu'il sache.

Il lut les lettres rouges sur le bois.

REGARDEZ.

Chapitre 26

Ils quittèrent la clairière avant le soir et retournèrent à leur voiture garée sur la rive.

— Je ne suis pas sûr qu'il s'agisse d'une affaire d'assurance, déclara Alec.

Le soleil était bas au-dessus des îles lointaines. À proximité, l'eau clapotait autour des maisons abandonnées.

— Est-ce qu'on nous a observés aujourd'hui ?

Alec s'appuya contre le capot de la voiture. Cooper s'assit à côté de lui, son thermos de café à la main.

— Qu'avez-vous dit au sujet du tueur de chats de Croydon ? Sur tous ces animaux retrouvés découpés, mutilés.

— Oui, quoi ?

— Vous avez dit que tout tenait au moment de la découverte. Voir les visages des propriétaires, savoir ce qu'ils pouvaient ressentir.

— C'était l'avis de certains, en tout cas.

Cooper finit son café.

— Mais on n'en est pas sûrs. Peut-être que c'étaient des renards, après tout, comme l'a affirmé la police.

— Peut-être que les renards les ont aussi enfermés dans ces caisses, ironisa Alec. C'est peut-être eux qui ont pris les photos.

— Ils sont suffisamment rusés.

— Ils s'accouplent devant chez moi tous les deux jours. Ils font le plus horrible des…

Il s'interrompit, fronça le nez et étouffa un éternuement.

— À vos souhaits, dit Cooper.

— Vous avez rencontré beaucoup d'affaires de ce genre ?

— Des renards qui s'accouplent, ou qui prennent des photos ?

— Des tueries d'animaux en série.

Son ton était grave ; Cooper se tendit un peu.

— Eh bien, il y a la triade de Macdonald, répondit-elle. Vous connaissez cette affaire ?

Alec secoua la tête.

Dans les semaines à venir, il allait y repenser – il ne connaissait pas. Et Cooper lui demandait s'il en avait entendu parler, lui, un policier, un enquêteur. Quelle idée se faisait-elle de lui pour le lui demander ?

Désarmé, il posa question sur question pour dissiper sa gêne.

Il écouta Cooper. Il apprit plus tard qu'elle avait obtenu une maîtrise en sciences médico-légales quelques années après son diplôme de vétérinaire. Elle y avait consacré du temps. Ses choix, quels qu'ils aient été, lui avaient permis d'arriver jusque-là.

Alec s'adossa contre la voiture et écouta Cooper lui expliquer les antécédents des prédateurs.

Maltraitance.

Incendie criminel, vandalisme.

Cruauté envers les animaux.

— Mais toutes ces théories se fondent sur le discours des tueurs, précisa-t-elle, des individus qui essaient souvent de susciter la compassion pour obtenir des procès en appel ou des sursis à leur exécution… incriminer l'enfance comme les journaux incriminent les jeux vidéo. Peut-être que les psychopathes n'ont aucune idée de ce qui les pousse à agir.

Alec opina du chef, puis se redressa en grimaçant. Il semblait sur le point de parler, mais il resta silencieux.

Un bateau traversa les eaux ; la mer semblait presque rouge dans la lumière du soir.

Ils en revinrent ensuite aux animaux.

— Certains pensent qu'il peut s'agir d'un entraînement. Que les hommes dangereux sont peut-être trop effrayés ou bridés par les normes sociales pour passer tout de suite au meurtre de personnes. Que ça n'a rien à voir avec les animaux.

— Et vous, qu'en pensez-vous ?

— Que les gens cruels ont rarement besoin d'une raison pour l'être, mais… je ne sais pas, le risque est probablement moins élevé quand on tue des animaux. Les peines maximales ne sont que de quelques mois, et souvent, même dans les cas de mauvais traitements importants, les tribunaux répugnent à interdire aux gens d'avoir des animaux de compagnie. La justice ne va pas très loin quand il s'agit d'animaux, du moins ceux qui ne marchent pas et ne parlent pas. Et par conséquent, les animaux ne confèrent pas vraiment la notoriété que ces personnes recherchent.

— Donc vous ne pensez pas que c'est…

— Je ne pense pas quoi ?

— Qu'inévitablement, une chose en amènera une autre ?

Cooper sourcilla.

— Vous n'êtes pas très clair.

— Quelqu'un qui fait du mal aux animaux fera forcément du mal aux gens ?

— Rien n'est inévitable, répliqua Cooper.

Ils prirent les dispositions nécessaires pour que les cadavres contenus dans les caisses soient transportés chez le vétérinaire afin de subir une analyse plus approfondie.

Avant qu'ils ne se séparent, Alec demanda à Cooper par quelle coïncidence deux personnes ayant une personnalité brisée au point de vouloir faire du mal aux animaux collaboreraient à un tel crime. Il suggéra que l'une des deux pourrait avoir été entraînée par l'autre. L'ermite avait mentionné des pleurs, après tout. Et il y avait peut-être même plus de deux personnes impliquées.

— Vous avez l'air fatigué, lui dit Cooper en souriant.

Quelque chose dans ce sourire fit rougir Alec qui consulta soudain sa montre.

— Mince.

— Quoi ?

— Je suis censé aller chercher mon fils bientôt. Je peux vous déposer ?

— Je croyais que tout le monde conduisait, dans des endroits comme ici.

— Il n'a toujours pas réussi son permis, répondit Alec d'un ton amer.

— J'ai passé le mien quatre fois, dit Cooper avec un haussement d'épaules en ouvrant la portière. Je suis sûre qu'il va y arriver.

En attendant que les cadavres soient transportés au cabinet vétérinaire, Cooper retourna à son hôtel pour une courte sieste. Elle ne se sentait pas aussi mal qu'Alec, mais elle constatait avec surprise que la journée lui avait coûté ; ses mains tremblaient légèrement.

En montant les marches, elle repensa à tous les éléments de l'affaire.

Les photos des écuries. Les caisses dans les bois. Les victimes à l'intérieur et à l'extérieur.

Louise Elton, croulant sous les dettes et murée dans le silence.

Albert Cole, un fermier qui avait voulu une nouvelle vie, venu de si loin pour vivre aussi seul, qui avait perdu tous ses proches sauf sa fille Rebecca ; et combien de temps allait-elle rester ? Un an ou deux ? Qui pouvait savoir ?

Et Alec. Alec qui avait frôlé la crise de panique en découvrant les caisses. Alec qui continuait de se tourner vers elle pour obtenir des réponses.

Quatre jours, avaient-ils dit.

Quatre jours pour résoudre cette affaire, et deux s'étaient presque écoulés.

Il n'y aurait pas d'aide supplémentaire, pas de seconde chance.

Alec était allé chercher son fils après le passage chez le vétérinaire.

Il n'arrêtait pas de s'excuser pour son comportement.

Cooper lui avait dit qu'elle le rejoindrait le lendemain matin. Elle essaierait d'être à l'heure pour le petit déjeuner.

Alec avait l'air au bout du rouleau. Quand il partit, un film de sueur pâle luisait sur son cou. Cooper supposa qu'elle non plus ne devait pas paraître au mieux de sa forme. Elle n'avait même pas pris la peine d'allumer la lumière en refermant la porte de sa chambre d'hôtel ; elle se déshabilla et s'effondra sur son lit.

Elle régla le réveil pour qu'il sonne une heure plus tard que prévu.

Elle ne fit pas de rêves.

Chapitre 27

Au bout du couloir du cabinet vétérinaire d'Ilmarsh se trouvaient des salles de consultation équipées de vieux ordinateurs, de balances pour peser les animaux, et un peu plus loin un bureau et une cuisine. Il restait encore quelques vieilles décorations d'Halloween, des sorcières à balais lumineuses, une citrouille au-dessus d'une poubelle. Des papiers étaient posés sur les bureaux : des formulaires, des dossiers, des photocopies.

Une vétérinaire était assise seule, du café fumant dans sa tasse.

Kate avait écrit « *Fou de t'oie* », au marqueur indélébile sur une tasse blanche.

Une semaine plus tôt, elle avait donné une pomme à un des chevaux. Bruce. Quand il allait au pas, il montrait des signes de douleur, il évitait de s'appuyer sur une patte – de la favorisation, disaient les vétérinaires. Kate ne pensait qu'à ça en buvant son café, en essayant de se calmer. À la façon dont il était venu vers elle en balançant la tête, amical, affectueux.

Elle pensa à son hennissement.

En milieu d'après-midi, un enfant se rendit au cabinet avec un chat ensanglanté dans un sac en plastique. C'était son animal de compagnie. Le garçon était malade et n'était pas allé à l'école. Il avait entendu un crissement de pneus et un bruit de freins à l'extérieur. Il avait marché jusqu'au cabinet avec son chat noir tigré âgé de onze ans qui respirait et bougeait à peine.

Kate l'avait stabilisé, mais seuls les premiers secours étaient gratuits.

Des soins supplémentaires seraient payants. Les suppléments le sont toujours.

Avec son aide, tout n'était pas forcément perdu, même aussi tard. Elle pouvait le sauver, s'ils obtenaient un consentement. Si les propriétaires faisaient ce qu'il fallait.

Et c'était ça le problème, le casse-tête au cœur de sa profession. Trouver comment sauver l'animal de son propriétaire.

Quatre consultations, une sortie aux écuries avec Cooper, et deux opérations.

C'était le résumé de sa journée. Elle se termina par un lent trajet de retour jusqu'à la tour où elle habitait. Kate était fatiguée, déjà sur le point de perdre connaissance.

Depuis trois mois, il y avait un vieux frigo abandonné dans un coin du hall de son immeuble ; la moisissure à l'intérieur s'était étendue aux parois. Le vieil ascenseur était un modèle à porte à l'ancienne auquel on ne pouvait pas se fier si l'on voulait rester en vie. Le panneau « HORS SERVICE » était barbouillé de graffitis, et des boîtes de matériaux de construction indéterminés occupaient ce qui restait de place dans la cabine. Bien que nettoyé la semaine précédente, le hall sentait un peu l'urine. Kate le savait, elle avait vu l'homme de ménage avec sa serpillière.

Elle monta l'escalier de cet ancien hôtel reconverti en immeuble d'habitation. Les murs étaient envahis d'autres graffitis, certains aux couleurs vives, beaux, d'autres ne représentant que des initiales, juste peintes pour être peintes. Assis près des portes du sixième étage, des amoureux s'embrassaient. Le visage du jeune homme était mouillé de larmes. Kate essaya de ne pas les regarder et ils ne se retournèrent par vers elle, mais quelque chose dans cette rencontre lui donna envie de pleurer aussi.

Elle atteignit sa porte, peinte en bleu pour une quelconque raison. Elle fit jouer la clé dans la serrure, puis poussa.

Elle entra, appuya sur l'interrupteur. Elle passa devant des boîtes de nourriture pour chat enveloppées dans du plastique, puis devant l'arbre à chat, puis devant le grattoir qu'elle n'avait pas encore emporté à la décharge. Elle ouvrit le frigo, en sortit un reste de soupe qu'elle réchauffa au micro-ondes, se versa un verre d'eau et mangea ensuite à la petite table près de la fenêtre en regardant la lumière faiblissante de la boutique de pneus de l'autre côté de la rue et les petits champs au loin.

Quand elle eut fini, elle but encore de l'eau, après quoi elle se rendit dans sa chambre – la seule autre pièce de l'appartement –, ôta ses vêtements et enfila son pyjama. Il faisait humide et chaud. Les vêtements sales s'étaient amoncelés, des articles de toilette étaient éparpillés sur toutes les surfaces. Un livre qu'elle avait l'intention de lire, acheté depuis trois mois, était abandonné sur sa table de chevet, le marque-page – acheté dans le même élan d'optimisme – toujours coincé entre les pages six et sept.

Kate pensa à Cooper, à la façon dont celle-ci l'avait regardée. Elle ouvrit le tiroir de la table de chevet et en retira de l'anesthésiant qu'elle avait subtilisé au cabinet plusieurs mois auparavant, en prétendant que le flacon s'était cassé. Et elle s'injecta la kétamine.

Ça aussi, c'était un rituel.

Elle alluma la petite télévision installée au bout du lit.

Elle compta doucement dans sa tête en se retournant, se demandant combien de temps il faudrait avant de sombrer dans le néant.

Un. Deux. Trois. Quatre. Cinq.

— Une fois, j'ai attrapé un poisson vivant, murmura-t-elle en essayant de s'installer bien confortablement.

Six, sept, huit, neuf, dix.

— Puis je l'ai laissé…

DEUX ANS PLUS TÔT

Chapitre 28

Le premier agneau malade ou abandonné, le premier animal rejeté par sa mère, est celui dont la vie est la plus dure. Les anciennes écuries de la ferme des Cole avaient finalement été réaménagées pour accueillir les moutons malades. Les propriétaires utilisaient cet espace pour les isoler des bêtes en bonne santé. Ils les nourrissaient au biberon. Entre deux tétées, ils les laissaient dans le froid et l'obscurité, avec pour seul bruit les bêlements lointains du troupeau.

Ce premier agneau, ils le trouvaient souvent en train de téter les bords du vieux réfrigérateur relégué dans un coin ou de câliner des outils et des auges abandonnées.

Le premier agneau de compagnie survivait rarement. Les autres avaient une chance de s'en sortir.

Même enfant, Rebecca leur faisait chauffer du lait. Elle mélangeait la poudre avec de l'eau, sortait et restait des heures assise avec les nouveau-nés, matin et soir. Elle les élevait et ils bêlaient pour qu'elle vienne. Elle leur donnait des noms et la plupart mouraient. Ceux qui survivaient finissaient par retourner au troupeau, mais certains se souvenaient d'elle pour toujours. Ils couraient vers elle au son du seau qui remuait, avant les autres, comme montés sur ressorts, la tête penchée pour se faire caresser et grignoter une ou deux bouchées de carotte. Certains n'étaient jamais envoyés à l'abattoir, du moins pas délibérément.

Well Farm comprenait trois granges principales et une maison, et entre elles de nombreuses étables à vaches et des couloirs remplis de boîtes en plastique. Certaines contenaient des objets, des souvenirs qui avaient été protégés des vents hivernaux qui s'infiltraient entre les vieilles briques et des mouches qui volaient entre vivants et morts. D'autres contenaient de vieux journaux et des agendas, datant parfois des jeunes années du fermier, quand Albert Cole rêvait de devenir pompier, ou médecin, ou bien d'autres choses. Certaines boîtes renfermaient des dessins de sa fille : une collection de cartes diverses pour les anniversaires, la Saint-Valentin, d'un Noël vu à travers les yeux de Rebecca à cinq ans. Et enfin des boîtes dont personne ne connaissait la provenance.

C'était cela qui faisait de la propriété plus qu'une propriété. Certains endroits étaient les seuls où Rebecca s'était jamais sentie chez elle.

Le fossé dans lequel elle s'était amusée, enfant, avec des chiens et des jouets.

Le jardin de derrière et sa balançoire cassée, installée lors d'un été magnifique, près du bureau de sa mère.

Le jardin de devant, où elle avait essayé de faire pousser des plantes, jusqu'à ce qu'il soit détruit.

Et la deuxième grange où un jour, à quatorze ans, elle était allée nourrir les moutons.

Il faisait vraiment très froid. C'était le mois de mars, il avait neigé tous les jours et cinquante centimètres de neige s'étaient accumulés dans les champs juste au moment où ses parents et elle préparaient la mise-bas. Ils avaient rentré autant de moutons que possible, rempli trois granges avec tout le troupeau et laissé le reste des animaux s'écouler dans un enclos installé à l'extérieur, fermé par des clôtures et des portes temporaires en acier. La nuit, les bêtes étaient toutes entassées dans les granges. La neige ne posait pas vraiment de problème dans l'enclos – la chaleur des moutons et la maigre protection fournie par les granges qui se dressaient entre eux empêchant une grande partie de la neige de s'accumuler. Mais les morts étaient inévitables par un froid pareil, tout comme les avortements spontanés. Le troupeau s'amenuisait.

Sa mère n'avait jamais eu d'autre enfant. Rebecca n'avait ni frère ni sœur.

Un matin, elle était sortie, pensant voir les portes de la grange déjà ouvertes. Elle allait briser l'eau gelée dans les seaux, jeter de la nourriture dans les auges. Elle allait rester dehors un certain temps. Elle ne voulait pas rester dans la maison.

Les portes de la grange étaient fermées. Il faisait encore un peu sombre. À l'intérieur, un petit monde de structures annexes, de vieilles salles qui s'effondraient, se tenait dans une coquille métallique rouillée.

Au bord de l'étable, son père observait tranquillement les moutons de l'autre côté du portail. Quand Rebecca s'approcha, il se retourna et posa un doigt sur ses lèvres. Il avait l'air enchanté.

Elle s'avança vers lui et s'appuya contre le portail en métal. Il lui fallut quelques instants pour voir ce que son père regardait.

Entre les moutons – une centaine, ou plus, serrés les uns contre les autres dans un enclos – se trouvait un autre animal. Juste un peu plus grand.

Autour de lui, les moutons, gênés par sa présence, essayaient de s'éloigner. La bête, immobile, fixait Rebecca et son père de l'autre côté de la grange.

Il s'agissait d'un faon, avec deux bosses sur la tête, là où pousseraient un jour des bois.

— Il n'a pas plus de six mois, chuchota son père.

— Qu'est-ce que…

Elle s'interrompit, puis demanda, toujours à voix basse.

— Qu'est-ce qu'on va faire ?

— Sa mère ne doit pas être loin. Si elle est encore là.

Un bloc de neige glissa d'un panneau de porte près de la tête de Rebecca. Elle ne sursauta pas, mais frissonna tout de même.

— Qu'est-ce qu'on…

— Tu m'as déjà demandé. Ne te répète pas, Becca.

— Tu…

— Quoi ? demanda son père en se retournant, les sourcils légèrement froncés. Je quoi ?

— Tu n'as pas répondu à ma question, marmonna Rebecca. C'est pour ça que je l'ai reposée.

Son père se retourna vers le faon en grimaçant.

— Comment il est arrivé là, d'après toi ?

Rebecca jeta un coup d'œil à l'animal, puis à la porte de la grange.

— On l'a enfermé ? Est-ce qu'il est entré quand on a fermé ?

Son père hocha la tête sans la regarder.

— Il était déjà là ? Peut-être qu'il s'était caché.

— Non, coupa son père.

Un long silence s'ensuivit. Frustrée, jetant des coups d'œil partout autour de l'étable, Rebecca s'en alla. Elle retourna dans l'étable pour regagner la maison, mais s'arrêta avant la sortie, cherchant du regard tous les endroits par où l'animal avait pu entrer. Elle se tourna vers la porte principale, celle-là même par laquelle elle était entrée. Une porte en bois fragile qu'elle était censée avoir fermée la nuit précédente. Qu'elle était sûre d'avoir fermée.

Elle tourna la tête vers son père.

Il la dévisageait.

— Il est entré comme nous ?

Elle retourna à la porte.

— Il est entré par là.

Son père acquiesça d'un signe de tête.

— Mais pourquoi ? Il aurait fallu qu'il saute par-dessus la porte au milieu du troupeau. Pourquoi venir se coincer avec tous les moutons ? Pourquoi ne pas rester dans l'étable ? Et pourquoi n'a-t-il pas eu peur ?

Elle regarda le faon devant elle. Il s'était un peu calmé, mais continuait de les fixer.

— Il faisait froid et il se sentait seul, répondit son père. C'est souvent une raison suffisante.

— Qu'est-ce que tu vas en faire ?

— Il ne peut pas rester ici.

— Pourquoi ?

— Je ne sais pas ce qu'il transporte. Les animaux sauvages peuvent transmettre toutes sortes de maladies.

Il soupira, baissant les yeux vers sa fille.

— Viens, on va rentrer boire un thé.

— On n'a pas encore nourri les moutons.

— Ils attendront.

Deux jours plus tôt, la mère de Rebecca lui avait demandé de se déshabiller. Rebecca avait oublié de rentrer le chien pour la nuit. Elle n'arrêtait pas d'oublier des choses.

Il était froid quand je l'ai trouvé, Becca.

Enlève ton haut, Becca.

Enlève ton haut.

— Maman, s'il te plaît…

Enlève ton pantalon.

— Maman, s'il te plaît…

Il fait froid, n'est-ce pas ? Le chien a eu froid aussi.

— Je suis désolée.

Non, tu n'es pas désolée. Tu ne peux pas.

C'est de l'empathie.

Reste là.

Sa mère s'était dirigée vers l'étable.

Quelques instants plus tard, de l'eau coulait du tuyau encore enroulé par terre.

Rebecca, qui se tenait là sans son haut ni son pantalon, fut transie par la brise.

Elle se mit à trembler, et sa mère ne revint pas.

L'eau commençait à s'écouler vers ses orteils nus.

— Non, non, non, non, non, murmura-t-elle. Non, non, non, non.

Elle tremblait, elle cria.

Mais sa mère ne revint pas.

De temps en temps, une voiture passait de l'autre côté de la route, mais ne s'arrêtait pas. Les champs s'étendaient à perte de vue, les nuages les couvraient d'ombre à mesure qu'ils dérivaient, puis la lumière revenait tout aussi vite.

L'eau atteignit ses pieds et elle se fit pipi dessus à cause du froid et de l'humidité ; elle tremblait maintenant de tout son corps.

Pourtant, personne ne vint couper l'eau, ni pointer le tuyau vers elle au demeurant. Il restait là, se dévidant sur la pierre. Rebecca, les bras serrés contre elle, pleurant, incapable de bouger. Elle repenserait à ce moment au cours des mois à venir, aux raisons pour lesquelles elle n'avait pas bougé, à ce qu'elle avait laissé faire.

Son père et elle n'en avaient pas reparlé. Rebecca ne savait même pas s'il était au courant, s'il était d'accord, s'il avait participé.

Sa mère allait être gentille avec elle pendant un certain temps.

Elle se montrait toujours gentille avec elle après le pire.

Après la découverte du faon dans la grange, la mère de Rebecca fit du thé dans la cuisine et la famille regarda un documentaire du genre de ceux destinés aux dimanches où l'on s'ennuie. Son père lui dit de rester dans la maison ; il s'occuperait des moutons. Elle devait se reposer. Elle avait l'air de couver un rhume. Sa mère protesta, affirmant qu'elle semblait tout à fait en forme, mais il n'en démordrait pas, un point c'est tout. Rebecca resta donc un certain temps à l'intérieur, même si elle n'en avait pas envie.

Sa mère prit ses médicaments, des pilules pour le cœur.

Elle voulait que Rebecca mange mieux, qu'elle fasse plus d'exercice pour ne pas finir comme elle. La fillette apprit plus tard que l'état de sa mère n'avait rien à voir avec l'alimentation. Les problèmes de coagulation sanguine ne marchaient pas comme ça.

Plus tard dans la journée, Rebecca fut envoyée à l'étable pour aller chercher des petits pois dans le congélateur.

Certains moutons étaient à l'intérieur, d'autres dehors ; le ciel commençait à s'assombrir. Il n'y avait aucun signe du faon. Les mangeoires étaient remplies d'eau. Cela n'avait rien de surprenant, les moutons mangeaient ce qu'ils pouvaient aussi vite qu'ils pouvaient.

Elle retourna au congélateur et prit les petits pois.

À mi-chemin de la maison, elle entendit un grattement.

Elle se retourna.

Il n'y avait personne. Il n'y avait rien.

Elle continua de marcher vers la maison, puis elle l'entendit à nouveau, plus fort. Cette fois, elle reconnut le bruit. C'était celui d'un outil. Son père était dans l'atelier.

Elle fit demi-tour, passa devant des seaux en plastique destinés à faire des châteaux de sable, devant une vieille tondeuse à gazon cassée en trois et une valise de femme.

Elle se dirigea vers la porte ouverte.

Son père lui tournait le dos. Vêtu de son tablier, il travaillait à l'établi entièrement recouvert d'une bâche. Il ne l'avait pas entendue arriver, ou bien cela lui était égal. L'un comme l'autre était possible.

Il posa son outil. Un cadavre gisait sur l'établi. Quatre pattes à sabots, deux de chaque côté de son père, plaquées contre lui, comme aimantées. Elles pendaient, roses et humides.

Rebecca s'approcha.

— Papa, qu'est-ce que tu fais ?

Son père se figea.

— Qu'est-ce que tu fais ?

— Pourquoi es-tu dehors ? lui demanda-t-il sans se retourner.

— Maman m'a dit d'aller chercher des petits pois.

Elle leva le sac pour le prouver, même si son père avait le dos tourné. Elle rougit un peu, baissa le sac.

Elle regarda l'animal gisant sur l'établi. Il avait été écorché.

— Papa ?

Il se retourna, et elle le vit.

Le cou de la bête n'était plus qu'un moignon.

Son père lui avait coupé la tête. Évidemment.

C'est ce qu'on fait quand on tue un cerf.

TROISIÈME JOUR

Chapitre 29

Il faisait nuit. La porte du vestibule était ouverte quand Rebecca arriva. La police avait quitté la ferme. Les têtes de chevaux avaient enfin disparu.

La pièce était encombrée de bottes boueuses, de cirés, de sacs de litière pour chat à moitié vides, de nourriture pour hamsters et de boîtes destinées aux objets cassés ou oubliés depuis des années. Un tract du conseil municipal, quelques lettres pas encore décachetées.

Rebecca cria :

— Tu as laissé la porte d'entrée ouverte !

Son père ne répondit pas.

Elle enleva ses bottes en caoutchouc en sautant à cloche-pied sur la natte de paille. À travers la vitre sale, elle aperçut un camion qui passait à toute vitesse. Il n'y avait pas de lampadaires pour délimiter la route.

Elle ôta sa veste polaire et eut mal en retirant la manche droite. Une éruption cutanée lui recouvrait le bras jusqu'au dos de la main. Ce n'était pas joli ; elle avait des croûtes noires par endroits. Elle l'avait enduit de crème un peu plus tôt. Elle avait parfois des inflammations à cause de l'agnelage et du lait de substitution en poudre. Une fois, une grosse tique brune s'était attachée à sa paupière. Une éruption cutanée, ce n'était rien.

Elle se dirigea droit vers la salle de bains et ferma la porte à clé. Elle ôta ses vêtements sales, puis entra dans la baignoire en plastique pour se doucher. Elle avait mal partout. Elle ressentait un léger vertige, mais au moins l'eau la soulageait.

Quand elle eut fini, elle se regarda dans le miroir. Elle transpirait à cause du froid. Elle voyait ses côtes, un peu saillantes depuis quelques jours. Elle se sentait grosse depuis longtemps – on lui avait dit qu'elle ne l'était pas, bien sûr, mais se l'entendre dire n'a jamais aidé, quand on n'en a pas l'impression. Et maintenant, un miracle s'était produit : elle avait la peau sur les os. Elle était au régime depuis des mois et n'avait fait qu'un seul écart, le jour de son anniversaire. Mais les côtes étaient toujours là, bien visibles.

Elle avait oublié de prendre des vêtements propres. Elle jeta un coup d'œil dans le couloir et, constatant que la voie était libre – il n'y avait que Toby, cet idiot de chat –, elle courut dans sa chambre et ferma la porte à clé. Elle sécha ses cheveux brun terne et se demanda quel effet ils feraient si elle les teignait un jour. Elle pensa à la couleur des cheveux de la nouvelle vétérinaire – une sorte de marron foncé presque noir. Ou bien une autre couleur, qu'elle devait encore décider. Elle craignait d'avoir l'air bizarre. Comme si ce n'était pas déjà le cas.

En enfilant ses vêtements, elle repensa au serpent qu'elle avait vu plus tôt.

Elle repensa au bruit des voitures tout au long de la journée. Les roues qui tournent sur le revêtement.

Elle s'assit à son ordinateur – une vieille machine qui ramait, même selon les critères dépassés de sa famille – et joua un petit moment. Elle essayait de se calmer.

Dans le jeu, son personnage tombait amoureux. Elle avait fait tous les bons choix, en suivant un guide sur un site web. C'était sa dixième partie. Peter lui avait dit y avoir joué au moins une fois. Mais il regardait surtout des enregistrements, il n'achetait pas les jeux et n'y jouait pas lui-même. Comme beaucoup de gens. Rebecca n'avait pas vu ses amis depuis des mois. S'ils méritaient d'être appelés ainsi, si Peter et les autres s'étaient jamais souciés d'elle. Elle l'ignorait.

On n'avait pas besoin d'être soi-même. Ni de garder pour soi tout ce qui faisait souffrir, tout ce qu'on avait infligé aux autres et ce qu'on nous infligeait. On pouvait simplement faire semblant ou oublier. On pouvait penser comme on voulait ; ce n'étaient que des pensées après tout, et que sont les pensées sinon des inventions ? Qu'est-ce que la conscience sinon une forme de fiction ? On pouvait transformer sa vie en histoire. Voilà le cadeau que lui avait offert sa mère.

Sa vie telle qu'elle était maintenant, dans ces jeux sans personnes, avec ces messages sans visages – Rebecca se perdait dans les machines. Elle perdait son corps dans ses pensées.

Elle se sentait grosse depuis si longtemps. Comme s'il y avait trop d'elle. On le lui avait dit. Une fois, elle avait demandé à Peter ce qu'il en pensait, pour avoir une autre opinion, une sorte d'échappatoire. Il avait simplement paru embarrassé. Il avait répondu qu'il ne savait pas.

On frappa à la porte. C'était l'heure du dîner.

L'entrée de la maison était à nouveau vide ; il n'y avait que le chat blanc roulé en boule qui léchait la fourrure sur son ventre. Rebecca se dirigea vers le salon ; le chat bondit et s'enfuit dans le couloir. Elle poussa la porte.

Elle mangaient du steak de cerf avec son père pour le dîner. Le sang suintait pratiquement des morceaux à peine cuits. Son père se plaisait à dire qu'il était végétarien, parfois ; il le disait à des inconnus, il le racontait à des amis, mais consommait quand même de la viande. Il trouvait ça drôle, cette violence secrète, mais Rebecca n'avait jamais compris en quoi c'était drôle.

De son côté, elle ne mangeait pas grand-chose.

Son père ôta d'un coup de langue la sauce sanglante sur sa moustache. Des légumes verts plus ou moins oubliés gisaient, fumants, sur le côté de son assiette. Ils regardaient les informations dans un silence seulement interrompu par le bruit des couteaux sur les assiettes. On interviewait un homme politique.

— Faut-il se contenter d'un simple «*fais ce qu'on dit et tais-toi*» ?

— Tout d'abord, je dirais qu'il est assez paradoxal, voire dangereux de lancer des phrases comme «mettez la main à la pâte et fermez-la» quand il s'agit d'exprimer des valeurs démocratiques – le vote ne doit pas nécessairement marquer la fin du débat. Les lois changent, les gouvernements mentent, et parfois les citoyens ne savent pas ce qu'ils veulent, ou pire encore, des groupes pervertissent nos institutions pour opprimer dans leur propre intérêt. L'histoire de la démocratie est parsemée de tyrans et de démagogues qui ont pris le pouvoir par des moyens parfaitement légitimes, et nous ne devons pas l'oublier.

Son père changea brusquement de chaîne. Il le faisait toujours sans demander, même lorsque sa mère vivait encore avec eux.

Sa grippe n'aidait pas. Elle transpirait encore sous la douche. La viande n'aidait pas non plus.

Elle essayait de l'oublier en buvant de l'eau à petites gorgées.

À la télévision, un homme en costume noir s'asseyait à une table en face d'une épave humaine échevelée. La pièce était sombre. Ça ressemblait à une série policière, mais ce n'en était pas une, pas vraiment. Quelque chose clochait.

Il faut que je rentre chez moi.

Rebecca regardait l'homme en costume noir qui fixait le détenu.

Est-ce que ça va être très long ?

L'homme en costume noir sortit un paquet de cigarettes et le posa sur la table.

Je peux fumer ? Tu fumes ?

Le détenu opina du chef. L'autre homme sortit une cigarette, l'alluma et tira une bouffée.

Pourquoi je suis ici ?

Pourquoi tu ne me raconterais pas ta journée ?

Non.

Pardon ?

Je veux savoir pourquoi je suis ici.

L'homme le dévisagea.

Tu joues aux échecs ?

Il tapa sa cigarette dans le cendrier.

Non. J'y ai joué une ou deux fois. Et vous ?

Non.

Ils restèrent assis en silence pendant quelques instants.

Pourquoi tu tiens tant à rentrer chez toi ?

C'est ce qu'on veut tous, non ?

À nouveau prise de vertige, Rebecca finit son verre. Elle se toucha le front. Il était froid, moite.

Des miaulements se firent entendre dans le couloir.

— Tu l'as nourri demanda-t-elle ?

Son père acquiesça d'un signe de la tête, sans quitter l'écran des yeux. Ce jour-là, il ne s'était adressé à elle que pour faire des plaisanteries ou grogner.

Le chat se dirigea vers leurs assiettes sales. Il essaya de se montrer timide et furtif de cette façon dont seuls les chats sont capables, mais Rebecca connaissait bien la tactique. Elle se leva et ramassa les assiettes.

La télévision clignotait.

Rebecca s'attarda sur le seuil de la porte, souriant vaguement au chat. Il lui rendit son regard, contrarié qu'on lui enlève ses restes. Elle pensa à sa vie.

Elle pensa aux yeux des chevaux enterrés dans la terre.

Elle s'avança vers la cuisine et son cœur s'arrêta.

Chapitre 30

George sentait la fumée depuis le troisième étage ; sa veste de costume et son pantalon étaient entassés dans un coin de sa chambre depuis la veille. Son nez coulait.

Il était épuisé, il n'avait presque pas quitté son pyjama de la journée. Il avait faim. Il ne pensait qu'à de la viande morte.

Des abats de porc qui brûlent au soleil, des hamburgers, du porc, des saucisses. Ça, et boire un verre. Une bière en bouteille. Un peu de vin.

Il faisait juste assez chaud pour s'installer dehors. Plus chaud que la météo l'avait annoncé.

Et tout ça en novembre. Quelle belle époque vivait-on.

En bas, sa femme, ses amis, les « plus un » et les autres, tolérés parce qu'« on doit les inviter, sinon ça sera mal vu », étaient assis, debout, buvaient, fumaient, bavardaient et mangeaient.

Il avait prévu de faire cuire les saucisses. Il s'en occupait toujours. Et ce n'était pas comme si beaucoup de ces abrutis l'avaient invité chez *eux*, ou s'ils le faisaient, ils ne lui serviraient que de la salmonelle.

— Tu es sûr d'être assez en forme ? lui avait demandé Shelly une heure ou deux après leur réveil.

Le rhume de son mari l'inquiétait beaucoup. Elle lui avait acheté des médicaments, préparé du thé. Il avait pris un congé maladie. Pourquoi avait-il pris un jour de congé s'il était capable de faire un barbecue ? Il avait essayé d'expliquer les subtilités de l'exagération d'une situation auprès de collègues de travail, mais elle ne le croyait pas et ne lui faisait pas confiance. Il était exclu de l'événement.

Sa femme et son beau-frère avaient donc préparé la viande au four à l'intérieur, par sécurité. On était en novembre, et même si le temps semblait très doux, on ne faisait pas de barbecue en novembre. Ils terminaient la cuisson sur le feu pour rendre les morceaux plus croustillants.

George avait beau répéter à sa femme qu'il avait juste un petit rhume, elle continuait de s'inquiéter.

— Et tes mains ? Pourquoi elles sont rouges ? lui demanda-t-elle.

George, assis à la table de la cuisine sous une faible lumière, grimaça.

— Ça s'appelle le travail, Shelly.

— Ne me dis pas que tes mains sont comme d'habitude !

— Elles sont normales.

C'était faux. Ses mains étaient rugueuses et douloureuses. L'intervention à la ferme avait été difficile, même avec les gants qu'Alec l'avait forcé à porter.

— Vas-y. Faites tout sans moi, alors. Je vais me reposer en haut.

— Tu es sûr ?

— Affirmatif.

Elle le regarda de travers.

— Quoi encore ? rétorqua-t-il en fronçant les sourcils.

— Rien, répondit doucement Shelly. Je ne veux pas que tu m'en veuilles.

D'une voix monocorde et lasse, laissant transparaître le plus de cynisme possible, il demanda :

— Pourquoi je t'en voudrais ?

— OK.

Sa femme se retourna pour lui sourire.

— Si tu le dis.

George s'était ainsi retrouvé dans une chambre pleine de vêtements sales, mais soigneusement empilés. Il avait vu des cairns élaborés dans cet esprit. De petits tas de pierres dans les landes et les champs, des petits messages en hommage aux morts qu'on pouvait glisser entre elles.

Ses mains lui brûlaient et il souffrait d'une migraine terrible.

Il n'avait pas d'eau. Il devait aller jusqu'à la salle de bains pour se verser de l'eau au robinet, mais la volonté lui manquait ; son corps et son esprit ne voulaient pas coopérer.

Il tira les rideaux, puis s'allongea en espérant que tout irait mieux. Il prit son téléphone et régla l'horloge pour que le réveil sonne quelques heures plus tard, au cas où il s'endormirait.

Son fond d'écran montrait une photo de son mariage. Après quinze ans, elle figurait toujours sur ses téléphones.

Ils avaient été plus heureux sans amis.

George venait de recevoir un e-mail. Ses collègues avaient reçu les images des caméras de surveillance du rivage, celles de la nuit des feux d'artifice et du massacre.

Il irait les voir le lendemain, s'il se remettait.

Il se retourna, ferma les yeux ; ils lui piquaient déjà.

Il s'était coupé par endroits – il ne savait pas exactement comment, mais la journée avait été longue dans cette ferme pleine de rouille. Il avait mis de la pommade sur les vilaines croûtes qu'il avait cachées à sa femme sous un pyjama à manches longues pour qu'elle ne s'inquiète pas davantage.

Il avait juste besoin de se reposer.

Il s'endormit en essayant de faire abstraction du soleil qui entrait par la fenêtre.

Dehors, le barbecue touchait à sa fin, et avec lui la dernière journée chaude de l'année. Une dizaine d'invités s'attardaient, bavardant, plongeant des brochettes de marshmallows dans les flammes. Des moucherons dansaient autour de leurs têtes et de leurs bras, suçant le sang sous leur peau. Personne ne remarquait cette razzia. Des insectes repus de globules de O positif, de AB, et de B riche en insuline flottaient autour d'eux au milieu des rires et des sourires. Un invité, préférant se tenir à l'écart de la chaleur, ouvrit une bière fraîche.

Une invitée, Fiona, exhibait des photos de sa nouvelle maison. Elle déménageait beaucoup plus près de Londres afin d'être près de sa famille. Tout le monde invoquait cette raison en quittant cet endroit, comme si c'était synonyme d'échec total.

— Le nid est vide, dit-elle. La maison est pleine de fantômes maintenant qu'ils sont tous partis. Maintenant que Richard est parti.

Son mari avait succombé à une attaque l'année précédente, après avoir souffert longtemps d'emphysème. Il était plus âgé qu'elle ; ils ne s'aimaient pas vraiment, mais à présent elle était seule, sans aucun problème de santé sous-jacent, sans rien.

— J'ai l'impression que mes enfants sont partis aussi, quelquefois. Je sais où ils sont. Il y en a un qui vit à une demi-heure d'ici, mais j'ai quand même l'impression qu'ils sont perdus. Comme s'ils m'attendaient.

Elle saisit son verre en souriant.

— Désolée. J'ai bu trop de vin.

— Je veux qu'on reste en contact, lui dit Shelly. Je ne veux pas que tu m'oublies.

Fiona lui sourit avec douceur et un soupçon de dédain. Elle ne répondit pas. Shelly ajouta :

— On a envisagé de déménager dans une maison plus petite, mais bon, on se plaît ici.

Fiona acquiesça d'un signe de tête. Puis, après avoir contemplé le feu un moment, elle déclara :

— J'ai toujours dit que je me rapprocherais de mes enfants s'il mourait le premier. Vous savez ce que Richard disait qu'il ferait si je mourais avant lui ?

— Non.

— Il disait que si je mourais en premier, il voyagerait à travers le monde.

Elle soupira, essayant de sourire.

— Il avait un passeport irlandais.

Ils entendirent une voiture passer en trombe en direction du centre-ville. Elle dépassait sûrement les limitations de vitesse.

— Où voulait-il aller ? Quelque part en particulier ?

— En Irlande, c'est sûr.

Les lèvres de Fiona frémirent un peu.

— Pourquoi ?

— Il n'y était jamais allé.

La porte de derrière s'ouvrit.

Shelly se retourna quand elle vit les visages de ses invités. Inquiets. Peinés.

C'était George. Elle se précipita vers lui.

— Qu'est-ce que tu fais debout ?

Il était couvert de sueur.

— George ?

Il fit un pas en avant, puis s'écroula, pris de vertige, et sa tête heurta un muret.

— George !

Son crâne saignait là où il avait heurté la brique. Il ne réagit pas. Ses yeux étaient fermés.

Chapitre 31

— Je t'aime, murmura le fermier.

Les yeux de sa fille levés vers lui comme ceux des chevaux enterrés lui rappelaient ce qui était arrivé à sa terre, à sa vie.

Le crâne de Rebecca était encore ensanglanté après sa chute dans la cuisine ; ce même sang encore liquide sur le plan de travail.

Il la conduisit à l'hôpital.

Elle se réveilla brièvement pendant le trajet, essaya de parler, mais son discours était incohérent.

Des souvenirs lui revenaient en mémoire.

Elle parla d'une calèche noire.

Son père ne comprit pas.

Le cheval respirait avec peine ; ses narines se dilataient ; son encolure était humide de sueur.

Elle plongea la tête dans un seau d'eau à côté du panneau. Il ne semblait pas assez large pour elle. Rebecca pensa à ses yeux à elle et à la façon dont un cheval doit percevoir le monde, avec des yeux placés de chaque côté de la tête. Le thermomètre affichait trente degrés. La jument, attelée à une calèche noire conduite par un vieil homme avait transporté des passagers sur le front de mer toute la journée.

Michael lui brossait l'encolure et la crinière.

— Nous serons bientôt prêts à partir, dit-il.

Rebecca acquiesça.

— Il n'y a pas beaucoup de gens qui choisissent de faire la balade tout seuls.

Rebecca ne répondit pas.

Bientôt, elle fut assise sur les sièges amidonnés et desséchés à rayures multicolores et observait le ressac de la mer.

Le cocher ne se retourna pas. Elle observait la façon dont avançait le cheval que son maître appelait « Annie ».

— C'est mon cadeau d'anniversaire, marmonna-t-elle.

— Ah, d'accord.

Michael ne quitta pas la route des yeux.

— Eh bien, bon anniversaire.

Rebecca opina de la tête.

— Que désires-tu le plus ?

— Toi.

— Tu m'as déjà.

— Mais quand même.

— Dis-moi ce que tu veux vraiment. Qu'est-ce que tu veux vraiment ?

Ils continuaient d'avancer. Ils passèrent devant les salles d'arcade, les cafés, et même les hôtels abandonnés. Là-bas, il y avait des rangées de vieilles maisons blanches, qui se vendaient cher à une époque, et d'autres bâtiments laissés à l'abandon.

Le vieux cinéma, l'un des premiers du pays.

Quatre fausses colonnes corinthiennes ornaient la façade tels des troncs d'arbre ternes. Au-dessus, là où dans un ancien temple on aurait pu admirer de belles frises de marbre représentant des guerres, des dieux et l'histoire de la souffrance humaine, il n'y avait que des lettres. Cette frise n'était pas triangulaire, mais plate, tout comme le toit. Il manquait plusieurs caractères, fixés sur la pierre altérée par les intempéries. On pouvait lire :

EM-R.

Au-dessous, les portes et les fenêtres avaient été condamnées avec des planches.

Au loin, un homme attendait.

Un caméscope à la main, il filmait la balade en calèche de Rebecca. La journée était chaude et ensoleillée, et la jeune fille le distinguait à peine à cause de la brume de chaleur qui s'élevait du trottoir. Elle se demanda brièvement si les pieds du cheval étaient endoloris sur le béton. Elle avait entendu dire que les chiens pouvaient se brûler les coussinets sur les chemins. Peut-être que les sabots du cheval étaient plus résistants.

Elle dirigea son regard vers l'homme au caméscope et le salua d'un geste de la main.

Il ne la salua pas en retour.

Le cocher tourna légèrement la tête et le regarda lui aussi.

— Qui est-ce ?

— C'est lui qui a payé la balade, répondit Rebecca. C'est son cadeau.

— Il ne voulait pas venir faire un tour avec vous ?

— Il a peur, répondit Rebecca en essayant de sourire.

— Des chevaux ? se moqua Michael.

— Peut-être.

Ils continuèrent la promenade.

Plus tard, son père vint la chercher en ville. Elle lui avait raconté qu'elle y rejoignait des amis. Sa mère était censée la récupérer, mais elle était de nouveau alitée. Elle refusait pourtant de voir le médecin. Comme toujours.

— Joyeux anniversaire, lui dit son père. Tu as passé un bon moment ?

Un gâteau attendait Rebecca à la maison. Il l'avait fait lui-même. C'était une surprise, mais elle l'avait vu dans le frigo de la remise. Il était décoré de petits moutons en pâte à sucre.

Rebecca pensait sans arrêt au cheval.

Elle demanda à son père :

— Je peux faire du cheval ?
— C'est-à-dire ?
— Prendre des leçons d'équitation.
— Pourquoi ? soupira son père.
— Je ne…
— Demande à ta mère.
Et cela n'alla pas plus loin.
Rebecca ne demanderait pas. Bien sûr qu'elle ne demanderait pas.
Le ciel s'assombrit.
La terre continuait de tourner.

Rebecca cessa de se rappeler ces souvenirs.

Elle ne voyait plus rien, même en pensée.

Elle s'était mise à tousser quand ils avaient passé la porte de l'hôpital.

Son père rentra seul en voiture, sans dire à personne qu'il laissait sa fille. Il pensait à la ferme, aux premiers jours. Il se revoyait en train de marcher dans les champs, repensait au policier, aux marais.

Il y avait de belles journées par ici, et des couchers de soleil qui le faisaient pleurer de joie. Des moments où le monde s'assemblait sous ses yeux, puzzle de lumière réfléchie, échos de bêlements lointains dans le vent, floraison de fleurs sauvages aux couleurs dont il ignorait le nom. Il contemplait la danse des oiseaux dans le ciel, les écoutait s'appeler à travers les roseaux. Il disposait des ramures tout autour de sa maison.

Sa femme souffrait depuis des années d'une maladie de l'esprit, et d'une maladie du cœur. Personne ne l'avait comprise, personne ne l'avait compris, lui, n'avait compris ce qu'il avait essayé de faire pour eux trois.

George s'imaginait qu'on le prenait pour un idiot, mais il connaissait le secret de toute vie. Il savait qu'on ne peut blâmer personne pour des pensées. Elles vous viennent, tout simplement.

Elles sont comme le reste, comme le temps, comme le soleil, comme le gel.

Il pleurait à présent. Il accéléra.

Il irait dans ses champs.

Il serait seul aussi, désormais.

Il se demandait s'il reverrait sa femme un jour.

Elle s'appelait Grace et elle était la grâce, dans ses sourires et dans ses larmes.

Il se demandait s'ils se pardonneraient tout ce qu'ils s'étaient infligé l'un à l'autre.

Il erra, disparut dans les roseaux, dans la terrible obscurité.

Chapitre 32

Le soleil s'était couché sur Ilmarsh, le ciel paré d'un léger rouge. Dans une plaine comme celle-ci, rien n'empêchait la lumière de se répandre à l'horizon ; ni les bâtiments, ni les haies, ni les tracteurs abandonnés, ni les gens. Elle changeait le monde, si on ne voyait qu'elle.

Dans la voiture, la radio était allumée. Il faisait sombre à présent.

— Tu peux éteindre ? demanda Simon.

Alec se mit à chanter, en exagérant chaque syllabe.

— Papa…

— D'accord. D'accord.

Alec éteignit la musique. Ils roulèrent un moment dans un silence seulement interrompu par le bruit des roues. Le sac à dos de Simon était posé à côté de lui sur la banquette arrière. Il était allé chez un copain après l'école, dans un hameau éloigné du centre.

— Tu as faim ? lui demanda Alec.

— Un peu.

— On prendra un truc sur le chemin du retour, d'accord ?

Son fils ne répondit pas.

— À quoi tu penses ?

Simon avait dix-huit ans. Tout était étrange chez lui, comme chez tous les adolescents. Il était presque adulte, sans l'être vraiment. Simon était son garçon, mais c'était aussi un homme, assez grand pour avoir une vie dont son père ignorait tout.

Alec ne savait pas comment lui parler. Son fils lui avait posé des questions auxquelles il ne savait pas répondre ; il ne savait pas davantage ce qu'il pensait lui-même.

Simon finit par dire :

— J'ai fait un rêve, la nuit dernière.

— Tu en fais toutes les nuits. Le cerveau fonctionne comme ça. On en fait tous.

Il adressa un large sourire à son fils dans le rétroviseur, mais le garçon ne souriait pas.

— Non, pas moi.

— Si. C'est juste que tu ne t'en souviens pas.

— Je peux te raconter mon rêve ?

Quelque chose dans le ton de sa voix était bizarre.

— Bien sûr, raconte.

Alec regarda à nouveau dans le rétroviseur.

— Je disais juste que tu fais plus de rêves que tu ne le crois. C'est intéressant, on ne sait pas vraiment ce que…

— Papa…

— Désolé. Continue.

— Non.

— Tu vas bouder ?

Simon détourna le regard.

— Allez, parle-moi de ton rêve. Je disais ça pour plaisanter.

— Non. Il était idiot, de toute façon.

Le panneau indiquait ILMARSH, 40 KM. Tout était si vaste ici, si isolé, même ce trajet de trente minutes semblait rapide. C'était très différent de Londres.

Ils dépassèrent bientôt *Well Farm* ; les tentes blanches flottant dans la brise reflétèrent la lumière des phares. Ils allaient les démonter dans quelques jours, quand ils seraient sûrs d'avoir tout déterré.

— Comment c'était, le lycée ? demanda Alec.

— On peut rallumer la radio ?

Alec s'exécuta.

Plus de conversation, seulement le murmure de présentateurs qui parlaient de la circulation dans une ville lointaine. Dehors, la vue semblait inchangée quelle que soit la distance parcourue.

— Simon ?

— Oui ?

Tu es sûr que ça va ?

Désolé si j'ai été distant.

— Qu'est-ce que tu veux pour le dîner ?

Son fils regardait par la fenêtre, perdu dans ses pensées.

Après une pause, Alec répéta sa question et ajouta :

— On peut se prendre du fish and chips, un kebab, ce que tu veux…

— Des frites, ce serait bien.

À présent, la route était accidentée, creusée de nids-de-poule qui n'avaient pas été réparés depuis plus d'un an.

Essayant d'être enjoué, Alec lança soudain :

— Je sais ce qui ne va pas. C'est une histoire de fille, c'est ça ?

— Papa…

— Ah, je savais qu'il y avait une fille. Comment elle s'appelle ?

— Il n'y a pas de fille.

— Bien sûr.

Il jeta un coup d'œil dans le rétroviseur. Son fils avait rougi ; il avait vu juste.

— Est-ce qu'elle est venue camper avec vous ?

Il marqua une pause. Son fils ne répondit pas.

— J'espère que je pourrai la rencontrer.

Si tu veux parler de quoi que ce soit, dis-le-moi, d'accord ? Je suis là. Je serai toujours là.

— Mon rêve, c'était à propos de maman. Maman y était.

Alec rêvait aussi d'elle, parfois. Et il pensait beaucoup à cela. Il échafaudait des hypothèses.

On ne vous prévient pas, quand vous perdez quelqu'un. Dans un rêve, on ignore tout. Les disparus vont rester les mêmes, comme s'ils vivaient encore. Mais une partie de vous le sait, et quand vous les voyez, votre cerveau ne comprend pas ce qu'il vous fait. Il vous montre ce qui reste de cette personne dans votre esprit.

C'est tout ce que les gens sont les uns pour les autres en fin de compte, pensait Alec. Toutes nos expériences, les bons et les mauvais moments, tout ce que quelqu'un nous a fait ou que nous lui avons fait, cela nous laisse une impression. Et elle met bien plus longtemps qu'un corps à cesser d'exister.

Il regardait la route devant lui.

— Je rêve aussi d'elle.

Il n'ajouta rien.

— Je sais, dit son fils.

Le silence revint. Ils continuaient de rouler.

La ville se trouvait maintenant à quinze kilomètres.

— Tu sais, je faisais un cauchemar quand j'étais petit, confia Alec.

— Un cauchemar ?

— Oui. En quelque sorte.

— C'était quoi ?

— C'est l'un des seuls que j'aie faits de façon récurrente, enfin je crois. C'est drôle, non ? Il nous arrive tant de choses et on en saisit à peine la moitié.

Je ne savais pas ce qu'il signifiait à ce moment-là, pas au début. Il saisit sa bouteille d'eau et but une gorgée.

— Dans mon rêve, il y avait un endroit, un bâtiment noir sur une colline ; il était sale. Je crois que j'avais un problème avec la propreté. Et maintenant encore, même si ça va mieux. Je me suis toujours trop lavé les mains. Tu as déjà remarqué ?

Simon ne répondit pas.

— Avant, c'était pire. Quand j'étais petit, je me lavais les mains pendant deux minutes, trois même, en frottant jusqu'à être bien sûr qu'elles soient propres, en grattant sous les ongles, parfois. Ça m'a passé, mais le désordre me dérange toujours autant.

La lune apparaissait, puis disparaissait sous les nuages.

— Ta grand-mère et moi, on traversait la ville en voiture, on revenait de chez un ami ou de la plage. Parfois…

Il s'interrompit. Il venait d'apercevoir des panneaux au-dessus de la route.

— Il faisait froid et sombre, plus froid que nulle part, du moins dans la vie éveillée. Et le vent soufflait sur les enseignes des kiosques à journaux, sur les ardoises des restaurants et même sur les gens qui promenaient leur chien, c'était dingue, vraiment. J'essayais de regarder la mer, mais il n'y avait rien à voir, il n'y avait que du bruit. C'était une ville un peu comme la nôtre, mais plus grande, en meilleur état, sans doute.

Il s'arrêta. Son nez le démangeait. Il éternua violemment.

— À tes souhaits, lui dit Simon.

Alec sourit. Son fils lui rendit son sourire.

— C'est idiot de se dire : « À tes souhaits », remarqua Alec.

— Oui, pourquoi on dit ça ?

— On cherchera quand on sera rentrés répond-il en bâillant. Alors, qu'est-ce qui se passait dans le rêve ? Tu te promenais juste avec mamie ?

— Eh bien, on était en voiture et je voyais un bâtiment noir immense, une ruine. On aurait dit qu'il nous regardait depuis la colline. Je ne voyais que des lettres, des grandes lettres blanches couvertes de taches, et il en manquait. Et je ne me sentais pas moi-même. Je regardais ce bâtiment et…

Simon se réveilla. Il sentit un liquide sur sa joue. Il se toucha le visage ; il y voyait à peine, il voyait flou. Puis il vit du rouge. Sa main était couverte de sang.

Il s'étira péniblement. Il avait extrêmement mal à un doigt.

— Qu'est-ce que…

Sa voix était rauque.

Il commençait à fixer son regard sur les arbres devant la voiture, que seuls les phares éclairaient.

Ils ne bougeaient pas. Il tourna la tête.

La portière côté conducteur était ouverte. Son père n'était pas dans l'habitacle. Les airbags s'étaient déclenchés, engloutissant les sièges. Il ne savait pas que le pare-brise était cassé. Il ne remarqua pas le sang.

Il se redressa aussitôt sur son siège. Il faisait nuit. Ils avaient quitté la route. Il détacha sa ceinture et essaya d'ouvrir sa portière. Il avait mal partout. Sa ceinture l'avait protégé, mais il avait tout de même été projeté vers l'avant.

Ils avaient heurté quelque chose.

Simon ouvrit la portière et sortit en titubant.

Il entendit un bruit au loin. Léger.

— Papa ?

Ils avaient atterri dans un champ, quelque part ; il pouvait voir l'empreinte des pneus sur le sol. La voiture avait fait des tête-à-queue. Il n'y avait pas de route devant lui, juste la boue que les pneus avaient retournée, juste la saleté et les arbres, et tout ce qui restait invisible.

Il avança d'un pas hésitant, en titubant, la tête bringuebalante ; des pics d'adrénaline le sortaient de son état vaseux, il voyait tout bouger de haut en bas.

Il entendit un sifflement et vit quelque chose par terre devant la voiture.

— Papa, où…

Les bruits devenaient plus nets. Il entendait des sirènes.

Il s'approcha de la masse gisant au sol.

C'était un dos d'animal, long et marron ; des bois brisés s'agitaient au rythme des hoquets.

Ils avaient heurté un cerf.

Ce n'était qu'un cerf.

Le hurlement des sirènes s'intensifiait. Des ambulances. Elles étaient presque arrivées.

Son père avait dû appeler les secours. Pourquoi son père ne répondait-il pas ?

Et s'il ne répondait plus jamais ?

Simon aperçut la lumière des phares derrière lui.

Il regarda de nouveau le cerf. L'animal pouvait à peine bouger, et encore moins se tenir debout. Simon se baissa, puis s'assit à côté de lui.

Les ambulances les dépassèrent.

Le silence revint ; seul restait le râle du cerf.

Il hoquetait.

Simon cligna des yeux. Les larmes et le sang l'empêchaient d'y voir correctement. Il n'avait pas pleuré depuis très longtemps.

Il s'agenouilla dans l'obscurité. La radio de son père grésillait dans la voiture.

Chapitre 33

Il faisait encore nuit quand Cooper se réveilla. Elle n'entendait aucun bruit de voix, ni dans le couloir, ni dans la rue. Elle percevait le murmure de la mer à travers la mince vitre de la fenêtre. Elle essaya de lire l'heure sur l'horloge fixée au mur, mais il faisait trop sombre dans la chambre. Son réveil n'avait pas encore sonné. Elle se sentait très mal.

Le bras endolori, elle prit son téléphone et découvrit qu'il sonnait en mode silencieux, sans vibrer. C'était un appel de numéro inconnu.

Elle avait dormi six heures. Il était un peu plus de minuit.

Elle n'avait pas entendu son réveil.

Zut. Zut, zut, zut, elle était censée se rendre au cabinet vétérinaire.

Elle répondit, se redressant dans le noir, la nuque et le dos raides.

— Avez-vous…

Ça captait mal, il y avait des parasites sur la ligne.

Elle mit du temps à reconnaître la voix, et encore, elle n'en était pas sûre.

— Allô ?

Elle s'éclaircit la gorge.

Encore des parasites.

À l'extérieur des bâtiments, à des kilomètres de distance, la mer charbonneuse oscillait ; les étoiles ancestrales se reflétaient dans les rides de l'eau.

— Je l'ai fait.

La voix de Kate était faible, proche du rire, des larmes, du silence.

— Il les a coupés. Et les hennissements…

Des voitures sombres roulaient dans des rues sombres.

Au milieu d'ombres où se tenaient autrefois des marais, la vaste plaine montrait les dents autour d'elles.

Elles dansaient dans l'obscurité, dans le vide.

Des lumières rouges et bleues se mettaient à danser.

Elles se dirigeaient vers la mer.

Chapitre 34

Kate se mit à parler plus lentement ; chaque phrase était plus mal articulée que la précédente.

Elle avait pris quelque chose, ou on lui avait donné quelque chose à son insu. Elle ne répondait pas aux questions de Cooper.

— Qui t'a fait ça ? Qui ?

Cooper avait posé la question d'une voix ferme et sonore. Elle sentait son cœur battre plus vite. Elle s'était assise ; ses mains tremblaient. Mais elle resta calme.

— Je conduisais, dit Kate. Je pensais, je pensais que nous allions juste, juste les emmener, je ne savais pas…

Cooper alluma laborieusement sa lampe de chevet.

— Il les a découpés à l'arrière, murmura Kate. J'étais au volant. Il les a découpés, et ils ont crié, ils ont crié, ils pouvaient à peine bouger, je leur avais donné, je…

Elle se mit à tousser. Cooper chercha frénétiquement ses vêtements, ses clés.

— Où es-tu, Kate ?

— Fou de t'oie. Tu as aimé ma tasse, tu…

— Kate, je ne comprends pas.

— Il m'a dit qu'il raconterait à tout le monde ce que j'avais fait, chuchota Kate au milieu des parasites. Je serais radiée, je ne travaillerais plus jamais, et je devais l'aider, je ne savais pas ce qu'il allait faire.

Cooper se cogna la tête contre une poutre en bois en ramassant ses bottes. Kate continua.

— C'est en toi aussi maintenant. Ce qui est en moi est en toi. Je n'ai jamais voulu ça. Je n'ai jamais rien voulu de tout ça.

— Qu'est-ce qui est en moi ? demanda Cooper.

Elle commençait à trembler et le sang lui battait aux tempes.

Des lumières filtrèrent à travers les rideaux.

— J'ai trouvé un message. Quand je me suis réveillée, je l'ai trouvé, murmura-t-elle. Il t'aime.

Des lumières rouges et bleues.

Des hommes se tenaient derrière leurs portes.

— De t'oie…

Ce furent les derniers mots que Kate prononça.

Les hommes portaient des combinaisons de protection contre les risques biologiques, d'un blanc pur, presque fluorescent dans l'obscurité.

Les couloirs de l'hôtel étaient déserts, comme toujours.

Dehors, une ambulance attendait. Des véhicules stationnaient tout autour, et un peu plus loin sur la rive, un barrage routier retenait quelques badauds.

Ils se rassemblaient, comme toujours.

La réalité commençait à s'écrouler.

Des bateaux quittaient le port dans la nuit.

« Nous avons des raisons de croire… »

Elle n'entendait pas. Elle était incapable de réfléchir.

« Infection… »

Elle pensa aux chevaux, aux yeux dans la terre.

Elle pensa à ce nombre, seize. Ce nombre étrange. Elle n'y avait jamais réfléchi avant, elle n'en avait jamais parlé.

On lui administra un sédatif.

Tout devint noir.

Chapitre 35

Charles Elton se réveilla et découvrit que sa femme n'était pas à côté de lui.

Il refit le lit en tirant la couette. Il était trois heures du matin ; il n'en avait dormi que cinq. Il avait souvent du mal à dormir davantage.

Il se rasa, se doucha. Son visage était curieusement rouge, mais il l'était peut-être depuis un moment, il ne savait pas. Il avait un peu l'impression de vivre un nouveau départ. Comme si le climat avait soudain changé. Comme si l'air était limpide.

Il devait se rendre à la gare, sinon on l'arrêterait. C'était le danger.

Il s'habilla, descendit au rez-de-chaussée et appela sa femme pour lui demander un café.

Il n'obtint pas de réponse.

Il la chercha partout et remarqua certains détails.

Sa voiture avait disparu. En bas de la pente, les écuries étaient désertes, leurs toits mouillés. Il ne se souvenait pas qu'il ait plu. Peut-être l'obscurité de la nuit lui jouait-elle des tours ? On y voyait mal. Dans les champs, seul restait le tracteur rouge, abandonné depuis des semaines et jamais déplacé.

Parfois, Louise allait se promener.

Elle était donc partie faire un tour. Elle était allée quelque part en voiture. Comment lui en vouloir, après la journée qu'ils avaient passée ?

Il prit son téléphone et se dirigea vers la cuisine pour faire une liste de courses qu'il envoya par SMS à sa femme, au cas où elle passerait encore quelques heures dehors.

Il se prépara un café et un sandwich jambon-fromage avec du pain complet. Il attendit, puis décida de ranger la cuisine pour la rendre plus agréable.

Il attendit. Le jour s'était presque levé et Louise n'avait toujours pas répondu. Il vérifia son téléphone. Elle avait lu son message.

Ce serait le dernier signe de vie qu'elle lui donnerait, cette notification, ce « lu ». Il s'attarda quelques minutes, téléphone à la main, réfléchissant à ce qu'il fallait écrire. *Charlie est en train de rédiger un message* apparut sans doute cent fois sur l'écran de sa femme, mais finalement, il n'envoya pas de message, pas à ce moment-là.

Il fit la découverte un peu plus tard.

Sur le bureau de sa femme, d'où toutes les photos avaient maintenant disparu, se trouvait une lettre.

Sur le bout de papier, une injonction, rédigée avec des caractères découpés dans un journal.

TUEZ-VOUS.

Louise avait dû ouvrir l'enveloppe. Elle avait dû la lire.

Le courrier lui était adressé.

Le mot de passe du disque dur crypté de Charles figurait en dessous.

Il finit par envoyer un texto :

Tu reviens ?

Il n'obtint pas de réponse. Il se rendit dans la chambre, fouilla les armoires de sa femme, ses tiroirs. Tous ses bijoux avaient disparu. La plupart de ses vêtements aussi. Et leur valise n'était plus dans le grenier.

La lettre à la main, il descendit dans son bureau et s'assit, entouré des assiettes à motifs de chevaux, des tableaux représentant des chevaux.

Il envoya un dernier message.

Je t'aime, Louise. Je t'aime.

Il avait encore à faire dehors. Des gravats à déblayer. Des choses à ranger. Il essaya de se concentrer sur sa tâche.

Il brûla la lettre dans la cheminée.

Il monta à l'étage.

Il sortit l'arme du coffre-fort, plaça le canon dans sa bouche et appuya sur la détente.

ÎLE DE GRUINARD, 1942

Trois. Deux. Un.

Cinq hommes sont debout, équipés de masques à gaz. De gabarits différents, ils font penser à une famille réunie pour une photo. L'un d'eux tient un appareil photo. Il dirige l'objectif vers des moutons qui bêlent.

L'air est froid. La mer est calme.

Les moutons ont été rassemblés en petits groupes et attachés près des sites d'explosion. Les hommes restent assez loin pour limiter les risques.

Le compte à rebours terminé, *Vollum 14578* explose dans un nuage de poussière. Près des moutons, l'air devient marron. Tout se passe au bout d'un bâton que la détonation renverse ; les spores sont inhalées par tous les êtres vivants dans un rayon déterminé.

La souche a été décelée chez une vache à Oxford.

L'homme qui l'a découverte lui a donné son nom, et *Vollum* est tout ce qui reste de lui, le dernier souvenir qu'il a laissé.

Les moutons meurent et sont incinérés en quelques jours.

Les hommes réchauffent la terre.

Personne ne vivra jamais plus ici.

DEUXIÈME PARTIE

LE TROU DANS LE MONDE

QUATRIÈME JOUR

Chapitre 36

Cooper avait une image en tête, la dernière image.

La chair de la tête d'un cheval, exposée sur une planche.

Des étiquettes numérotées enfoncées dans les lésions prêtes à être examinées, et enregistrées.

C'était la dernière chose qu'elle se rappelait, son dernier souvenir avant de revenir à elle.

Le cuir étendu sur le chrome sous les lumières blanches.

Un cuir caressé mille fois sous la pluie ou au soleil, une carte de traumatismes et d'amour.

Elle se réveilla.

Des spécialistes du ministère de la Santé et des policiers des environs étaient venus la chercher sur la route.

Ce qui est en moi est en toi.

Mais c'était faux.

Elle ne cessait de penser à la voix de Kate. Elle ne cessait d'espérer qu'elle allait bien, qu'ils allaient tous bien.

Elle avait reçu le feu vert au petit matin.

La nuit semblait avoir été une sorte de rêve. Comme si toutes les parties de son esprit s'étaient scindées dans le monde éveillé.

Les autorités lui avaient attribué cette pièce, à trente kilomètres d'Ilmarsh, et ne lui avaient pas fourni beaucoup d'informations.

La pièce dans laquelle on l'avait installée était meublée de bibliothèques en acajou et d'un lit, placé au milieu, dont les draps d'une incroyable blancheur étaient maintenant froissés. Elle logeait dans un ancien manoir. Aujourd'hui, il servait surtout à accueillir des conférences. Les autorités avaient fait de ce bâtiment une base d'opérations, avec un espace destiné à la presse dans les pièces du rez-de-chaussée et des chambres pour les officiels aux étages supérieurs.

Des niches ombragées abritaient des chaises en cuir. Des étagères contenaient des livres que chacun pouvait lire, mais que personne ne lisait jamais.

Les rideaux étaient jaune vif. L'ensemble composait une horrible palette de couleurs. Le genre d'association que la sœur de Cooper aurait pu imaginer.

Cela lui rappelait autre chose, mais elle ne se souvenait pas quoi.

On frappa à la porte.

À vingt ans, Cooper avait voulu mourir. Elle avait marché sur une voie ferrée éloignée de chez elle. La gare, située à bonne distance des villes environnantes, était déserte. Le cabinet vétérinaire où elle avait fait ses stages lui avait beaucoup plu. On lui avait seulement permis d'observer, bien sûr, mais elle n'avait eu à supporter ni petites démonstrations de pouvoir ni négligence absurde de la part des vétérinaires, ce qui les rendait plus sympathiques que bien d'autres professionnels qu'elle avait côtoyés. Elle regagnait son logement temporaire et le soleil chauffait, immobile, encore visible dans le ciel – elle le fixait sans avoir mal aux yeux. Elle le fit si longtemps que tout sembla plongé dans le silence.

Elle s'était arrêtée au bord d'un pont ferroviaire. Les champs au-delà, les pâturages vallonnés, les chênes plus vieux que ses parents, les chalets au loin et l'air dépourvu de smog et de fumée, elle voyait tout.

Elle descendit les marches et se laissa glisser de la plate-forme, lentement, calmement ; cela apaisait son esprit comme un bain chaud aurait apaisé son corps. Quand elle s'y appuya pour descendre, les gravillons lui rentrèrent dans la paume des mains. Sa peau était plus fine à l'époque.

Elle suivit les rails en direction du soleil et des collines, pensive.

Elle passa devant des maisons anciennes aux portes violettes dont les habitants lui jetaient de brefs coups d'œil. Ses jambes tremblaient.

Aucun train ne vint. Le gouvernement avait mis cette ligne de chemin de fer hors service seize semaines plus tôt.

Cooper ne fit plus jamais rien de tel. Elle avait essayé de ne jamais repenser à ce moment étrange. Elle n'était même pas malheureuse. Elle n'avait pas le droit de l'être, de s'éloigner du chemin qui la ramenait chez elle, de son projet de vie, de la vie normale.

Quelles mauvaises expériences avait-elle vécues pour justifier un acte aussi stupide et égoïste que celui-là ? Plus tard, elle réécrivit cet épisode – elle savait que la ligne de chemin de fer était désaffectée, elle avait fait une agréable promenade au soleil au début de sa radieuse carrière.

Elle avait quitté la voie ferrée avant la tombée de la nuit. Elle s'était réveillée trop tard le lendemain.

Lorsqu'à Noël, au lycée, sa sœur avait évoqué un suicide – un garçon parti se baigner qui n'était jamais revenu et qui, selon l'avis général, avait pu être entraîné dans le grand néant après avoir été trop ambitieux –, Cooper avait quitté la pièce pour aller refaire une sieste.

Elle ne savait rien faire d'autre face aux problèmes, hormis crier, rompre, ou chercher une solution, n'importe laquelle, bonne ou mauvaise, quel que soit le prix à payer pour elle ou pour ceux qui lui étaient chers. Sa sécurité l'emportait sur la bienveillance.

Au bout du compte, chercher le réconfort du sommeil était tout ce dont elle était capable.

Le lendemain de la découverte des caisses dans les bois avec Alec, il faisait froid. Ou peut-être faisait-il froid uniquement dans sa chambre ?

L'inconnu qui avait frappé à la porte pour lui parler était un homme ordinaire, sans masque ni équipement de protection. Il avait un regard sérieux, des gestes lents. Il portait une chemise blanche et une cravate rouge. Il lui fallut quelques instants pour sourire, un sourire poli qui le quitta rarement par la suite. Il tenait à la main un petit dossier de pages A4.

— Vous êtes réveillée, lui dit-il. C'est bien.

Chapitre 37

Cooper ne leur demanda pas leurs noms pendant la matinée.

Et ils ne les lui donnèrent pas.

Elle et l'homme à la cravate rouge et au sourire poli croisèrent des policiers dans l'escalier et dans le hall. Ils lui demandèrent si elle voulait un verre d'eau. Elle répondit oui.

— Je ne peux pas m'en passer.

Elle marqua une pause avant de reprendre :

— Parce que c'est de l'eau, et…

— Quoi ?

Elle regretta immédiatement ce qu'elle venait de dire.

— Rien.

Elle était nerveuse, fatiguée.

L'homme la fit entrer dans une pièce, puis partit lui chercher à boire.

Au moins ici, c'était plus calme.

Un vieux monsieur et une femme d'âge mûr l'attendaient à l'intérieur.

La pièce ressemblait à celle où elle s'était réveillée, du moins par ses couleurs. Mêmes rideaux jaunes. Mêmes étagères en bois sombre ciré. Elle avait servi de salon, autrefois.

Le vieux monsieur était assis à l'autre bout avec une tasse de thé. Il portait un costume gris à rayures noires. Son visage était grêlé de cicatrices d'acné, ses mains jointes comme en prière, son regard vide. Il dirigeait rarement les yeux vers Cooper.

Mais la femme fixait Cooper, une joue prise d'un léger tic. Elle se gratta l'oreille et sa main trembla un peu. Elle avait la quarantaine, peut-être la cinquantaine, c'était difficile à dire.

Des documents et des dossiers traînaient sur les tables, certains portant le sceau du ministère de la Santé, d'autres les acronymes de différents ministères et comités.

La porte s'ouvrit. Surprise par le bruit, Cooper se raidit. Il fallait qu'elle se calme.

L'homme à la cravate rouge revint avec un verre d'eau qu'il posa sur une table à côté d'une chaise vide.

Cooper ne s'y assit pas.

La femme s'adressa à elle.

— Vous avez déjà travaillé pour nous sur une affaire. Il y a longtemps maintenant. Nous ne nous sommes jamais parlé.

Elle s'exprimait avec prudence. Comme si elle avait quelque chose en tête, un écœurement qui ne concernait ni Cooper ni les autres personnes présentes. Quelque chose qui la préoccupait.

— Quelle affaire ? s'enquit Cooper.

La porte s'ouvrit à nouveau. Des serveurs entrèrent chargés de croissants, de pâtisseries et d'une assiette de bacon.

— N'hésitez pas à vous servir, déclara le vieil homme. Et je vous en prie, asseyez-vous.

Cooper s'assit.

Les serveurs quittèrent la pièce.

La femme entreprit de beurrer un croissant. Il s'écoula un long moment avant qu'elle ne termine et parle enfin.

— Dites-m'en plus sur ces chevaux, demanda-t-elle à Cooper, le couteau encore à la main.

— C'est-à-dire ?

— Comment êtes-vous arrivée ici ? Que vous ont dit les gens du coin ? Racontez-moi tout.

— J'ai surtout collaboré avec la police, répondit Cooper. Je n'ai pas dirigé beaucoup d'interrogatoires.

La femme mangeait enfin son croissant, tout en la dévisageant. Cooper poursuivit.

— L'inspecteur Harry Morgan a téléphoné à mon bureau l'après-midi où les chevaux ont été trouvés.

— Quelles parties du corps des animaux a-t-on trouvées ? lui demanda le vieil homme.

— Des têtes. Et des queues aussi.

— Rien d'autre ?

Un des documents posés sur la table comportait une photo d'Alec.

— Docteur Allen ? l'interpella-t-il. Je vous ai demandé si vous n'aviez trouvé que des têtes et des queues.

— Des traces de pneus aussi, répondit Cooper en se tournant vers lui. Aucune autre partie de corps.

Elle s'interrompit, puis reprit :

— Quelqu'un avait fait un feu de camp à proximité. Un vagabond que la police a interrogé le lendemain. Il a déclaré avoir été témoin de la scène, lorsque les animaux ont été enterrés.

Ni le vieil homme ni la femme ne firent de commentaire. Ils attendaient qu'elle en révèle davantage.

— Et il y avait… enfin… Il y avait un oiseau devant une tente, ajouta-t-elle en se grattant le bras. Il agonisait.

L'homme jeta un coup d'œil à la femme.

— Et qu'est-il arrivé à l'oiseau ? Qu'avait-il ?

— Il était infesté de parasites. Il avait du mal à respirer. Je l'ai aidé.

— Comment ? demanda la femme.

— Je lui ai brisé le cou.

Chapitre 38

Kate – la vétérinaire à la voix fluette qui avait téléphoné à Cooper et mentionné des cris d'homme et des hennissements – était morte. Très probablement d'une overdose de kétamine volée dans son cabinet, qu'elle avait déclaré avoir renversé par accident. La liste complète de ce qu'elle avait volé, les commandes qu'elle avait passées au nom de son cabinet, ne serait découverte que des semaines plus tard. Des fils, certainement. Des sédatifs. Des instruments.

Il manquait des blouses, trop grandes pour elle, des masques et du désinfectant.

Personne ne l'avait remarqué.

Les autorités s'étaient rendues au domicile de Kate.

On y avait trouvé des éléments prouvant qu'on l'avait fait chanter, ainsi qu'un téléphone prépayé utilisé dans les environs d'Ilmarsh au cours des deux mois précédents. On l'avait forcée à faire beaucoup de choses. Au début, elle avait pensé qu'elle aiderait à voler les animaux – rien d'autre.

Kate n'était plus là.

Cooper repensa à la tasse. *Je bosse comme un dromadaire.*

Elle ne savait pas quoi dire.

Kate avait disparu depuis quelques heures à présent.

L'homme consulta ses notes, puis demanda à Cooper :

— Quelle est votre relation avec le lieutenant Alec Nichols ?

— Il va bien ?
— Répondez d'abord à ma question.
Cooper hésita. Elle but un peu d'eau.
— C'est un bon professionnel. Il peut être un peu…
— Un peu quoi ?
— Tendu. Il s'énerve facilement. Il a du mal avec les… vous voyez ce que je veux dire.
— Non, je ne vois pas.
— Disons qu'il n'a pas bien supporté la vue des corps.
L'homme se redressa sur sa chaise, jeta un bref coup d'œil à sa supérieure.
— Le lieutenant Nichols ou toute autre personne vivant ici ont-ils jamais parlé d'une quelconque maladie ? D'infection, de contagion ?
— Où est-il ?
— De quoi vous a-t-il parlé ?
Le soleil se levait à présent. Le bruit des voix aux étages inférieurs s'intensifiait, comme un refrain.
— J'ai répondu à toutes vos questions, déclara Cooper en se tournant vers la femme. Maintenant, répondez à la mienne. Vous ne m'avez même pas dit ce que…
— C'était le Bacillus anthracis, expliqua la femme. Une souche de ce bacille, en tout cas. Il agit rapidement. Il a tué son collègue plus âgé, George Hillard. Deux autres sont dans un état critique, dont Alec Nichols. Les preuves suggèrent que des spores d'anthrax ont été délibérément placées autour des têtes de chevaux.
Il y eut un silence.
— Montrez-lui la lettre, reprit la femme en se retournant vers l'homme à la cravate rouge.
Il sortit une photocopie de sa pile de documents et la tendit à Cooper.

La lettre était dactylographiée. Avant d'être photocopiée par les autorités, elle avait été tachée par un liquide indéterminé.

À une époque, j'étais habité par la colère. Je rêvais parfois d'être meilleur. Nous avons tué pour soulager, et en soulageant, j'ai senti quelque chose en moi.

J'ai allumé des feux. Je suis éveillé et personne ne m'a vu et personne ne me verra. Personne n'a su ce que j'ai fait avant que je le permette. J'ai eu la peste dansante. Je m'épanouis, maintenant.

Le sourire, c'est le vôtre.

Vous auriez pu le sauver.

— Un certain nombre d'oiseaux ont été découverts morts cette nuit. Nous avons trouvé des copies de cette lettre dans leur bec. Pliées, enfoncées dans leur gorge, enveloppées dans du papier plastique. Ils avaient le cou brisé, tout comme votre corbeau.

— Où les a-t-on trouvés ? demanda Cooper.

La femme ne répondit pas.

Ce fut l'homme qui prit la parole.

— Les empreintes digitales du lieutenant Alec Nichols ont été relevées sur plusieurs plastiques.

Il reprit la lettre.

— Vous avez reçu tous les vaccins depuis longtemps, n'est-ce pas ? déclara la femme. Tous les vaccins nécessaires. Je l'ai lu dans votre dossier.

Elle sourit.

— C'est comme si vous étiez destinée à venir ici. Comme une héroïne d'une autre catégorie, venue pourfendre le monstre.

Elle souriait froidement, sans laisser paraître la moindre émotion. Elle se redressa sur son siège.

— J'ai lu des choses sur vous.

Dehors dans les jardins, les plantes s'épanouissaient.

— Vous avez été engagée pour quatre jours, si je ne m'abuse. Nous aimerions prolonger votre contrat, docteur Allen. Vous partirez dans l'heure.

Chapitre 39

Leur voiture ne s'arrêta pas à *Well Farm* mais, la vitre un peu baissée, Cooper eut la preuve que les recherches continuaient, elle la vit, la sentit. Le bourdonnement des mouches, les oiseaux, le feu ardent.

Elle vit que les choses avaient changé.

Des hommes et des femmes fouillaient l'herbe, passaient au crible les roseaux et le sol de la ferme des Cole laissée à l'abandon. Dans leurs combinaisons, ils ressemblaient à des ombres chinoises, leurs silhouettes sombres se déplaçant, découpées sur l'horizon pourpre. Ils étaient trente, peut-être davantage, venus pour inventorier des vies.

La nouvelle collègue de Cooper, la femme qui l'avait interrogée, regardait elle aussi par la fenêtre. Mais aucune présentation officielle n'avait été faite. Son manteau portait une étiquette avec son nom, Ada Solarin, imprimé en caractères gras majuscules au-dessus du logo Agence gouvernementale anticriminalité. Ce pouvait être n'importe qui. Elle pouvait être chargée de n'importe quoi.

De l'autre côté de la route brûlait le dernier grand feu de novembre.

Il s'en dégageait une odeur de nourriture.

De la fumée noire s'en élevait.

Pendant les études de Cooper, les étudiants visitaient parfois les abattoirs. La première fois, elle s'y était rendue seule, avant l'entretien pour intégrer l'école vétérinaire. Les examinateurs étaient impressionnés quand l'on organisait une telle visite. Elle démontrait la volonté et le courage – face à l'abattage routinier et délibéré d'animaux – d'un étudiant qui souhaitait exercer une profession consacrée à leur soin.

Quand Cooper avait découvert cette information sur Internet, elle s'était rendue dans un abattoir. Elle avait toujours rêvé de devenir vétérinaire. À dix-sept ans, elle avait trouvé aimables les gens qui travaillaient dans des cabinets vétérinaires – plus aimables que bien d'autres qu'elle rencontrait au cours de ses stages. Ils plaisantaient avec elle, l'incluaient dans leurs pauses café et s'intéressaient à ses aspirations.

Les chaînes cliquetaient quand les vaches étaient conduites une par une dans la salle le matin ; les cochons suivaient l'après-midi. Les vaches ne savaient pas qu'elles allaient mourir. Elles étaient calmes, même si on sentait un léger malaise à mesure que l'heure approchait. Finalement, elles comprenaient juste que l'endroit n'avait rien d'agréable.

Les cochons, eux, vivaient ça différemment. Ils savaient où ils se trouvaient, ils le savaient toujours. Et ils criaient, près d'ouvriers sympathiques.

Cooper repensait à ces jours-là et à d'autres, quand elle passa devant le nuage de fumée venu de *Well Farm*.

Elle y pensa en regardant les cadavres des cent quatre-vingt-deux moutons jetés sur un bûcher. Ada lui en avait fourni le nombre exact, elle était douée pour les statistiques.

Des palettes, provenant du fournisseur qui avait mis en place le feu de joie de la ville les jours précédents, étaient empilées les unes sur les autres. Entre elles, collée par les flammes, la poussière, la laine et le vent, une masse désordonnée d'agneaux et de brebis en cendres nourrissait le feu pour les animaux suivants, s'effondrant sous le poids de ceux qui agonisaient ou étaient déjà morts.

Cooper restait muette, mais l'expression de son visage dut la trahir.

— Plusieurs moutons ont été infectés, lui expliqua Ada. C'est une précaution. C'est nécessaire.

Ada l'observait. Cooper ne disait rien.

— On a trouvé un corps dans les champs. Il était trop tard pour intervenir.

— Le corps de qui ? demanda Cooper en essayant de cacher ses émotions.

— D'un vieil homme. Évanoui dans les marais. Il avait sur les doigts de la boue provenant du site où les chevaux ont été enterrés. Il venait de conduire sa fille à l'hôpital. Il est retourné à l'endroit où il avait montré les chevaux au lieutenant Nichols. Il a passé le site au peigne fin. Il a gratté la terre dans ses derniers moments. Il a perdu connaissance.

— C'était un suicide ?

Ada haussa les épaules.

— Il a passé ses dernières heures seul.

Il n'avait pas survécu assez longtemps pour voir le soleil se lever.

Elles continuèrent de rouler, puis s'arrêtèrent à un barrage routier.

Quand Ada montra son badge, d'étranges agents lui firent signe de passer.

Personne ne vivrait plus jamais là.

Les rues étaient désertes. Même au marché il n'y avait personne. Les fleurs rouges et jaunes se courbaient au passage de la voiture, oscillant dans la brise qui s'intensifiait.

Cooper regardait par la fenêtre.

— Est-ce qu'Alec va survivre ?

Elle avait posé sa question sans tourner la tête.

Au bout de quelques instants, Ada répondit :

— On n'a pas retrouvé son fils.

La voiture s'arrêta près des docks. Un bateau l'attendait.

Cooper hésita, puis demanda :

— Comment ça ?

— Je n'ai rien de plus à vous dire à ce sujet, malheureusement.

Ada détacha sa ceinture. Le conducteur coupa le contact.

— Simon Nichols n'était pas chez lui. Et pas chez un ami non plus. Il y a des preuves que quelqu'un se trouvait dans la voiture avec Alec au moment de l'accident. De la boue sur les sièges arrière. Un peu de sang. D'autres agents sont en train d'examiner ça.

Elle ouvrit sa portière.

— Venez, c'est notre bateau.

Cooper sortit de la voiture. On lui avait fourni de nouveaux vêtements, une veste épaisse. Mais elle devrait se changer bientôt, de toute façon.

Les personnes qui les précédaient portaient des équipements de protection.

Pendant qu'Ada et elle avançaient, Cooper pensa à la lettre.

Elle pensa aux caisses, aux têtes dans les champs.

Elle pensa à un abattoir, à des vaches, des cochons, aux employés sympathiques qui les avaient tués.

Le sourire, c'est le vôtre.

Vous auriez pu le sauver.

Chapitre 40

Le bateau perçait un brouillard dense, épaississement du monde aérien à la surface de l'eau, collision de la chaleur et du vide. Ilmarsh déserté leur était presque invisible.

Dans la cabine des toilettes secouée par le mouvement du bateau, Cooper avait des haut-le-cœur. Elle regrettait d'avoir mangé des croissants.

Elle retourna sur le pont principal.

De la rouille recouvrait les bords du métal bleu-vert. Des potelets blancs étaient installés à intervalles réguliers et reliés par des chaînes métalliques bloquant l'accès à ces sections. Ada se tenait à l'extrémité de… la poupe ? La proue ? Cooper ne savait pas comment ça s'appelait. Ada lui tournait le dos.

Elle fumait, un léger nuage gris se mêlant au brouillard qui les entourait.

— Elles finiront par vous tuer, lui lança Cooper.

Ada se retourna.

— Nous ne l'apercevrons pas avant d'être juste devant, dit-elle d'une voix plus aiguë et plus douce qu'avant. L'endroit où nous allons, une famille y a vécu, autrefois. Pendant des années. Ils élevaient des moutons et des cochons. Ils vendaient leur production sur le continent.

Ada jeta son mégot dans l'eau.

Cooper le regarda se faire avaler par les vagues. Elle-même entretenait une relation longue et compliquée avec les cigarettes et autres toxines. Elle décida d'y mettre fin, sur-le-champ. Cette résolution lui procura une drôle de sensation. Comme si elle était sans importance, insignifiante. Mais même dans ces moments-là, on restait soi-même. Il fallait juste mieux le cacher.

Le mégot disparut dans les eaux grises. Ada poursuivit son récit.

— Il y a quarante-cinq ans, le fils a quitté ses parents. Il a obtenu un diplôme. Il a réussi. Il a fait tout ce qu'il était censé faire. Il s'est marié. Il a eu des enfants. Il a servi son pays. Je le connaissais.

Le moteur du bateau continuait de vrombir.

— Puis il est revenu pour présenter sa famille à ses parents. Et il n'est jamais reparti.

Elle fixait le brouillard devant elle.

— Il y a quinze mois, des pêcheurs ont aperçu un incendie. Le temps d'intervenir, la plupart des membres de la famille étaient morts ou presque, les animaux aussi. Seule la plus jeune des filles a survécu.

Ils ne devaient plus être loin maintenant.

— Que vous a dit la fille ? demanda Cooper.

Ada ignora la question un moment et ne répondit qu'après une longue hésitation ; elle se redressa soudain, elle devait avoir aperçu quelque chose au loin. Elle se détendit vite.

— Les marais de l'île étaient contaminés par une nouvelle souche d'anthrax et des quantité d'amibes connues pour favoriser la germination et la réplication. Aucun vecteur animal n'était nécessaire. Il y avait des preuves de culture. Nuisibles.

Elle hésita.

— La fille ne nous a rien dit.

— Pourquoi ?

— Elle était devenue muette.

Ils approchaient du rivage. Cooper apercevait des bateaux. Des gens allaient et venaient. Elle distinguait leurs silhouettes à travers le brouillard.

— Nous avons retiré toute la boue que nous pouvions. Nous avons engagé une opération de nettoyage il y a plusieurs mois de ça, dès que nous avons obtenu le budget, du moins dès que le projet a été mis en place. On a installé des panneaux pour avertir les voyageurs de ne pas accoster. Et avant que vous ne disiez quoi que ce soit, personne n'est venu de toute façon. Il n'y avait aucun risque de propagation, de transmission d'homme à homme. Des sites de ce genre sont restés contaminés bien plus longtemps sans provoquer d'incident majeur. Ce ne sont que des spores.

Le bateau s'arrêta.

— Je connaissais cet homme. Il a travaillé pour le gouvernement, à un moment. Et avant cela, il travaillait avec moi, mais pas à l'anticriminalité.

Ada parlait sans regarder Cooper.

— Après l'incendie, les quelques agents sollicités ont reçu le minimum d'information. Ceux qui connaissaient déjà la vérité ont signé la clause de confidentialité sur les secrets d'État. Pourquoi mettre qui que ce soit au courant ?

Elles mirent leurs masques, conçus dans un plastique si transparent et si rigide qu'ils auraient aussi bien pu être en verre.

Elles montèrent sur le quai.

— Je le connaissais. C'est pour ça qu'ils m'ont appelée.

Ada regardait devant elle, encore immobile.

— Nous étions amis.

Un petit sentier en pente et en partie envahi par la végétation menait à l'intérieur des terres. On discernait seulement de grands conifères et le brouillard figé entre eux.

Chapitre 41

Des projecteurs avaient été installés à l'extérieur de la maison. Les gens qui passaient en dessous portaient tous la même combinaison de protection, les mêmes masques ; certains transportaient des caisses de fournitures jusqu'au camp. Ada et Cooper avançaient, Cooper jetant des coups d'œil alentour, Ada regardant droit devant elle, déterminée, imperturbable.

La folie avait envahi cet endroit à un moment. Et elle l'envahissait encore. Des coques de métal rouillées jonchaient les pieds des bâtiments ; des ombres noires brûlaient autour des portes, comme des échos d'explosion nucléaire. Les cheminées des granges s'étaient ratatinées tels des paquets de chips passés au micro-ondes. Des bidons d'essence rouge, vides, étaient empilés dans l'herbe haute. Des mauvaises herbes prospéraient dans le poison d'un homicide-suicide. Derrière les voitures, derrière l'entrée, les arbres pullulaient.

Des agents vêtus de tenues de protection ratissaient la zone et plaçaient des cordes et des balises sur le terrain envahi par la végétation. Des mondes se superposaient, se transformaient, fusionnaient, se bousculaient et s'amalgamaient dans l'esprit de Cooper. L'effondrement d'un homme résonnait à travers les ans.

Il les conduisait vers une tente.

Derrière, une femme criait.

Des agents les dépassèrent en courant, mais Ada menait la marche à pas réguliers, s'écartant à peine de leur chemin, guidée par les projecteurs dans le brouillard engourdissant.

Plus loin, on apercevait la femme qui avait crié, assise par terre, du sang s'échappant d'un trou dans sa combinaison de protection juste au-dessus du genou. Plus tard, on découvrirait des outils enfouis dans le sol près de la deuxième grange. La femme s'était écorchée sur des crochets tordus enfoncés dans le sol. La procédure de vaccination aurait pris des mois ; on avait manqué de temps pour préparer tout le monde. Elle fut conduite à l'hôpital dans l'heure.

Ada passa devant Cooper et disparut dans une tente.

À l'intérieur, on avait installé des tables sur lesquelles étaient étalés des corbeaux morts. Il y avait une fosse au milieu de la tente et un sac épais et rigide était posé à côté.

— Nous avons fourni tout l'équipement possible, expliqua Ada. Trouvez ce que vous pourrez. La façon dont ils sont morts. Qui les a tués. Nous voulons tout l'ADN que vous pourrez recueillir, surtout humain. Nous avons photographié la scène telle que nous l'avons découverte. Quinze oiseaux avaient des copies de la lettre enfoncées dans le bec. Nous en avons conservé une en l'état dans l'un d'eux.

— Quinze ?

Dehors, le travail se poursuivait presque en silence. Personne ne bavardait.

Ada eut un faible sourire.

— Tout se consume, à la fin.

Elle se retourna pour partir.

— Nous avons trouvé les empreintes d'Alec Nichols sur les emballages des lettres. Nous avons besoin de savoir ce qu'il y a d'autre ici.

Chapitre 42

Ada Solarin traversa la maison familiale.

Elle l'avait déjà fait des mois plus tôt. Elle avait constaté le naufrage de la vie de son collègue. Elle avait vu ce qui était advenu de lui.

La femme qu'elle était aujourd'hui et celle qu'elle avait été allaient de pair. L'endroit n'avait pas beaucoup changé au cours des saisons.

Ada baissait la tête sous les poutres de bois, pour pénétrer dans la chambre de la fille.

À l'intérieur, un trou avait été sauvagement percé dans le mur ; des morceaux de plâtre et de bois étaient encore répandus sur le sol en dessous.

Par le trou, elle vit la bordure des arbres, tout près.

À une époque, j'étais habité par la colère. Je rêvais parfois d'être meilleur. Nous avons tué pour soulager, et en soulageant, j'ai senti quelque chose en moi.

J'ai allumé des feux. Je suis éveillé et personne ne m'a vu et personne ne me verra.

Il y avait eu tant de morts en l'espace de quelques jours.

Tant de morts reliées par des animaux, par la violence, par le chantage.

On avait résolu le problème Elton à peine quelques heures plus tôt. Des agents avaient été envoyés sur la propriété après avoir pris connaissance de l'affaire ; Charles Elton s'était tiré une balle dans le crâne. Son potentiel témoignage avait disparu avec lui. C'était du gâchis.

Sa lettre de suicide, accusant la police de s'être injustement intéressée à lui, affirmant qu'elle l'avait conduit – un homme innocent – à commettre son acte, était presque embarrassante.

Ada savait qu'il n'existe pas d'homme innocent.

Il avait essayé de brûler une lettre dans son incendie. *Tuez-vous.* On avait trouvé un mot de passe crypté au dos d'une enveloppe, probablement laissée par le maître chanteur pour prouver qu'il savait.

Cet idiot d'Elton ne l'avait pas vérifiée avant de quitter ce monde.

Un des ordinateurs confisqués par la police contenait un disque dur.

1 592 images et 314 vidéos d'abus sexuels commis sur des enfants y furent découvertes. Le travail de la police scientifique prendrait des semaines – les policiers qui consulteraient les fichiers resteraient marqués –, mais les images et les vidéos ne semblaient pas être l'œuvre d'Elton, du moins pas à l'examen initial.

Il était malfaisant.

Comme la plupart des gens malfaisants, il était banal en fin de compte. Il n'était pas intelligent. Ni bizarre, ni beau.

C'était un idiot incapable de brûler correctement un bout de papier.

Qui était mort plutôt que d'affronter la réalité de ses actes, une réalité que quelqu'un avait remaniée pour les manipuler, lui et Kate. Qu'il s'agisse d'un individu, d'un groupe ou d'un lieu. Dans la banalité du quotidien d'Ilmarsh aussi le mal existait.

Un des subordonnés d'Ada entra dans la chambre sans prononcer un mot. Elle lui tournait le dos et savait qu'il attendait qu'elle se retourne.

— Quoi ? demanda-t-elle sans bouger.

— Le Dr Allen a terminé, madame. Elle veut vous parler.

Ada jeta un dernier coup d'œil à la pièce. Elle regarda le trou dans le mur.

Elle pensa à tout ce que son ami avait fait subir à cette propriété, à ce qu'il s'était fait subir. Elle pensa à son corps calciné, retrouvé en position de prière, à sa fille qui pleurait dans un cabanon éloigné. On avait retrouvé les autres dans l'herbe.

Elle avait lu les livres de son oncle, à une époque.

Même si lui ne les avait pas lus, elle l'avait fait – peut-être précisément pour cette raison, elle l'ignorait.

Tuer son enfant – c'était un acte pieux. C'était Abraham et Isaac. C'était la crainte et le tremblement, être prêt à enfreindre toutes les lois – même celles de Dieu – juste parce qu'une voix venue d'un buisson vous annonçait que votre enfant était destiné à être sacrifié.

Était-ce une voix qui avait incité son ami à commettre son acte ? Était-ce le monde, était-ce cet endroit ? Comment était-il devenu cet homme-là ? Comment devenions-nous tels que nous étions ?

Si le monde résidait dans notre esprit, alors la fin d'une vie, c'était la fin du monde.

Prendre une vie, c'était une apocalypse.

Tuer quelqu'un, c'était être proche de Dieu.

Elle retourna dehors, dans l'air empoisonné.

Quarante pour cent des homicides n'étaient pas élucidés, quoi qu'on raconte. Au moins, elle savait qui avait tué la famille de son ami. Au moins, la police savait qui avait commis le crime, sinon pour quelle raison.

Elle se dirigea vers la tente en essayant de ne pas regarder tous ces étrangers penchés vers le sol, en essayant de ne pas se laisser atteindre par ce silence assourdissant.

Moins d'une heure plus tard, Cooper et elle étaient de retour sur le bateau, et elle ne reverrait jamais cet endroit. Elle n'y reviendrait jamais, même si on l'y obligeait. Elle ferait n'importe quoi pour en partir. N'importe quoi.

Chapitre 43

— De la mort-aux-rats, déclara Cooper. On a administré des granulés de warfarine aux corbeaux pendant quelques jours. D'après le nombre de victimes, il est probable que le coupable ait nourri les oiseaux pendant une longue période avant. Ils se sentaient en confiance avec lui. Les cous ont été brisés post-mortem. Probablement après la décongélation.

— Le tueur les a congelés ? s'étonna Ada.

Le bateau faisait le chemin en sens inverse, le brouillard s'était presque dissipé, mais le ciel s'était couvert. Les deux femmes se tenaient à la poupe.

Cooper acquiesça d'un signe de tête.

— Nous n'avons pas été en mesure de localiser d'autres sites de contamination, indiqua Ada. D'après nos informations, la terre utilisée pour enterrer les têtes des chevaux a été prélevée dans la fosse où nous avons trouvé les oiseaux.

— Et maintenant, que fait-on ? demanda Cooper.

L'île s'éloignait. Elle accrochait le regard d'Ada.

— La police locale détient des alibis pour Alec Nichols. Pour les moments clés de cette affaire et plus encore.

Cooper garda le silence.

— Mais c'est intéressant, continua Ada en consultant le dossier d'Alec. Des éléments indiquent qu'il souffrait de dépression. Il a cessé de suivre ses séances de thérapie du deuil. Il semble qu'une ombre plane sur les années passées dans son ancien service, bien que nous travaillions toujours à éclaircir ce point. Il y a également des preuves que son fils séchait les cours. Apparemment, le lieutenant Nichols a confié à son psychologue qu'il aurait parfois préféré ne jamais avoir eu d'enfant. Que la vie serait plus facile quand il serait à nouveau seul. Tout figure dans le dossier.

— Je pensais que ce genre d'entretiens étaient confidentiels.

Elle avait prononcé sa phrase d'un ton un peu irrité.

Ada haussa les épaules.

— Pas dans des moments comme celui-ci. Le garçon a disparu, on a trouvé du sang sur les lieux, une lettre qui comporte la phrase : « Vous auriez pu le sauver ». Son fils est très probablement mort, bien sûr. Et s'il ne l'est pas, s'il a été enlevé…

Le bateau approchait d'Ilmarsh.

— Il s'agit d'Alec, dit Ada. Il est impliqué dans tout ça ou il était visé, d'une manière ou d'une autre. Dans tous les cas, nous voulons que vous la découvriez.

— Que je découvre quoi ?

— La vérité.

Cooper observa son logement provisoire, de plus en plus proche.

— Je ne suis pas enquêtrice.

— Si quelqu'un surveille Alec, il va vous surveiller aussi.

Ada hésita.

— Personne dans mon service n'est aussi compétent que vous pour traiter ce type de crime. J'ai confiance en vous.

— Je ne suis pas qualifiée.

— Il faut que ce soit vous, insista Ada. Vous avez travaillé avec lui. Il vous fait confiance.

Cooper pensa à Alec, allongé quelque part sur un lit d'hôpital sans savoir ce que pensaient ces gens, sans savoir que son fils était parti, sans rien savoir du tout.

Elle pensa à un fermier, allongé dans un champ.

Elle songea à la fumée, à la négligence, aux moutons en train de brûler.

— Qui d'autre était au courant pour l'oiseau ? Pour le cou brisé ? demanda Ada.

— Alec aurait pu le confier à un certain nombre de gens. Il est peut-être innocent.

— Même s'il ne l'a pas fait, un homme qui inspire une telle haine, qui suscite un tel intérêt, n'est jamais innocent. Pas entièrement.

— Alec est tombé malade aussi. Il se serait rendu sur l'île, aurait récupéré des échantillons, serait revenu, aurait survécu et se serait infecté à la dernière minute ?

Cooper secoua la tête, incrédule.

— C'est une victime, insista-t-elle.

— Tout le monde est victime de quelque chose.

Ada sortit ses cigarettes.

Les lumières brillaient sur la côte.

— La lettre, les corbeaux. Ils vous étaient destinés, reprit Ada en frottant une allumette. Les coupables vous répondaient, à Alec et vous, ou à vous seule. Nous allons nettoyer. Nous occuper des malades. Attendre d'avoir d'autres cadavres. Mais vous, Cooper, vous pouvez faire davantage qu'attendre. Vous pouvez résoudre cette affaire. Pour les morts. Pour vous-même.

Ada ajouta qu'elle lui apporterait son soutien. Que son gouvernement la soutiendrait.

Elle lui dit qu'ils travaillaient main dans la main.

— Je ne suis pas enquêtrice, répéta Cooper.

Ada expira la fumée en souriant.

— Vous le deviendrez.

Chapitre 44

Ada était assise dans sa voiture près de la forêt. C'était sa dernière soirée à Ilmarsh. À seulement quelques mètres du lieu de l'accident d'Alec Nichols, de la mort d'un cerf, de l'enlèvement d'un adolescent et d'un possible meurtre. Vitre baissée, cigarette à la main, tous phares allumés, elle était seule.

La réaction du gouvernement avait déjà été jugée inadaptée. La carrière d'Ada serait probablement bientôt terminée. Quand les médias eurent cessé d'attiser les craintes géopolitiques et religieuses, pris conscience que la catastrophe était d'origine locale, l'histoire avait presque immédiatement cessé de les intéresser. Beaucoup semblaient croire que les chevaux étaient morts infectés par l'anthrax, en dépit des briefings et des discussions officielles. Les animaux devinrent un détail sans importance et les supérieurs d'Ada eux-mêmes semblèrent adopter cette étrange position, comme s'ils avaient oublié tout le reste, et c'était peut-être le cas. Le gouvernement, la société, étaient destinés à de plus grands projets. Le nettoyage était en cours. La police locale pouvait s'occuper du vol de chevaux, des mutilations et des décès.

On incriminait la fiction. Les films, la télévision, les jeux vidéo et les bandes dessinées désensibilisaient tout le monde à la violence et à l'horreur.

On se souciait de moins en moins de la réalité.

Cette réalité multiple et complexe.

On était informés jour après jour de la laideur du monde, des actes que l'homme peut commettre. C'était pour cette raison que l'homme conspirait. Il prenait le dessus. Cela humanisait le réel.

Cooper poursuivit son enquête. Elle se plongea dans chaque dossier, chaque rapport, chaque développement de l'affaire.

Elle doutait que son seul travail suffisait. Ada lui affirmait le contraire.

Mais bien sûr, qui pouvait savoir ?

Cooper relèverait le défi ou bien elle servirait d'appât. Elle n'avait pas vraiment de statut officiel, son financement étant toujours assuré par la police locale, indemnisée à son tour. Si elle ne découvrait rien, alors elle n'était qu'une vétérinaire qui s'était mise dans le pétrin.

Ada pensait à son ami.

Ada voulait rentrer chez elle, retourner au bureau. Elle voulait des plats à emporter, de la vie, des gens, elle voulait même retrouver sa famille.

Quelque chose bougea dans les bois. Elle se retourna aussitôt et fit tomber de la cendre de cigarette en saisissant le volant.

Il y avait quelqu'un. Elle aperçut une silhouette qui se déplaçait très vite, comme si elle dansait.

Elle sortit de sa voiture, son spray au poivre en main. Elle regarda devant elle, prit sa lampe torche et dirigea le faisceau dans l'obscurité.

Il n'y avait rien.

Dans les heures qui suivirent, les agents qui fouillèrent la zone ne trouvèrent rien d'autre que des traces d'animaux.

DEUX SEMAINES PLUS TARD

Chapitre 45

Tu sais, je faisais un cauchemar quand j'étais petit... C'est l'un des seuls que j'aie fait de façon récurrente, enfin je crois.

Je ne savais pas ce qu'il signifiait à ce moment-là, pas au début. Ce truc, dans mon rêve je veux dire, cet endroit, ce bâtiment noir en haut d'une colline, c'était sale.

Ta grand-mère et moi, on traversait la ville en voiture, on revenait de chez un ami ou de la plage, parfois il faisait froid et sombre, plus froid que nulle part où j'étais allé, du moins dans la vie éveillée. Et le vent soufflait sur les enseignes des kiosques à journaux, les ardoises des restaurants et même sur les gens qui promenaient leur chien, c'était dingue, vraiment. J'essayais de regarder la mer, mais il n'y avait rien à voir, il n'y avait que du bruit. C'était une ville un peu comme celle-là, mais plus grande, en meilleur état, sans doute. On était dans la voiture, et je voyais ce bâtiment noir immense, une ruine. On aurait dit qu'il nous regardait depuis la colline. Je n'y voyais rien, sauf des lettres – de grandes lettres blanches couvertes de tache –, certaines manquaient. Et je ne me sentais pas moi-même.

Il se grattait la tête.

Je voyais ce bâtiment et je...

J'aurais un accident de voiture.

Je me réveillerais.

Je serais à nouveau moi-même.

Tu ne serais jamais né.
Je serais à nouveau moi-même.
Le monde entier serait un rêve.
Et je…

Chapitre 46

Quand Alec Nichols se réveilla dans son lit d'hôpital, il pouvait seulement cligner d'un œil. Alors personne ne vint.

Les battements de son cœur mirent un certain temps à retrouver leur rythme normal. Il n'avait jamais été très doué pour les clins d'œil – ça donnait toujours l'impression que quelque chose n'allait pas chez lui.

À présent, c'était sans doute vrai.

Personne ne vint, et il s'assoupit une fois de plus.

Alec avait rêvé de maisons et de chevelures pendant des semaines. Des derniers jours de son mariage.

Dans ses rêves, il rampait sur son matelas.

Même par le passé, même quand la musique de la nuit – le bruit de la pluie, du vent, des oiseaux – le berçait jusqu'à ce qu'il s'endorme, il n'arrivait pas à se reposer. Sa femme, elle, y parvenait. Il se lovait en cuillère contre son corps froid. Il passait un bras autour d'elle et se demandait où placer l'autre, s'il devait se résoudre à ressentir des fourmillements.

Parfois il était seul et se roulait vers elle pour lui caresser les cheveux, mais elle n'était pas dans le lit. Les draps étaient froissés. La lumière était allumée dans le couloir, mais il n'y voyait pas bien. Une étrange clarté s'infiltrait sous la porte, juste un peu, puis disparaissait brusquement lorsqu'il tendait la main.

Il sentait des cheveux sous ses doigts, rêches et raides dans l'obscurité.

Il avait presque l'impression de toucher le crin de la queue d'un cheval.

C'était la chevelure de sa femme, faite avec les cheveux d'une autre. Il voulait la caresser quand même, mais il entendait des bips dans le froid. Les années se brouillaient, mais le souvenir demeurait. Il se perdait dans l'époque d'Elizabeth.

Ils avaient acheté la perruque ensemble, le lendemain du diagnostic.

Les gens font ce genre de chose, quand ils se préparent au pire.

Ça lui avait donné la chair de poule, qu'on l'ait fabriquée avec des cheveux que quelqu'un avait donnés. Mais elle avait voulu des vrais cheveux. Elle voulait sentir au toucher que c'étaient des vrais, elle voulait savoir que quelqu'un l'avait aidée, même pour ça.

Et puis ce serait difficile, n'est-ce pas ? Elle n'avait cessé de lui répéter à quel point ce serait difficile.

Elle voulait que personne ne l'oublie. C'est ce qui l'effrayait le plus.

Elle savait que cela arrivait inévitablement à tout le monde.

Elle ne voulait pas mourir, elle le lui avait dit.

Ils allaient traverser cette épreuve ensemble, il le lui avait promis.

Il…

Il se souvenait des cheveux caressés, et même quand sa paupière s'agitait, même quand il revenait à lui, il pouvait encore les sentir sous ses doigts, encore sentir une odeur volée.

Il se réveilla.

Il n'était plus lui-même. Il n'avait jamais été lui-même.

Il clignerait de l'œil, de temps en temps, pour le restant de ses jours.

Et il sentirait l'odeur de ces cheveux.

Allongé dans l'obscurité de son lit, il les sentait. Enroulés dans une ferme lointaine.

Le monde était un cauchemar, encore et toujours. La musique des machines résonnait dans la chambre. Des médecins entrèrent. Leur bouche bougeait, et dans sa confusion, Alec se rendit compte qu'il ne pouvait pas parler. Il avait des tubes dans le nez, dans la gorge. Il avait des marques sombres et des cicatrices sur les bras.

Vingt jours plus tôt, son cœur s'était arrêté. Il avait guéri avec des inconnus. Sa femme était morte un jour, elle aussi.

Lorsqu'on lui retira les tubes de la poitrine, des larmes coulèrent sur les joues d'Alec, mais on ne lisait ni frayeur ni appréhension sur son visage, aucun signe de pleurs ou de tristesse.

Ce n'était que du liquide. Ce n'était que de la peau.

Son corps ne serait plus jamais comme avant. Il ne pouvait pas respirer.

Ce n'étaient que des chevaux.

Il pensa à leur nombre. Il essaya de se rappeler leurs noms.

— Nous aimerions vous fixer un rendez-vous avec un psychologue.

Le médecin se tenait près de son lit. Le temps avait passé ; Alec n'était pas sûr d'être arrivé là le jour même.

— Votre dossier indique que vous avez consulté un certain Dr Tillman pour un épisode dépressif il y a quelques années. Ce que nous allons mettre en place ici s'apparente plutôt à la thérapie cognitivo-comportementale. Le traumatisme, quand on a frôlé la mort, la perte d'un être cher, peut faire des ravages, mais…

De quoi parlaient-ils ?

— Vous pouvez formuler les événements négatifs d'une manière différente, expliqua le médecin. Cela peut vraiment vous aider. Nous pourrons peut-être même nous passer de médicaments.

La paupière d'Alec tremblait encore.

Il essaya de se redresser, et le médecin détourna le regard, comme si ce mouvement était une chose intime, embarrassante.

— Qu'est-ce…

Alec déglutit, la gorge sèche. Il poursuivit avec difficulté.

— Qu'est-ce que j'ai ?

Le médecin le fixa.

— Rien n'a changé dans votre diagnostic.

— Quel diagnostic ?

— Vous ne vous souvenez pas ? Nous en avons parlé, répondit le médecin avec un froncement de sourcils. Ce n'est pas très bon signe, vous savez.

Alec faisait de son mieux. Il faisait de son mieux, mais cet homme, là…

Dehors, le soleil se couchait. Combien de jours avait-il perdus ?

— Mon fils, Simon ? Où est mon fils ?

LES CHEVAUX

CHEVAL n° 1 : Robe palomino. Poney.
Site : Manège et pension d'Elton
Propriétaire : Tessa Knowles (17 ans)

CHEVAL n° 2 : Robe pie. Cheval.
Site : Manège et pension d'Elton
Propriétaire : Charles et Louise Elton (71 et 65 ans)

CHEVAL n° 3 : Robe bai foncé. Clydesdale. Cheval.
Site : Manège et pension d'Elton
Propriétaire : Charles et Louise Elton (71 et 65 ans)

CHEVAL n° 4 : Robe grise. Clydesdale. Cheval.
Site : Manège et pension d'Elton
Propriétaire : Charles et Louise Elton (71 et 65 ans)

CHEVAL n° 5 : Robe baie. Cheval.
Site : Manège et pension d'Elton
Propriétaire : Leanne Hook (29 ans)

CHEVAL n° 6 : Robe noire. Cheval.
Site : Manège et pension d'Elton
Propriétaire : Eric Brown (24 ans)

CHEVAL n° 7 : Robe alezane. Cheval.
Site : Manège et pension d'Elton
Propriétaire : Jordan Hill (48 ans)

CHEVAL n° 7 : Robe baie. Cheval.
Site : Joe's Tyres
Propriétaire : Michael Stafford (43 ans)

CHEVAL n° 9 : Robe gris dun. Cheval.
Site : Baie de Smythe, Champ
Propriétaire : Nicolette Jones (32 ans)

CHEVAL n° 10 : Robe alezan. Islandais. Cheval.
Site : Ferme familiale
Propriétaire : Henry Schaffer (58 ans)

CHEVAL n° 11 : Robe bai foncé. Pur-sang. Cheval.
Site : Le bosquet
Propriétaire : Joanne Marsh (63 ans)

CHEVAL n° 12 : Robe gris dun. Pur-sang. Cheval.
Site : Le bosquet
Propriétaire : Joanne Marsh (63 ans)

CHEVAL n° 13 : Noir. Arabe. Cheval.
Site : Le bosquet
Propriétaire : Joanne Marsh (63 ans)

CHEVAL n° 14 : Robe noire. Poney Shetland.
Site : Le bosquet
Propriétaire : Joanne Marsh (63 ans)

CHEVAL n° 15 : Robe marron. Cheval.
Site : ???
Propriétaire : ???

CHEVAL n° 16 : Robe marron. Cheval.
Site : ???
Propriétaire : ???

VINGT-QUATRIÈME JOUR

Chapitre 47

« Il y a trois semaines, le 8 novembre, les restes de seize chevaux mutilés ont été découverts vers 5 h 10 du matin, partiellement enterrés, dans une petite ferme à la périphérie d'Ilmarsh. »

Les flashs des appareils photo crépitaient autour du porte-parole. Il plissait les yeux. Il dodelinait de la tête devant l'assemblée de journalistes. Une nuée de micros avait été installée devant lui. Il était assis à une longue table en formica jaune. Il faisait trop chaud dans la tente.

« Un premier examen des dépouilles suggère que plusieurs individus sont impliqués dans ces meurtres. Presque tous ceux qui se sont rendus sur les lieux sont tombés malades et nous déplorons trois décès, dont celui du propriétaire. Plusieurs personnes, dont trois officiers de police et un officier de liaison de la santé publique, sont dans un état critique et font l'objet d'un traitement médical. Les autres personnes qui se sont rendues à *Well Farm* ces derniers jours sont gardées en observation par mesure de précaution. Je confirme les informations selon lesquelles des spores d'anthrax ont été trouvées dans le sol, isolées à cet endroit. Nous traitons l'incident avec la plus grande rigueur. »

Assemblés sous la tente, les journalistes écoutaient. Ils se trouvaient à six cents mètres du barrage routier.

« Nous pensons que les meurtres se sont produits le 7 novembre, très probablement pendant les célébrations de la nuit des feux de joie de la ville ou dans les heures qui ont suivi. Nous demandons aux personnes qui auraient remarqué quelque chose d'inhabituel ce soir-là, et en particulier à celles qui se trouvaient dans les environs de Lynndale, de bien vouloir nous fournir des informations. »

Sous la tente, tout était calme ; on entendait seulement le crépitement des flashs et le grattement des stylos sur le papier.

« Une quarantaine a été mise en place dans toute la ville. Elle se prolongera jusqu'à ce que nous soyons en mesure d'écarter tout risque pour la santé publique. La décision a été prise à la suite de l'opération de nettoyage minutieuse et rapide mise en œuvre par le gouvernement. À partir de demain, au-delà de certaines zones, le public pourra désormais aller et venir librement. Nous lui demandons toutefois de rester vigilant. »

Les détails s'affichèrent sur l'écran derrière lui.

« Je vous remercie. Nous allons maintenant répondre à deux ou trois questions. »

Chapitre 48

La destruction du lieu, des deux mille âmes qu'il comptait, continua.

Des commandes de chocolats en forme de chevaux, de feux d'artifice et des seringues de cuisine pour réaliser des cocktails sur le thème de la « contagion » furent passées au cours des semaines précédant Noël. Les lignes du comté rouvrirent ; les enfants jaillissaient des arcades avec des verres de narcotique frais. On se promenait de nouveau sur le front de mer. Des couples venus de loin s'asseyaient sur les bancs, emmitouflés dans leurs manteaux, et contemplaient la mer en se demandant ce qui s'était passé là. Les mégots s'accumulaient sur les trottoirs.

Un jour, quelqu'un remarqua que les éboueurs avaient cessé de venir, à cause d'un malentendu avec le prestataire, mais ça ne s'arrêtait pas là. Sans qu'on sache pourquoi, les déchets s'accumulaient, même si les gens sortaient de moins en moins. Des canettes et des bouteilles à moitié vides se dressaient telles de petites stèles funéraires, comme si ceux qui les avaient bues s'étaient volatilisés.

Un jour, un homme qui fumait un joint s'affala au bas d'une porte du marché, jambes croisées, son sac de couchage coincé derrière lui. Les enseignes lumineuses avaient été éteintes. Les mouettes avaient récupéré les dernières frites abandonnées de la journée.

Le joint était bien coincé entre ses lèvres ; il avait les yeux fermés et avait dû cliquer plusieurs fois sur le briquet pour l'allumer, pour sentir l'odeur de l'herbe.

Il prit une bouffée.

Le cannabis faisait l'effet d'un accident de voiture, d'une étreinte.

C'était un foyer.

On trouva de nouvelles entreprises de nettoyage, mais rien ne changea. Les substances toxiques abandonnées se répandirent, à moitié bues, à moitié fumées, leur effet à moitié ressenti.

Well Farm fut vandalisée. Des individus entrèrent par effraction et volèrent des objets appartenant aux Cole. Le maquillage de Grace. Les photos de Rebecca. Les outils du père. Quelqu'un portait les vêtements de l'adolescente.

Avec l'atmosphère terrible qui régnait, le garçon fut oublié.

La police poursuivait ses recherches.

C'est du moins ce qu'affirmaient les autorités. Mais qui restait-il pour mener les recherches ?

Les effectifs supplémentaires avaient diminué après la quarantaine. Les volontaires s'impliquaient de moins en moins.

Il ne s'agissait pas d'un enfant. Ce n'était pas une personne vulnérable, bien qu'il ait été souligné que le fils d'Alec avait très probablement été blessé, qu'il avait besoin d'aide.

Cela avait simplement persuadé la population qu'il était mort.

La compassion passa comme une fièvre. Noël approchait de plus en plus.

Cooper avait participé aux battues quand elle le pouvait.

Elle s'était rendue au centre de volontariat et s'y était inscrite, elle avait parcouru les marais et marché dans les broussailles.

Une très grande partie de la terre semblait souillée, un grand nombre de maisons et de fermes étaient abandonnées.

Cooper revenait sans cesse à la lettre. Elle gardait une photocopie avec elle la plupart du temps, pliée dans sa poche.

À une époque, j'étais habité par la colère. Je rêvais parfois d'être meilleur. Nous avons tué pour soulager et en soulageant, j'ai senti quelque chose en moi.

Que l'auteur de ces mots prétende agir par conviction morale, c'était la clé, Cooper le savait, qu'il soit sincère ou non. La « colère » l'avait conduit à vouloir être « meilleur », à « aider », mais une prise de conscience avait visiblement tout changé. Ses actes l'avaient conduit à « sentir quelque chose » en lui – si cette personne était bien un homme, mais pour Cooper cela semblait logique, et elle se demandait pourquoi. Pour l'instant, on ne savait pas si « tué » faisait référence aux chiens et aux chats trouvés dans les caisses, ou aux chevaux, ou même à des êtres humains.

Ensuite venait le fait que le tueur avait pris un risque en replaçant ces lettres sur l'île, un second rituel pour rappeler les têtes de chevaux enterrées.

C'était une tentative d'entrer en contact avec Cooper en se servant d'oiseaux, avec Alec en se servant de ses empreintes digitales.

J'ai allumé des feux. Je suis éveillé et personne ne m'a vu et personne ne me verra. Personne n'a su ce que j'ai fait avant que je le permette.

Ces mots-là étaient plus faciles à comprendre, et typiques de ce genre de lettres. La vantardise, l'ego démesuré du psychopathe se reconnaissait n'importe où.

La référence au feu était le principal détail d'intérêt – il y avait eu peu d'incendies criminels ces dernières années, et la découverte de la lettre à côté des bâtiments brûlés de l'île avait semblé assez concluante. Mais Ada et son service avaient la certitude que le père avait agi seul pour allumer ses feux, et puisque les corps de tous les membres de la famille avaient été retrouvés, rien n'indiquait la présence d'un complice.

Ada prenait de moins en moins ses appels maintenant. Ses réponses aux e-mails étaient de plus en plus tardives.

Cooper se demandait si elle n'était pas en train d'abandonner. Elle inspira et relut la lettre, bien décidée à ne pas lui communiquer d'autres idées avant d'avoir reçu une réponse.

J'ai eu la peste dansante.

Elle chercha « peste dansante » sur Internet. La plupart des incidents s'étaient produits en Europe à partir des années 1300. Des individus généralement regroupés autour d'un premier se mettaient à danser, rejoints ensuite par des centaines d'autres, et dansaient jusqu'à tomber morts d'épuisement.

Je m'épanouis, maintenant.

Le sourire, c'est le vôtre.

Vous auriez pu le sauver.

Simon s'était rendu au lycée pour la dernière fois le 6 novembre, la veille de la nuit du feu de joie. Depuis, personne à Ilmarsh ne se souvenait l'avoir vu.

Il avait dix-huit ans, il avait presque fini le lycée. Il n'était pas assidu.

Dans sa chambre, on trouva des affiches, des travaux scolaires, des notes d'histoire.

Son ordinateur portable avait disparu. Rien n'indiquait qu'il était revenu après l'accident ; il aurait dû y avoir des traces de son passage. Il y aurait eu du sang.

Chapitre 49

Des traces de spores avaient été trouvées au domicile du lieutenant, dans l'entrée, sur des vêtements sales et boueux jetés dans un panier après son passage à *Well Farm*. Ces vêtements furent ensuite incinérés, la moquette retirée et la maison nettoyée à fond après la première fouille. Plusieurs voisins d'Alec durent se reloger temporairement. On leur fit passer des examens afin de vérifier qu'ils ne présentaient aucun symptôme.

Les autorités conclurent que les empreintes digitales sur le plastique des lettres avaient très probablement été prélevées ailleurs et ne prouvaient pas qu'Alec avait été impliqué. Mais hormis cela, rien de concluant ne fut découvert.

Sur la table de sa salle à manger, on avait retrouvé un bout de papier, vestige d'un autre temps, d'une autre vie.

Un numéro de téléphone y était inscrit de sa main.

La police eut beau appeler à de nombreuses reprises, personne ne répondit.

Mais quelqu'un avait répondu, et plus d'une fois.

Sur les relevés du téléphone portable de Simon Nichols, envoyés depuis son réseau, on découvrit plus de deux cents appels entrants et sortants passés au cours des quatre mois précédents.

La personne à qui appartenait ce numéro avait téléphoné au fils d'Alec quelques minutes après l'accident.

Il n'y avait eu aucune activité depuis.

Quelle qu'en ait été la raison, Alec avait sollicité un serrurier d'urgence le lendemain de la découverte des chevaux. Les officiers avaient déjà interrogé l'artisan. Cooper suivait la majeure partie de l'affaire de cette manière, en lisant les rapports des autres.

Le serrurier parla de son client. Alec pensait que quelqu'un avait pu s'introduire chez lui par effraction, même si rien ne le montrait et qu'il avait seulement noté la présence d'empreintes de pas sous forme de boue séchée dans les escaliers. Mais lorsque le serrurier avait examiné la scène, il les avait à peine distinguées. Et il y avait de la boue sur les chaussures d'Alec; il avait laissé des traces sur le sol.

— Il semblait ne pas avoir dormi depuis un moment, déclara le serrurier.

— Que voulez-vous dire? lui demanda l'enquêteur.

— Il était agité. Il avait des poches sous les yeux, il y avait des tasses de café à moitié bues sur son bureau. Il faisait les cent pas, il regardait par la fenêtre. Certaines personnes ont besoin de nos services, des gens négligents qui perdent leurs clés dans les égouts, des femmes qui fuient des ex cruels. Et il y a des gens qui nous appellent, vous voyez, pour d'autres raisons.

Il s'interrompit pour boire une gorgée de limonade.

— Il y a des gens qui ne se sentent pas en sécurité. Et sans doute depuis toujours.

Il posa sa canette et joua avec l'anneau d'ouverture.

— Et il était policier, vous voyez. Si un policier ne se sent pas en sécurité, alors qui le peut?

Les couleurs dans son jardin étaient bizarres – Cooper avait conscience que cela ne signifiait probablement rien, mais malgré tout, elle continuait de s'interroger. Beaucoup de jardins du voisinage présentaient la même bizarrerie. Le gazon un peu trop vert. Les fleurs d'hiver bleues qui poussaient rouges, l'absence de broussailles et de mauvaises herbes depuis des décennies. Elle déroba quelques échantillons qu'elle envoya à un ami botaniste, mais celui-ci ne lui répondit pas, et lorsqu'elle le relança, toutes les enquêtes étaient terminées.

Néanmoins, bien que rien n'ait jamais été découvert, ces couleurs troublaient Cooper. Et le mystère demeurerait toujours.

Dans les poubelles du jardin, on avait trouvé les déchets habituels. Alec et son fils semblaient s'être nourris de plats préparés ou à emporter, surtout chinois, et de pizzas. Alec avait jeté beaucoup de canettes et de bouteilles dans la poubelle classique plutôt que dans le bac à recyclage.

Sous ces déchets, on constata la présence d'éclats de miroir. Certains couverts du sang d'Alec. D'après les preuves et l'obscurité qui régnait dans le couloir au bas de l'escalier, il fut déterminé qu'une psyché avait été cassée, avant la découverte des chevaux. Les traces de blessures récentes sur la main droite d'Alec suggéraient qu'il l'avait cassée à deux reprises, intentionnellement ou non, à coups de poing.

Sur son ordinateur, protégé par le mot de passe « Julia » – chose étrange, car parmi ses proches aucune ne portait ce prénom –, on ne décela ni preuve de délit, ni de crime, ni d'explication pour le miroir. On trouva quelques profils de personnes rencontrées en ligne, quelques messages envoyés et reçus, mais tous les échanges semblaient avoir cessé au bout de quelques jours. Le profil qu'Alec publiait sur les sites de rencontre avait évolué au fil du temps. Il était devenu de moins en moins fourni. Quand au départ les plats italiens et les longues promenades constituaient ses centres d'intérêt, quand il détaillait les films et les séries qu'il aimait (prétendant ne pas être un grand lecteur), son dernier profil indiquait seulement qu'il était policier, père, et qu'il cherchait quelqu'un de gentil. Beaucoup de femmes avec qui il avait échangé vivaient loin de chez lui. C'était souvent le même genre de femme : mince, cheveux foncés, vêtements colorés.

Le botaniste qui examinerait les échantillons de fleurs du jardin d'Alec conclurait qu'elles présentaient une simple mutation inoffensive, transmise au fil des ans.

Dans la maison, il n'y avait pas de fleurs.

Cooper se rendit parfois chez Alec. Elle s'assit sur son canapé, versa de l'eau du robinet dans l'évier, fit bouillir de l'eau dans sa bouilloire.

Elle lut des dossiers le concernant.

Son père – qui battait sa femme – vivait maintenant dans une maison de retraite à six heures de route, dont le loyer était financé par ce qu'il avait tiré de la vente de sa maison et par une partie du salaire d'Alec. Le registre n'indiquait aucune visite d'Alec.

Alec avait brièvement donné des cours dans le cadre d'une formation accélérée pour inspecteurs, avant que le financement n'en soit coupé, la plupart des postes ayant disparu. Il lui avait ensuite fallu quelques années pour réintégrer la P.J.

Des arrestations, mais pas de grandes bandes de voyous, personne qui pourrait lui en vouloir en particulier.

Rien ne reliait Ilmarsh à Kate Babbit, Charles Elton ou Albert Cole, si ce n'est le fait qu'ils s'étaient installés là.

Sa femme avait succombé à un cancer quelques années plus tôt. Bien qu'elle n'ait jamais vécu dans la maison, il y avait encore quelques affaires lui appartenant : un carton dans le grenier, des médicaments périmés depuis longtemps qu'Alec avait dû emporter par mégarde pendant son déménagement ou qu'on lui avait renvoyés. On avait également trouvé – portant des dates encore plus anciennes – des antidépresseurs et des compléments alimentaires favorisant la perte de poids. Seuls quelques-uns manquaient dans les boîtes.

Cooper but un peu d'eau pendant qu'elle lisait le compte rendu de ce qu'un homme avait perdu.

La vie tranquille qu'il avait menée avec son fils. Rien d'autre, sinon de brefs messages empreints de solitude envoyés à des femmes sur Internet, et ses comptes, clôturés.

Lorsqu'ils s'étaient rendus aux écuries des Elton, elle lui avait demandé pourquoi il s'était installé à Ilmarsh.

Assise sur le canapé d'Alec dans la pénombre de la fin d'après-midi, elle ferma les yeux. Pendant quelques instants, elle se reposa.

Cooper se réveilla ; son téléphone vibrait sur la table.

Dehors, l'aube se levait.

Elle consulta son historique d'appels : il y avait cinq appels manqués.

Elle se demandait ce qui n'allait pas chez elle ces derniers temps.

C'était étrange.

Les rues, le bord de mer, même les gens.

Elle avait le sentiment de les connaître depuis toujours.

Chapitre 50

Tout le monde se souvient de sa première décapitation.

Pour Cooper, c'était à cause d'une souricière. Elle avait onze ans. Le claquement du mécanisme métallique avait brisé le cou de l'animal ; un peu de sang coulait le long du bois sur le tapis gris en dessous.

Sa mère avait installé des pièges quand la maison avait été infestée après Noël et que la mort-aux-rats n'avait pas donné de résultats.

Cooper avait trouvé la souris. Ses parents lui avaient permis de l'enterrer dans le jardin. Seule, elle avait touché le cou sans faire exprès, la blessure. Du sang s'écoulait du nez. L'animal n'était pas vivant et il avait changé. Elle l'avait observé un moment, à la lumière du crépuscule. Ensuite, elle avait pris un couteau dans le garage pour examiner la colonne vertébrale.

Elle y repenserait dans les années à venir. Elle n'était qu'une enfant.

Elle avait juste dit qu'elle voulait se rendre utile.

Et elle l'avait fait, mais elle ne s'était pas arrêtée là. Elle était curieuse.

Bon rétablissement.

Il y avait une carte dans son sac pour Alec, une carte qu'elle ne lui donnerait jamais.

Sans message, sans autres mots, sans symboles.

Bon rétablissement.

VINGT-CINQUIÈME JOUR

Chapitre 51

Ils étaient en mer. Ils avaient dérivé.

Tout apparaissait.

Le ciel était enfin clair. Le soleil se levait ; à l'horizon, on apercevait seulement les épaves de plates-formes pétrolières abandonnées et carbonisées, les pales blanches d'éoliennes vieillissantes qui dansaient dans l'air froid telles des nageuses synchronisées et, plus loin encore, l'île.

Cooper n'était pas seule.

La plage de gros sable était jonchée de longs cordons d'algues, doigts pleins de larmes rejetés par la mer noirâtre. Un crabe se déplaçait sur des rochers sur la rive. Si Cooper s'en approchait, il risquait de disparaître. Personne ne le verrait plus jamais. Des mouettes rassemblées en petit groupe sur la digue sautillaient, piquaient dans l'eau et s'en tenaient là.

Un vent fort et glacé soufflait. Les vagues s'élevaient et se retiraient au rythme de la marée.

— Combien ? demanda Cooper.

Il était 7 h 15. Elle portait son manteau vert, plus grand et plus épais que l'ancien, acheté pour ces journées plus froides. Elle avait une migraine atroce et tenait une tasse de café en plastique dans sa main gauche.

— Un homme qui promenait son chien a trouvé le premier, lui répondit le lieutenant.

Visiblement, personne ne l'appelait jamais « Harry ». Cooper avait essayé pendant un petit moment, et cela n'avait pas semblé lui plaire.

Alors c'était « lieutenant ».

Les jambes de son pantalon noir étaient piquetées de sable. Cooper portait des bottes.

Le sel avait pénétré dans leurs gorges.

— C'était il y a une heure ou deux. Le chien portait un collier, un de ces modèles phosphorescents. Il a couru jusqu'aux cadavres avec son halo vert qui tournait. Ça devait faire un drôle d'effet.

— Le chien ou son maître ?

— Comment ?

— Qu'est-ce qui faisait un drôle d'effet ?

Harry ignora la question. Il se contenta de hocher la tête en continuant de marcher. Puis il finit par dire :

— Deux.

À leur connaissance, il y en avait deux.

Ils poursuivirent leur chemin le long du rivage. Cooper ne voyait aucun cadavre, pas encore.

— Ils puent, lui confia Harry. Ce n'est pas comme si je ne m'y attendais pas.

Ils étaient dans l'eau depuis des semaines, ils allaient et venaient avec les marées, les membres écartés du corps comme s'ils volaient. Leur cuir avait été entamé par les poissons, puis une fois les corps retournés vers le rivage, piqueté par les oiseaux.

— C'est ici, indiqua Harry.

Cooper s'accroupit à côté d'un des chevaux, une masse, des sabots, sans tête ni queue. Juste de la chair, gonflée, en décomposition, pâle, mordue, frénétiquement mutilée, le cuir se détachant du corps par endroits comme un bout de vêtement mal ajusté. L'autre cheval n'avait plus ni crâne ni queue lui aussi, mais ne montrait aucune trace d'entaille ; son long cou charnu ne soutenait plus rien.

Cooper le confirmerait plus tard ce jour-là, dans le grand hangar à animaux où elle avait disséqué seize têtes.

Ces deux cadavres étranges, ces léviathans sanguinolents venus de sous les vagues, étaient ceux de deux des bêtes dont les têtes avaient été enterrées à *Well Farm*. Trois corps refirent surface dans les jours qui suivirent. Les autres ne réapparurent jamais.

On peut aller très loin si on décide que quelque chose n'est pas humain.

Ils flottaient sans fin dans les eaux sombres; leur chair devenait de la nourriture.

La nourriture porteuse de vie.

La vie porteuse de mort.

Les heures passèrent, puis une camionnette arriva sur la plage. On chargea les cadavres.

À quelques centaines de mètres, un homme observait.

Onze! cria l'animateur du bingo.

— Son état est stable, maintenant, déclara le lieutenant.

— Comment? L'état de qui? s'enquit Cooper.

— D'Alec. Il est réveillé depuis plusieurs heures. Il semble aller mieux.

Le lieutenant hésita, puis demanda à Cooper:

— Vous voulez aller lui parler, n'est-ce pas?

Cooper regarda la camionnette s'éloigner. Elle resta silencieuse.

— Ils l'ont interrogé ce matin, poursuivit le lieutenant. Ils lui ont posé toutes sortes de questions sur ses poubelles. Sur la façon dont il traitait son fils. Si vous avez une quelconque influence sur lui…

Là encore, elle ne dit rien.

— Il va devoir faire face à son deuil. Nous le savons tous, ajouta-t-il en se grattant le bras. Et vous savez aussi bien que moi qu'il n'a rien à voir dans cette affaire. Rien à voir avec tout ça. C'est à ça que vous vous intéressez, n'est-ce pas? C'est pour ça que vous êtes allée chez lui. C'est pour ça que…

Il s'interrompit. Visiblement, il préférait ne rien ajouter.

— Aviez-vous rencontré Simon ? lui demanda Cooper.

Le lieutenant sembla surpris par la question.

— Je l'ai vu plusieurs fois. Et vous, vous l'avez rencontré ?

Cooper hocha la tête.

— Je ne connais pas Alec depuis très longtemps.

Le soleil continuait son ascension dans le ciel au-dessus de la baie.

— Moi non plus, dit le lieutenant en se tournant vers la mer.

La mer, vaste et grise, avait depuis longtemps perdu sa magie. Cooper et sa sœur rivalisaient pour être la première à l'apercevoir depuis la voiture. Elles nageaient jusqu'aux rochers, où elles dénichaient toutes les criques et les grottes possibles. Sa petite sœur avait fait ça pour Cooper, pour être comme elle, pour qu'elle l'aime. Et la grande sœur se convaincrait qu'elle en avait pris conscience en grandissant, pas avant, mais ce n'était sûrement pas vrai. Les gens aiment être admirés, copiés. Même les enfants ne sont pas si innocents à ce sujet-là. Tout le monde essaie de se perdre dans des aspirations plus grandes.

Après l'école vétérinaire, chaque fois qu'elle venait au bord de la mer, la nostalgie ressurgissait, comme si elle revoyait un vieux film. Mais on ne se rappelle la personne qu'on a été que quand on le décide, et on passe à autre chose.

Cooper n'aimait pas être dans l'eau. Rien de plus.

Elle ne se souvenait pas de la dernière fois où elle était partie en vacances.

— S'il vous plaît, soyez gentille avec lui quand vous le verrez, lui dit Harry. Il n'est pas lui-même.

— Qui est-il, alors ?

Ils se séparèrent sans se dire au revoir.

« Les recherches pour retrouver Simon Nichols, dix-huit ans, ont été interrompues après quatorze jours.

« La disparition de l'adolescent, fils d'Alec Nichols, lieutenant de la police locale, a d'abord été signalée après l'accident de voiture de son père, aujourd'hui connu sous le nom d'incident des "Seize".

« Bien que cette partie de l'enquête soit terminée, nous ne négligeons aucune piste, déclara le lieutenant Harry Morgan aux journalistes présents. Nous demandons à tous ceux qui pourraient détenir des informations concernant l'endroit où se trouve Simon de bien vouloir... »

CHAPITRE 52

Alec suivit l'affaire à la télévision. Il regarda toutes les vidéos des semaines précédentes qu'il put trouver. Les reportages, les horreurs d'Ilmarsh, les consignes de quarantaine, les barrages routiers et les masques de protection. Il vit les bateaux partir en mer.

Dans sa chambre d'hôpital, l'air ne semblait pas être de l'air. Il continuait de visionner les images.

Lors de la conférence de presse, les journalistes avaient posé des questions sur la vitesse à laquelle les victimes succombaient, sur la progression inhabituelle des symptômes. Ils demandèrent si on avait affaire à une nouvelle forme d'infection – si la population était en danger.

Au fil des jours, à cause de la panique, on parlait de moins en moins de son fils.

Les médecins avaient dit à Alec qu'il s'était réveillé à plusieurs reprises au cours des dernières semaines. Chaque fois, ils avaient tenté de lui expliquer sa situation, chaque fois il avait oublié.

Alec se redressa dans son lit ; il était sorti de la chambre de quarantaine depuis plusieurs jours. Sous la lumière artificielle, au milieu des bips, les quatre autres lits étaient inoccupés. Après les semaines passées là, il était encore affaibli par la maladie qui avait ravagé son corps ; les contusions à peine guéries le faisaient encore souffrir. Il ne marchait pas beaucoup, pas encore. On l'aidait à se déplacer et il insistait seulement pour aller aux toilettes tout seul.

On lui avait fourni un ordinateur portable posé sur un plateau. Sur le moment, il n'y avait rien vu d'étrange.

— Quand nous avons essayé de trouver des amis que nous pourrions joindre, nous avons fait une triste découverte, vous comprenez. Visiblement, votre fils n'en avait pas. Du moins, pas d'après nos recherches. Il était sociable, mais il n'avait aucun ami proche.

Les inspecteurs s'étaient assis autour du lit d'Alec. C'était leur troisième tentative de lui parler, apparemment. Même bouger les lèvres semblait lui demander un effort.

— Votre fils n'aurait pas eu de raison de fuguer, n'est-ce pas ?

— Quoi ?

Alec tenta de se redresser dans son lit sans succès.

— Nous avons trouvé des éclats de miroir dans la poubelle de votre jardin.

— Je ne vois pas le rapport.

Les inspecteurs le dévisagèrent.

— Comment le miroir s'est-il brisé ?

— Mais on s'en fout du miroir !

— Nous avons trouvé du sang dessus. D'où venait-il ?

Les narines d'Alec s'étaient dilatées ; il respirait plus fort. Il essayait de se maîtriser.

— Qui est chargé de l'enquête ? demanda-t-il.

— Il faudrait que vous soyez plus précis.

— Qui cherche mon fils ?

Alec découvrit vite la réponse. Personne ne le cherchait, du moins personne ne l'avait trouvé.

La quarantaine de deux semaines n'avait permis de rien découvrir. Aucune trace sur le sol autour de la voiture.

Pas de corps.

Quand il réussit enfin à obtenir une photo de l'accident, il constata que l'airbag de Simon s'était déclenché. Il lut le rapport : vu l'endroit où le cerf avait été trouvé, il avait perdu le contrôle du véhicule après avoir heurté l'animal, perte de contrôle amplifiée par le délire provoqué par l'infection. Ç'avait été une véritable tornade.

Bien qu'on ait trouvé du sang dans la voiture, il y en avait trop peu pour suggérer que Simon avait été mortellement blessé.

Il n'y avait aucune trace dans les bois, même si le garçon y avait peut-être marché.

La seule autre issue possible était la route, à quelques dizaines de mètres derrière eux.

Il ne s'était pas écoulé assez de temps entre l'accident et la découverte de la voiture par la police pour qu'un adolescent à pied – et blessé par-dessus le marché – remonte la longue route vers la ville. Quelqu'un l'aurait vu.

Pourquoi ne serait-il pas resté pour chercher son père ? Sa disparition n'avait aucun sens.

Alors, que s'était-il passé ?

Un automobiliste avait dû trouver Simon avant l'arrivée des secours.

Alec ne voyait pas d'autre explication.

Il se demandait pourquoi personne ne semblait partager son avis, pourquoi il était le seul à savoir.

Il ne trouva aucune mention d'enlèvement dans aucun rapport, aucun document, aucun reportage, du moins pas à sa disposition.

Chapitre 53

Alec songea que ces gens pensaient qu'il mentait peut-être sur la présence de son fils dans la voiture. Que l'adolescent disparu n'avait peut-être jamais été à bord du véhicule.

Il voulait voir un ami.

Il voulait voir George. Alec ne comprenait pas pourquoi il n'enquêtait pas sur l'affaire.

Il ne comprenait pas pourquoi ils faisaient ça, pourquoi ils avaient aussi peu de considération pour lui sans le connaître.

Lui qui avait toujours essayé de bien faire.

VINGT-SIXIÈME JOUR

Chapitre 54

À l'extérieur de la petite gare lugubre, on avait placé sur un grand panneau d'affichage blanc un message destiné aux personnes restées coincées au-delà de la zone de quarantaine et du barrage routier : BIENVENUE CHEZ VOUS.

Le retour attendu n'eut jamais lieu.

Au lieu de cela, après un petit afflux initial de touristes attirés par la catastrophe et incapables de garder leurs distances, les habitants avaient commencé à partir. Des restaurants ouverts depuis des décennies commencèrent à fermer. Des personnes âgées furent abandonnées dans leur maison de retraite.

Louise Elton fut finalement retrouvée au domicile de son gendre sur l'île de Man, à plus de cinq cents kilomètres d'Ilmarsh. Elle affirma qu'elle ignorait tout des activités de son mari, qu'il avait caché les penchants pédophiles à cause desquels on les avait fait chanter. Cooper avait mis la main sur les transcriptions des entretiens et les avait lues en attendant des nouvelles d'Ada.

— S'il vous plaît, laissez-nous tranquilles, avait supplié la propriétaire de l'écurie.

Sa prétendue innocence était un ramassis de bobards, bien sûr, mais Louise avait un bon avocat, et elle avait raison : il n'existait aucune preuve tangible d'une quelconque implication de sa part, du moins aucune qui aurait nécessité son retour immédiat à Ilmarsh.

Les quelques agents qui restaient sur place étaient chargés d'interroger tous les enfants ayant fréquenté le centre équestre au cours des dernières années. Aucune photo d'eux ne fut trouvée sur le disque dur de Charles Elton ; tous les fichiers semblaient avoir été téléchargés par d'autres utilisateurs.

Il n'y avait pas, et n'y aurait jamais de preuve qu'il avait abusé de qui que ce soit.

Cooper finit par s'entretenir avec un petit groupe de jeunes âgés de quinze à dix-huit ans, en présence des agents chargés de l'enquête. Elle avait eu du mal à obtenir leur autorisation. Ses capacités professionnelles atteignaient leurs limites.

Elle posa aux adolescents des questions sur deux personnes, leur montra des photos de ces personnes, leur raconta des histoires.

Simon ?

Les jeunes le voyaient à l'école. Il était apprécié, charismatique, mais aucun d'entre eux n'était particulièrement proche de lui.

Rebecca ?

La plupart ne connaissaient pas ce nom. Mais l'un d'entre eux reconnut sa photo. Un certain Peter qui était dans sa classe. Il ne l'avait pas vue depuis longtemps.

— Elle a participé à une leçon aux écuries, il y a des mois.

Le garçon hésita.

— Pourquoi ?

Rebecca était heureuse, dit-il. Elle avait dit qu'elle reviendrait, mais elle n'était jamais revenue.

Rebecca n'avait jamais fait de cheval avant ça, à part une promenade en calèche sur la plage.

Chapitre 55

Des mouettes étaient perchées en haut de bâtiments à la peinture écaillée et de lampadaires en fer noir. Les logos éblouissants éclairés au néon hurlaient « *st george's charcoal grill, tropical café, caesar's palace* ». Les salles d'arcade vides beuglaient des *waka waka waka* et projetaient des lumières clignotantes aveuglantes.

Il n'y avait pas de nouveaux mobile homes, pas de nouvelles caravanes sur le front de mer.

Pas d'étrangers dans un Ilmarsh dépeuplé.

Tout était pour Michael, maintenant.

Le ciel était gris. Les vagues clapotaient sur le rivage.

Cooper s'approcha de sa porte et frappa.

— Vous n'êtes pas de la police ? demanda le cocher.

Cooper et lui s'assirent sur la digue toute proche et contemplèrent le flux et le reflux de la mer.

— Je travaille en indépendant répondit Cooper.

— Alors vous êtes une détective privée ?

Cooper hésita, puis acquiesça d'un signe de tête.

— On peut dire ça. Pour l'instant, du moins.

— J'ai toujours voulu être détective, répliqua Michael. Quand j'étais jeune en tout cas. Mon père affirmait qu'il avait exercé ce métier, avant ma naissance, mais je ne sais pas…

Il sortit un paquet de cigarettes de sa poche et le tendit à Cooper. Au bout de quelques instants, elle secoua la tête et il les rangea.

— Vous pouvez fumer, lui dit-elle.

— Vous avez arrêté. Ce ne serait pas convenable.

Ils ne parlèrent pas pendant un petit moment. Les mouettes se posaient sur le sable tout près d'eux, les observaient.

— Montrez-moi cette photo, alors.

Cooper glissa la main dans la poche de son manteau et la lui tendit.

Il reconnut la jeune fille. Il ne connaissait pas son nom.

— Elle a fait une balade pour son anniversaire, il y a un bail. Elle est revenue plusieurs fois. Elle m'a dit que la première fois, c'était un cadeau.

— Vous l'avez donc vue en septembre.

— Non, non. Celui d'avant.

Au loin, on apercevait un autre bateau. À présent, tous les bateaux de pêche avaient quitté le port.

— Vous avez beaucoup parlé ? demanda Cooper. Je sais que c'était il y a longtemps, mais tout ce dont vous vous souvenez peut être utile.

— Pourquoi vous me demandez ça ? Qui est cette fille ? Est-ce qu'elle a quelque chose à voir avec ce qui s'est passé ? C'est elle, la coupable ?

— Elle est à l'hôpital depuis presque un mois. Elle se remet tout juste.

— Elle a été infectée ?

Cooper acquiesça.

Michael détourna le regard, puis le dirigea de nouveau sur la photo.

— Elle était heureuse, plus heureuse que la plupart des gens, dit-il. Ça m'a plu. Elle voulait caresser Annie. Elle semblait vraiment ravie de l'expérience, elle s'était même fait filmer. Elle…

— Qui filmait la promenade ?

Il hésita, scrutant la photo.

— Un homme, je crois.

Cooper sortit son téléphone et lui montra une photo d'Albert Cole.

— Lui ?

Michael secoua la tête.

Au bout d'un moment, elle trouva une photo d'Alec et la lui présenta.

Là encore, il secoua la tête.

— Il devait avoir la vingtaine, je pense.

Michael eut la même réaction face à la photo de Simon, mais se raidit.

— C'est le garçon qui a disparu ?

Cooper acquiesça.

— Je vous l'aurais dit si je l'avais vu.

— À quelle distance se tenait l'homme ? Et où ?

— Près de l'ancien cinéma.

Michael lui rendit la photo de Rebecca.

— Mais seulement pour la première balade. J'ai demandé à la jeune fille pourquoi il n'avait pas participé.

— Et ?

— Je ne sais pas. Elle a peut-être dit qu'il avait peur des chevaux.

— Peut-être ?

— Comme je vous l'ai dit, je ne sais pas. C'était il y a un an et, honnêtement, je ne suis pas sûr que je le reconnaîtrais.

Il sortit de nouveau ses cigarettes et cette fois en alluma une en s'écartant un peu de Cooper.

— Est-ce que cet homme… Est-ce que c'est lui, le coupable ? demanda-t-il.

Cooper l'ignorait.

— Il a fait du mal à ces animaux ?

Elle acquiesça.

Ils parlèrent encore un moment ; la journée devenait de plus en plus froide.

— J'envisageais de partir, vous savez.

Il se retourna vers la mer ; la fumée s'élevait dans l'air contaminé.

— Tout le monde est parti, toute ma vie, et je n'ai jamais pensé que… Je ne pensais pas que je voudrais partir un jour.

Il fit tomber ses cendres sur le sable.

— Cette ville a toujours attendu quelqu'un comme ça.

Sa voix était plus faible et il toussait.

— Quelqu'un comme quoi ?

— Personne ne veut continuer, dit-il, n'écoutant plus Cooper. Personne ne va venir vivre ici, ni dans dix ans, ni dans cinq. Je ne serais pas surpris si… si c'était nous tous. La plupart d'entre nous. Nous nous faisons du mal les uns aux autres. Nous nous faisons du mal à nous-mêmes.

Il y eut un long silence.

Le soixante-treize. Numéro soixante-treize.

Le bruit du bingo le fit rire, mais Cooper ne sourit pas. Elle ne comprenait pas.

— Nous allons disparaître. L'évolution de l'humanité. Elle sera terminée, un jour, et nous disparaîtrons. Ce sera comme si nous n'avions jamais été là. Nous serons comme nous étions avant notre naissance. Et ce sera fini.

Au bout d'un petit moment, il se leva et rentra dans sa caravane.

Cooper resta sur la digue, à regarder au loin.

Michael ressortit quelques minutes plus tard dans une autre tenue, puis se dirigea vers le pub. Là non plus, il n'y avait pas eu d'au revoir.

Le téléphone de Cooper vibra.

Un message de l'hôpital : on lui demandait pourquoi elle n'était pas venue.

On se demandait si elle voulait reporter au lendemain. *Oui*, répondit-elle par texto. *En début d'après-midi.* Et elle retourna à sa chambre d'hôtel.

Chapitre 56

Frank était assis seul dans le bureau du cabinet vétérinaire. Les décorations d'Halloween avaient été retirées et rangées dans une boîte posée sur la table du fond. Des tasses sales traînaient autour de l'évier. L'une d'elles portait le message Fou de t'oie imprimé sur la céramique blanche.

La police avait anéanti le cabinet. Les médicaments avaient été confisqués dans l'attente d'une enquête sur Kate concernant la kétamine obtenue illégalement, les fils volés dans leur remise, les sédatifs utilisés sans supervision ni contrôle.

Frank quitta la pièce et ferma la porte à clé derrière lui.

Les clients fuyaient vers la ville voisine. Il ne restait plus que les urgences à traiter, et là encore, le nombre de clients avait chuté.

Des gens qu'il avait connus toute sa vie l'évitaient dans la rue.

Le cabinet avait appartenu à son père.

Il se rendit à la rivière.

Frank essayait de trouver de la beauté dans le monde.

Il observait les oiseaux. Il aimait cet endroit, il y venait dans sa jeunesse. On y trouvait des cygnes blancs à l'époque, mais il n'en avait pas vu depuis un moment. Juste des canards.

Une partie de ce qui s'était trouvé ici, choses et hommes, reposait au fond de l'eau, dans le sol. Des signes de vie. Des balbutiements de connaissance. Une compilation de voix, de paroles à peine compréhensibles, comme une mécanique humaine, comme l'histoire en bocal.

Il les imaginait tous tels qu'ils avaient dû être.

Des guerriers descendus de bateaux sur la plage plus de mille ans auparavant, le visage couvert de sel et d'embruns.

Les hommes du roi chevauchant vers des monastères pour les piller, pour éradiquer l'influence européenne, pour assurer une loyauté absolue à la couronne.

Les avions larguant des bombes pour le compte d'un État lointain.

Le fleuve Sedge prenait sa source à cent trente kilomètres à l'ouest d'Ilmarsh, traversait la ville et, malgré sa proximité avec la mer, débouchait loin au sud dans une autre baie. Depuis les collines, il coulait dans trois directions, mais un seul bras s'étendait jusqu'à son embouchure.

Le Sedge traversait tout.

Les Scandinaves l'appelaient Garsecg, l'homme-lance. Le fleuve avait la forme d'un trident ; des fourches jumelles s'écoulant depuis les collines pour n'aboutir nulle part, tandis que le cours d'eau central continuait sa course.

Les Tudor l'appelaient Sedg, Sedge ou Sege. Ils n'étaient pas pointilleux.

La Luftwaffe, elle, ne lui donnait pas de nom.

Le vétérinaire resta assis encore un peu, se demandant s'il valait la peine de s'encombrer de telles considérations. Il ne savait pas quoi faire de ses pensées, parfois. Il rougit de honte.

Il suivit le sentier. La lumière scintillait entre deux nuages, dansant sur quelques branches tremblantes.

Il songeait à lui téléphoner, à aller la voir.

C'était un homme amoureux.

TROISIÈME PARTIE :

UNE NAISSANCE DE SOURIRES

VINGT-SEPTIÈME JOUR

Chapitre 57

Alec rêvait toujours de son garçon jouant dans le salon attachant des trombones les uns aux autres pendant que sa femme cuisinait des spaghettis.

Il rêvait de disputes et de bagarres, de déceptions. Il rêvait qu'il allait chercher son fils chez sa grand-mère maternelle. Le premier Noël solitaire. Il s'était senti seul. Ici, à la campagne, il fallait vraiment une voiture. Quand Simon avait eu l'âge, Alec lui avait offert des leçons de conduite pour Noël, et le garçon n'avait jamais réussi l'examen. Bien sûr, il ne s'était pas appliqué, il n'avait jamais pris ça au sérieux, peut-être précisément parce que c'était un cadeau, parce qu'il venait de lui. Alec lui disait qu'il l'aimait. Un jour, le garçon qui avait joué avec des trombones cessa de le lui dire en retour.

Dans son rêve, Simon voulait qu'il parte.

Quand Alec se réveilla, Cooper était là.

Ils ne parlèrent pas tout de suite. Alec la fixa – ses yeux rouges cernés, sa main et la tasse qu'elle tenait. Elle la posa sur la table.

La gorge sèche, la voix rauque, il lui demanda :

— Ils vous ont laissée apporter du café ?

— Ce n'est pas du café, susurra Cooper.

— Vous voulez bien m'en donner ?

L'air dans la pièce était légèrement froid et semblait artificiel, pompé par des moteurs invisibles.

— Non, dit-elle. C'est à moi.

— Oh.

Il repensa à la marche dans les champs, quand il avait sauté par-dessus le fossé et éclaboussé les jambes de son pantalon.

Il repensa à un trajet de nuit en voiture.

— Personne ne m'a rendu visite, dit-il. Juste des gens qui m'ont posé des questions.

Il hésita, puis demanda :

— Quelqu'un vous a rendu visite ?

— Des médecins.

Elle n'en dit pas davantage.

— Les médecins ne sont pas des visites.

— Je suis médecin. Je vous rends visite.

Elle marqua une pause.

— Je ne suis pas tombée malade. Ils m'ont examinée, mais…

— C'est bien, coupa Alec en essayant de se redresser dans son lit. C'est une bonne chose.

Cooper ne répliqua pas.

Alec sourit brièvement, puis il se souvint. Il se souvint qu'il n'avait pas souri depuis des semaines. Sa vue se brouilla lorsqu'il secoua la tête, ne sachant pas trop ce qu'il voulait dire.

— Je n'ai pas…

Les traits de Cooper s'adoucirent.

Elle se leva brusquement et versa une partie du contenu de la tasse dans un verre vide au chevet d'Alec. Le liquide était rouge.

— Buvez ça.

Alec acquiesça et s'exécuta ; le geste lui fit mal au bras.

À en croire la façon dont Cooper protégeait la boisson, il avait pensé un instant qu'il pouvait s'agir d'alcool.

Mais c'était juste une sorte de sirop de fruit. Rien de plus. C'était étrange. Cela le ramenait en enfance.

Il ne savait pas pourquoi il s'attendait à autre chose. Ils étaient dans un hôpital. Elle n'y aurait pas bu d'alcool. Elle n'aurait pas eu le droit d'en apporter.

Il l'avait pourtant espéré, malgré tout. Il avait besoin de quelque chose.

Il ne se sentait pas lui-même.

— Que nous est-il arrivé ? demanda-t-il.

Cooper lui montra la lettre.

Vous auriez pu le sauver.

Chapitre 58

Elle le regarda lire.

Personne n'a su ce que j'ai fait avant que je le permette. J'ai eu la peste dansante. Je m'épanouis, maintenant.

Alec avait les traits tirés, les paupières tombantes, ses contusions guérissaient à peine. Une cicatrice récente zébrait une de ses joues. Ses cheveux commençaient tout juste à repousser après la boule à zéro. Il restait si peu de l'homme qu'elle avait si brièvement connu. Elle en avait appris davantage sur lui en trois semaines de lecture qu'en trois jours de collaboration. Elle l'avait idéalisé, comme elle le faisait toujours.

Et il était là.

Il ne pleurait pas.

Il tremblait à peine.

Il tenait juste la lettre sans la serrer, comme s'il ne savait plus lire.

Après ce qui sembla être une éternité, il commença à parler, tournant lentement la tête, le papier toujours entre les mains.

— Ils pensent que Simon est mort, c'est ça ?

Cooper ne répondit pas.

— Ils pensent que l'auteur de cette lettre l'a enlevé.

On entendit des rires dans le couloir. Des infirmières passèrent devant le verre translucide. Rien n'indiquait qu'elles les avaient vus parler ou qu'elles avaient entendu leur conversation. Elles étaient simplement gaies.

— Pourquoi êtes-vous encore en ville ? demanda Alec à Cooper.

À présent, de l'autre côté de la chambre, une lumière clignotait.

— Il y a autre chose, répondit Cooper.

Alec rouvrit les yeux sans s'être aperçu qu'il les avait fermés, sans s'être aperçu qu'il s'était presque endormi. Mais il ne dormirait pas vraiment, pas maintenant. Il avait fallu un accident de voiture et de l'anthrax pour le guérir de sa longue insomnie, mais Cooper l'avait fait revenir.

— Ce numéro.

Elle lui tendit un bout de papier.

Il le saisit, se redressant cette fois-ci complètement avant de porter les yeux sur la feuille.

— À qui est ce numéro ?

Elle hésita, puis ajouta :

— Pourquoi est-il écrit de votre main ?

— Parce que je l'ai écrit, dit Alec d'une voix plus forte. Vous avez trouvé ça chez moi.

Elle acquiesça.

— Je vous ai posé une question, Cooper. Pourquoi êtes-vous encore là ? Vous étiez censée… Vous deviez rester ici quatre jours.

— Vous en avez marre de moi ?

Elle tenta de sourire, et Alec se surprit à sourire lui aussi. Il aimait la façon dont elle souriait. Il l'aimait bien.

Il ne répondit pas, et le sourire de Cooper s'effaça.

— Votre fils a appelé à ce numéro. Et la personne à qui il appartient lui a téléphoné.

— Quand ?

— Tout au long de l'année. Des centaines d'appels.

Alec vit alors sur le visage de Cooper cette expression qui ne traduisait pas seulement l'empathie, pas seulement la pitié.

C'était de la curiosité.

Elle voulait voir comment il réagissait. En livrant les informations au compte-gouttes, en guettant ses réactions, ce qu'il laissait paraître.

Il lui demanda :

— Vous me dites tout ?

Elle acquiesça, seulement quelques secondes plus tard. Mais quand bien même.

Elle avait hésité.

— C'est le fermier et sa fille qui m'ont donné ce numéro de téléphone. J'ai apporté le papier chez moi la nuit où nous avons trouvé les chevaux. Je n'ai pas eu le temps de donner suite, ça ne semblait pas être une priorité. J'ai essayé plusieurs fois, mais…

— À qui appartenait le numéro, Alec ?

— À la mère, Grace Cole.

— Tu n'as rien fait de mal.
Elle était assise, tremblante.
— Tu n'as rien fait de mal, d'accord ?
Elle ne regarda pas.
— C'est le début, pas la fin.
Une main toucha son visage, toucha ses larmes.
— Ce n'est pas fini. C'est…
— Je t'aime, dit-elle.
— Je t'aime.

VINGT-HUITIÈME JOUR

Chapitre 59

(Femme, 36 ans)

Il a retiré Rebecca de l'école quelques jours après que sa femme l'a quitté. Nous avons essayé de lui mettre une amende pour cette absence, mais il l'a déclarée élève à domicile et ça s'est arrêté là. Je ne pouvais rien faire, j'imagine. Personne n'aurait rien pu faire. C'était dommage.

(Homme, 49 ans)

La plupart des entreprises du coin facturent d'abord un acompte, en général – fournitures agricoles, vétérinaires, tondeurs –, on n'a pas toujours à payer tout de suite, tout le monde sait que les choses peuvent être compliquées. Mais je ne connais pas une seule entreprise par ici qui l'aurait laissé payer à crédit. Une fois suffit. C'était juste ça.

(Femme, 35 ans)

Au Portugal ou ailleurs. Je pense que Grace est plus heureuse maintenant. C'est difficile à savoir. Ça doit être agréable. Elle poste de jolies photos.

Depuis plus d'un an, personne n'avait vu Grace Cole. Les appels passés à son numéro avaient tous été renvoyés vers une boîte vocale pleine ; la ligne était probablement coupée. Les tentatives de communiquer avec elle sur les réseaux sociaux où ses comptes demeuraient visiblement inactifs avaient également échoué.

Tout ce que Cooper trouva, c'étaient les souvenirs qu'on avait d'elle, enregistrés lors d'appels aux stations de radio et consignés dans des rapports concernant toute la famille au début de la quarantaine. Ces témoignages s'intéressaient davantage au fermier qu'à sa femme prodigue.

Pour beaucoup, c'était clair, c'était le poison du mariage.

(Homme, 28 ans)

Je ne veux pas en parler. Il est mort. Des gens sont morts. C'est…

(Femme, 35 ans)

C'était lui ? Les gens disent que c'était lui.

(Homme, 49 ans)

Je sais qu'il a vendu une grande partie de son troupeau il y a un petit moment. Il y avait beaucoup trop d'animaux pour un seul champ, beaucoup trop. Et même pas tondus, en juin avec toute leur toison. Et il n'y avait jamais assez d'eau. Il avait des problèmes d'argent, je crois, quand Grace est partie.

(Homme, 23 ans)

Sa fille va bien ? On n'a pas eu de nouvelles…

(Femme, 41 ans)

Je ne donne pas dans le commérage.

Les policiers locaux interrogèrent les employeurs pour qui Grace avait effectué quelques brefs contrats et missions depuis que la ferme avait commencé à faire faillite. Une laverie près du pont en bois. Une des salles d'arcade où elle avait travaillé une journée. Les agents laissaient Cooper les accompagner, heureux de voir naître un esprit de partage de l'information.

Il ne fut pas facile de trouver quelqu'un avec qui s'entretenir dans les salles d'arcade obscures, mais finalement un gérant se manifesta et répondit à leurs questions.

— Nous avons beaucoup de turn-over, déclara-t-il. On s'y perd.

Personne ne semblait connaître cette femme.

Tout comme Simon, comme les fermiers, comme Alec.

Ils étaient isolés.

Seuls.

(Femme, 53 ans)

C'est sûr, c'est ce fermier. Personne ne le connaît vraiment. Il est ici depuis quoi ? Dix-sept ans ? Dix-huit ? Et personne ne le connaît. Personne ne peut dire ce qu'il a fait avant tout ça, ni pourquoi il est venu ici. Sa femme le quitte. Il fait du mal à sa fille. Dieu sait ce qu'il lui a fait, ce qu'il a planté dans ces champs. Et après il se tue, il sort de l'hôpital comme si de rien n'était ? Je sais ce qu'est la maladie. Je sais ce qu'est la culpabilité. C'est de la culpabilité.

(Homme, 28 ans)

Beaucoup de gens font des suppositions.

(Femme, 53 ans)

J'ai entendu dire qu'Albert l'avait frappée, la police a été appelée… ça a pris quelques heures, bien sûr. La femme a tout nié. La fille, elle, n'a rien dit. C'est tout bonnement tragique.

(Homme, 49 ans)

J'espère que la fille va bien. Je ne sais pas pour son père, ce n'est pas à moi de le dire, mais… J'espère qu'elle s'en sortira. On le souhaite tous.

(Homme, 32 ans)

Des hommes comme lui, des personnalités comme celle d'Albert, c'est ce qui se développe, qui se développe toujours, dans des endroits comme ici. Un certain genre de personne, seule avec ses pensées. Quelque chose finit par céder. Une sorte de… d'imposture se produit, pour que vous continuiez. Et tous ceux qui vous entourent le savent, ils savent que quelque chose ne va pas, même s'ils ne savent pas quoi.

(Femme, 35 ans)

On ne peut pas se sauver soi-même.

La fille s'était réveillée quelques jours plus tôt.

Interrogée par les médecins sur sa mère, Rebecca répéta ce qu'elle leur avait déjà dit : elle était partie depuis un an.

L'aviez-vous déjà vue avec un garçon ?

Ils lui montrèrent quelques photos de Simon Nichols.

Rebecca les regarda et leur dit que non, elle n'avait jamais vu sa mère avec un garçon, avec personne.

Grace Cole ne sortait pas beaucoup, pas à la fin.

Avant la fin, elle n'allait pas bien.

Les médicaments avaient rendu Grace malade. Elle n'était plus elle-même.

Rebecca regarda encore les photos avant leur départ.

— Qui est-ce ?

Les médecins lui répondirent qu'il avait disparu.

Ils lui dirent de vite se remettre.

(Femme, 36 ans)

Elle m'en a parlé, de ces derniers mois avant qu'elle ne quitte l'école. Elle n'était pas toujours distante avec tout le monde. Nous tous, tous les professeurs, nous l'aimions bien.

Elle jouait tout le temps à des jeux sur son ordinateur. Elle voulait leur consacrer son projet de classe. Des mondes où l'on ne regardait pas une fiction, mais où l'on prenait ses propres décisions.

Je pense qu'elle aimait s'évader. Enfin, c'est probablement l'attrait de toutes les histoires. Elles permettent de s'évader en entrant dans la vie des personnages. Ce n'est pas forcément une mauvaise chose. Nous mourrions si nous ne pouvions pas nous évader.

Cette fille avait des rêves. Et peut-être… Je ne sais pas si elle a continué de jouer, mais peut-être que ça ne lui suffisait plus.

Peut-être qu'elle ne pouvait pas échapper à ce qui lui arrivait. Peut-être qu'aucune histoire ne suffisait. On consomme du média où les héros… où les belles personnes triomphent et, vous savez, agissent comme le font les belles personnes. On commence à voir la vie comme une histoire. Plus d'un an de ce régime, seule, sa mère partie, cet homme horrible pour seul ami. Et si ça ne fonctionne plus ?

Et si ce qui vous maintient en vie… si vous y devenez indifférent ? Si ça s'effondre ? Qui va vous sauver ?

Son père a essayé de nous tuer.

Il a introduit cette saleté et ces mensonges dans cette communauté.

Et maintenant il est mort, n'est-ce pas ? Maintenant il est mort, et pas nous.

Et j'en suis heureuse.

Je suis heureuse.

Pendant toute la journée et les jours suivants, Alec envoya des messages à Cooper. Il lui demandait sans cesse s'il pouvait se rendre utile. Il lui faisait des suggestions, lui expliquait la meilleure façon de procéder. Il lui demandait sans cesse de venir le voir. Pour le laisser les aider. Pour parler aux médecins, leur dire qu'on avait besoin de lui, pour leur dire…

Pour leur dire quoi ?

Après quelques messages, Cooper arrêta de répondre.

Il pouvait à peine marcher.

Et ça… tout ça…

Qui savait ce que sa sortie précipiterait ?

Les empreintes digitales, la lettre, le fils.

La peste dansante continuait.

TRENTIÈME JOUR

Chapitre 60

Une nuit, Alec resta éveillé tard, à réfléchir à tout cela.

Même s'il ressentait encore une vive douleur.

Il pensait aux cercles.

Il pensait aux têtes.

Aux caisses.

À ce qu'elles contenaient.

REGARDEZ

Le nombre.

Pourquoi son fils avait-il parlé à cet homme ?

Dans quoi s'était-il embarqué ?

Pourquoi Alec n'avait-il pas été au courant ?

Ces questions avaient fait naître une expression de pitié sur une demi-douzaine de visages, des gestes tristes, des sourires gênés.

Même Cooper avait posé la question du bout des lèvres ; c'était presque pire.

Il avait proposé son aide.

Il avait fait tout ce qu'il pouvait.

Et ils l'avaient gardé là, non ?

Il ferma les yeux dans l'obscurité.

Son fils était là, dehors, et il…

Alec n'arrêtait pas d'y penser.

Le bout de papier sur la table.

La nuit de l'effraction chez lui. Les traces de pas boueuses dans l'escalier.

Le fermier, marchant à travers les champs.

Vous ne tomberez pas, avait-il dit. *Vous n'avez pas peur d'un peu de boue, n'est-ce pas, inspecteur Nichols ?*

Et l'homme était mort, à présent. Il avait fait un malaise dans les champs où ils s'étaient rendus il y avait bien longtemps maintenant, aucun chantage n'avait été exercé depuis. Il n'y avait eu aucune évolution dans l'affaire après les suicides.

Aucune piste, aucune révélation de quiconque, si ce n'est ce qui s'imposait : le numéro d'une femme.

Sur la photo de ses profils en ligne, Grace Cole était rousse. Debout sur une plage, dos à l'appareil, une photo classique de touriste.

D'autres policiers avaient envoyé des messages à Grace Cole à maintes reprises, avaient essayé de la joindre par téléphone, d'obliger les réseaux sociaux à leur fournir des informations pour accéder à ses comptes.

Alec avait repensé à ce que Cooper lui avait dit quand ils avaient travaillé ensemble.

Que tout ça – tout ça – n'avait rien à voir avec les animaux.

Que tout tenait au moment de la découverte.

De voir la douleur sur le visage des propriétaires.

Vous auriez pu le sauver.

Le sourire, c'est le vôtre.

Cela le concernait d'une manière ou d'une autre, Alec le savait.

C'était ce que disait Cooper, après tout – ce que personne, d'autre ne disait.

Sinon, pourquoi lui aurait-on posé ces questions ?

Pourquoi l'aurait-on regardé de cette manière ?

Et il n'y avait pas que le numéro de téléphone : quelque chose d'autre reliait Alec à ces étranges événements ; rien pour le condamner complètement, mais c'était suffisant.

Il s'assit dans l'obscurité et prit son téléphone.

Il se connecta à son compte, accéda à son profil, supprima tous ses amis et activa l'option « compte privé ».

Il se connecta au profil de Grace et l'ajouta comme amie.

Si c'était un jeu, il y jouerait.

Il ferait ce qu'il pourrait, jusqu'au bout.

Chapitre 61

[00 : 18] Grace : Salut.
[00 : 18] Grace : J'ai eu ton message.
[00 : 21] Grace : Est-ce qu'on se connaît ?
[00 : 21] Alec : Non.
[00 : 21] Alec : Je ne crois pas.

Enfin, une touche.

Chapitre 62

[00:32] Grace: Comment je peux savoir que vous êtes un vrai policier?

[00:32] Alec: J'appellerai à partir d'un numéro officiel.

[00:33] Grace: C'est normal de contacter quelqu'un de cette façon?

[00:33] Alec: En général, non.

[00:33] Grace: À moins qu'on soit amis, je suppose.

[00:34] Alec: On a essayé de vous joindre par téléphone, mais ça n'a pas marché. J'ai cru comprendre que vous n'êtes plus au Royaume-Uni.

[00:37] Alec: Vous êtes toujours là?

TRENTE ET UNIÈME JOUR

Chapitre 63

[07 : 12] Grace : Vous n'avez pas beaucoup de photos.
[07 : 20] Alec : Que voulez-vous dire ?
[07 : 21] Grace : Sur votre profil.
[07 : 21] Grace : Vous avez regardé mes photos ?
[07 : 41] Alec : Non.
[07 : 50] Grace : Y en a des bien.
[07 : 52] Alec : Pourquoi avez-vous quitté Ilmarsh ?
[07 : 58] Grace : Mon mari ne vous a pas parlé ?
[07 : 58] Alec : Si.
[07 : 59] Grace : Où êtes-vous en ce moment ?
[08 : 00] Alec : Dans mon lit.
[08 : 00] Alec : Et vous, où êtes-vous ?
[08 : 01] Grace : Assise près de la plage.
[08 : 02] Alec : Pourquoi vous n'êtes pas joignable par téléphone ?
[08 : 02] Alec : Si vous me donnez un nouveau numéro, je peux appeler.
[08 : 03] Grace : Les gens ne voudraient pas me parler.
[08 : 03] Grace : Je ne suis pas très intéressante.
[08 : 04] Grace : Qu'est-ce qui s'est vraiment passé là-bas ?
[08 : 08] Grace : Qu'est-ce qu'Albert a fait ?

Chapitre 64

Dans la nuit, la maison de *Well Farm* brûla.

On ne remarqua l'incendie qu'à quatre heures du matin. Lorsque les pompiers arrivèrent, il était trop tard pour sauver le bâtiment.

Que la destruction de cette maison inhabitée ait suivi l'abattage du troupeau – ça semblait normal, d'une certaine manière. La fin de l'histoire des Cole, écrite dans les flammes.

Alec apprit la nouvelle sur son téléphone. Le groupe de la ville avait partagé l'information.

Cooper ne l'avait pas mis au courant.

Le lieutenant ne l'avait pas mis au courant.

Personne ne le lui avait dit.

Alors il appela un taxi et quitta l'hôpital sans en informer personne lui aussi.

Il se rétablissait bien.

Il sentait qu'il allait mieux.

Il le savait.

À peine quelques mois plus tôt, Alec avait regardé un documentaire. La plupart du temps, Simon montait directement dans sa chambre à son retour du lycée, mais cette fois, il s'était assis et avait suivi le programme avec lui. Alec avait été surpris. Cela avait fait évoluer l'idée qu'il se faisait de son fils, ce Simon-là, c'était lui, du moins en partie. Tout ce qui restait d'Alec et qui s'était déjà évanoui. Au fur et à mesure que le garçon grandissait, Alec voyait des fantômes de son sourire sur les photos de son fils, de sa voix sur de vieux enregistrements.

Ils avaient regardé ce documentaire ensemble.

Ils étaient assis et les images sombres à l'écran se succédaient, commentées par une voix off au timbre rauque. Le film s'intéressait aux zones d'enfouissement des déchets nucléaires et à ce qui pouvait être mis en place pour que les générations futures comprennent qu'il ne fallait pas s'en approcher. Le projet consistait à construire de vastes labyrinthes en fil de fer barbelé pour avertir de la présence de ces matériaux, et à installer des signaux de danger qui traverseraient les époques. Au centre, on pourrait lire ces mots :

« Ce site est un message et fait partie d'un système de messages. Soyez attentifs. Il était important pour nous de vous l'envoyer. Nous nous considérions comme une civilisation puissante. Cet endroit ne célèbre rien. Aucun acte important n'est commémoré ici. Il n'y a rien de précieux ici.

Ce qui se trouve ici était dangereux pour nous. Le danger est toujours présent à votre époque. »

Les vastes champs étaient blancs eux aussi. Nus, leur surface à peine irrégulière.

Le chauffeur arrêta la voiture, sortit pour ouvrir le portail, puis remonta vite dans le véhicule. Alec avait promis de le payer cinquante livres supplémentaires pour ça. La police allait bientôt leur barrer la route, il le savait, mais il n'y avait personne pour garder la barrière.

Ils empruntèrent le chemin par lequel les chevaux étaient très probablement venus.

Ils aperçurent des fourgons garés au loin, des voitures, dont celle de Cooper.

Alec sortit, flageolant encore un peu sur ses jambes, et Cooper se retourna.

Des marqueurs pointaient dans la neige blanche, des piquets cramoisis enfoncés dans le sol pour délimiter les endroits où les animaux étaient enterrés, presque en miroir avec le bûcher des moutons en face, mais là ils étaient fins, éparpillés, élégants, d'un rouge presque métallique. Ils avaient été plus difficiles à repérer depuis la route.

Alec repensa à la première fois qu'il avait aperçu les yeux vitreux, les queues enroulées de ces créatures.

Vous avez déjà vu une chose pareille ? avait-il demandé au fermier. *C'est…*

Grotesque.

Magnifique.

Non. Et vous ?

C'est un meurtre, avait murmuré le fermier. *Regardez-les. Regardez.*

Alec traversa l'espace vide. De la fumée s'élevait d'une ferme.

Cooper lui expliquerait tout plus tard.

Les pompiers n'avaient pas réussi à sauver la maison.

À l'aube, avant de partir, l'un d'entre eux avait voulu se rendre à l'endroit où les seize chevaux avaient été enterrés.

L'un d'entre eux avait voulu voir ce lieu de mort.

Il était venu là, jusqu'aux piquets rouges.

Et il avait vu.

Alec l'ignorait. Il ignorait que quelqu'un avait vu quelque chose. Il savait juste qu'on lui avait volé une enquête.

Il marchait simplement vers l'horreur, heureux d'être enfin sorti.

Heureux de respirer de l'air frais, de se servir de ses membres.

Heureux de découvrir les expressions sur tous ces visages : le dégoût, le choc parce qu'il avait daigné retourner à son ancienne vie sans permission.

Il serait à nouveau l'homme qu'il avait été.

Il se rendrait utile.

Son existence aurait un sens.

Il y avait quelque chose dans l'herbe enneigée, au pied du métal. Quelque chose de rouge.

Cooper s'était agenouillée et l'avait dégagé avec des pinces sorties de son manteau.

Elle avait trouvé un ongle humain.

Alec s'approcha, Cooper lui parlait déjà, mais il ne comprenait pas, il ne l'entendait pas, il n'entendait personne.

L'ongle était noirci, abandonné là depuis plusieurs semaines, le froid avait ralenti sa décomposition.

Un doigt était enfoncé au bout du piquet le plus proche.

Il pendait, chair humaine. On l'avait amputé avec un couteau, en sciant l'os.

Il n'y avait rien d'autre. Pas de lettre. Pas de mot. Pas de photo.

Juste ça.

L'éclosion finale.

Les tests ADN confirmeraient que le doigt et l'ongle étaient ceux de Simon Nichols.

VINGT ANS PLUS TÔT

Chapitre 65

Londres.

Comment sait-on si on est amoureux ?

C'est le 16 juin.

Un agent de police en repos rencontre sa future femme.

Il se tient au bord de la rive Sud, sa veste sur le bras, les pieds serrés dans ses baskets neuves. La sueur sur sa nuque commence enfin à sécher. Il observe Londres au loin.

Le soleil bas darde ses rayons entre les arbres élancés de la rive, se mêlant à la brise. Les gens se rassemblent en petits groupes sur l'herbe verte clairsemée au bord des immeubles. Ils trinquent. Assis sur des bancs portant les noms d'inconnus disparus et commémorés, ils se donnent la main – la peau est ridée – et tiennent des hot-dogs. Les bancs sont incurvés pour empêcher les sans-abris d'y dormir. La Tamise se jette dans la mer au loin.

Dans dix minutes, le policier se promènera et apostrophera une femme. « Angela ? », dira-t-il à cette femme dont ce n'est pas le nom.

Elle s'excusera de ne pas être celle qu'il attend. Elle lui demandera : « Rencontre en ligne ? », et l'agent de police acquiescera, l'air penaud. Elle lui souhaitera bonne chance. Elle ira prendre un café avec un ami.

Il restera une heure dans le quartier, seul, regrettant de ne pas avoir mis de crème solaire.

Lorsqu'il envisagera enfin de partir, la femme qu'il a prise pour Angela passera de nouveau devant lui et, surprise par sa persévérance, lui demandera s'il va bien.

Il mentira en affirmant que oui.

Elle lui demandera son nom. Il répondra : « Alec. »

Elle se présentera : « Elizabeth. »

Leur premier rendez-vous aura lieu deux semaines plus tard.

Dans trois mois, il lui posera cette question :

« Comment sait-on si on est amoureux ? »

Ils emménageront ensemble peu de temps après. Ils commenceront une vie à deux.

C'est le 4 novembre.

Alec rencontre les parents d'Elizabeth. Elle prépare des spaghettis avec une sauce aux lardons. D'ici deux ans, elle deviendra pescétarienne. D'ici cinq ans, elle sera végétalienne. Dans huit ans, elle aura tout abandonné et vivra dans un nuage.

Les parents d'Elizabeth se rendent chez eux, dans un petit appartement de Tottenham Hale. Tout au long du repas, Elizabeth s'excuse du désordre. Selon Alec, l'appartement est immaculé. C'est lui qui s'est occupé du ménage. Elle ne lui fait pas de reproches, ni à ce moment-là ni plus tard.

Avant de partir, le père d'Elizabeth dira à sa femme qu'Alec est « mieux que le précédent ». Il le fera quand il pensera que sa fille et Alec n'entendent pas. Il mentionnera leur différence d'âge – elle a vingt-cinq ans, Alec vingt. Il s'opposera aux objections de sa femme qui trouve que cet homme a l'air gentil. Il dira qu'ils n'ont pas besoin de faire comme si la relation allait durer. Le petit ami de leur fille n'a même pas de diplôme. Combien peut-il gagner ? Il sait que…

Elizabeth entrera dans le salon.

Ils feront tous comme si rien ne s'était passé.

Le passé les empoisonne.

Et cette nuit-là, quand Elizabeth et lui seront couchés, Alec parlera de ses propres parents pour la première fois.

Il parlera des cicatrices sur son dos et de leur origine.

Il fera tout ça dans l'espoir qu'Elizabeth se sente mieux.

C'est le 8 juin. C'est presque l'anniversaire de leur rencontre.

Il fouille dans son téléphone tandis qu'elle prend sa douche.

Il l'a déverrouillé avec son code PIN. Il l'a vue le composer une dizaine de fois.

Elle est devenue un mystère pour lui, ces derniers temps.

Il trouve un message. Envoyé à son ex.

C'est une photo d'elle, presque nue.

Alec repose le téléphone.

Une fois qu'Elizabeth est sortie de la douche et qu'elle a enfilé son pyjama, ils regardent la télévision. Elle va se préparer un verre. « Tu en veux un ? »

Elle a presque fini de se verser un verre quand Alec apparaît sur le seuil de la cuisine et lui dit qu'il pense qu'elle a un problème d'alcool.

Elle est surprise.

Il lui dit qu'il aimerait qu'elle verse sa boisson dans l'évier.

Elle lui dit d'aller se faire foutre.

Quand elle passe à côté de lui pour quitter la pièce, il lui prend le verre des mains, en renverse un peu au passage, puis le jette dans l'évier ; des éclats de verre volent au-dessus du métal.

Il ne mentionnera jamais le message et la photo. Les ruines de sa propre fidélité lui procurent un étrange et secret réconfort. Il a fait mieux qu'elle.

Elle n'avouera jamais.

Il ne trouvera plus jamais ce genre de message.

C'est le 5 janvier.

Elizabeth demande à Alec s'il aimerait avoir des enfants.

Lorsqu'ils croisent des bébés dans des poussettes, ou de jeunes enfants que leurs parents soulèvent et font danser dans l'air en souriant, il sourit aussi, parfois.

À Noël, lorsqu'un petit garçon a montré du doigt le pull d'Alec à motif de renne – le nez rouge géant en coton –, Alec en a parlé à Elizabeth des heures plus tard.

Elle lui repose la question le soir, assise dans leur salon.

« Si c'est une fille, on pourrait l'appeler Angela. »

Il sourit, mais son sourire sonne faux.

Il parle du monde. De tout ce qui se passe. Comment pourraient-ils mêler un enfant à tout ça ?

Elle parle de tout ce que leur enfant pourrait faire. Et qui sait ? Ils pourraient rendre service à la planète. Ils privent peut-être l'humanité d'un prodige, d'un Premier ministre ou d'un scientifique qui découvrirait un remède contre le cancer. Il pourrait enflammer le monde, créer des œuvres d'art extraordinaires, de grandes œuvres que d'autres ne peuvent même pas imaginer. Il pourrait…

Alec se demande, à voix haute, s'ils seraient de bons parents.

Elizabeth reste silencieuse.

Il se rend compte qu'il l'a blessée. Il ne sait pas quoi dire.

Il dit qu'il va y réfléchir.

C'est le 6 janvier.

Elizabeth est partie au travail et Alec trouve un test de grossesse dans la poubelle de la salle de bains, à demi caché. Il est positif.

Il est en congé ce jour-là. Il crée un profil sur un site de rencontre en ligne. C'est la première fois qu'il le fait depuis qu'ils sont ensemble. Il discute avec des femmes et des hommes pendant le début de l'après-midi. Trois heures avant le retour d'Elizabeth, il supprime le profil.

Il se demande à quel ami il pourrait se confier. Il se demande qui il a.

Il envisage de téléphoner à sa mère. Il s'abstient. Ils ne se sont pas parlé depuis des mois. Ils ne se parleront plus. Elle mourra d'une crise cardiaque quatre ans plus tard. Elle ne connaîtra jamais son petit-enfant.

C'est le soir.

Il dit à Elizabeth qu'il a réfléchi.

À ce qu'il a dit la veille.

Bien sûr qu'elle serait une bonne mère. Il n'a jamais voulu dire le contraire.

« Tu seras un bon père, balbutie-t-elle en essayant de sourire. Si tu veux l'être. »

Il lui répond qu'il ne sait pas.

C'est le 9 octobre.

Une lame perce une femme enceinte.

On lui arrache un garçon du ventre.

Quelques minutes plus tard, une infirmière le tend à son père.

Il tient la main de son bébé.

TRENTE ET UNIÈME JOUR

Chapitre 66

En partie pourri, retrouvé empalé sur un des piquets rouges délimitant la zone où les seize chevaux avaient été enterrés – les tests ADN confirmaient que le doigt était bien celui de Simon.

L'annulaire de sa main gauche était probablement fracturé avant d'être sectionné, peut-être infecté aussi. On l'avait amputé plusieurs semaines auparavant avec un outil tranchant et lourd, peut-être une hache, en un seul mouvement rapide.

Les tissus mous avaient commencé à se détacher.

Quelques jours après l'accident de voiture, le garçon était encore en vie.

De retour au poste de police avant la tombée de la nuit, Alec demanda à voir le doigt.

Il demanda à serrer son fils unique dans ses bras.

On lui répéta que c'était impossible.

Qu'il avait peut-être besoin de se reposer après toutes ces épreuves.

On lui dit de rentrer chez lui, on le lui répéta.

Le problème avec l'hôpital – sa sortie –, on pouvait régler tout ça.

On lui dit qu'il devait se remettre, pour son fils.

Mais Alec ne comprenait pas du tout ce que ça signifiait, à ce moment-là.

Il n'en avait aucune idée.

Une voiture de patrouille conduite par un homme qu'il n'avait jamais rencontré le ramena chez lui.

Les voisins avaient installé des guirlandes de Noël partout.

Il entra dans sa maison froide et vide et prit son téléphone.

Il lut les messages envoyés et reçus le matin dans le taxi pendant le trajet jusqu'à *Well Farm* ; il tenait à présent l'appareil dans ses mains tremblantes.

[09 : 18] Grace : Votre fils vous manque ?

[09 : 32] Alec : Comment savez-vous que j'ai un fils ?

[09 : 41] Grace : Nous sommes amis.

[09 : 42] Alec : Vous êtes amie avec mon fils ?

[09 : 51] Alec : Grace ?

[09 : 53] Grace : Lol non. Nous, nous sommes amis. Je peux voir vos contacts.

[09 : 04] Grace : Alors ? Votre fils vous manque ?

[10 : 01] Alec : Il ne me manque pas. Il vit avec moi.

[10 : 02] Grace : Envoyez-moi un message quand vous voulez.

[10 : 02] Grace : Je suis souvent seule.

[10 : 04] Grace : Et comment ça se passe, là-bas ?

[10 : 14] Grace : Sans doute qu'il pleut.

[10 : 16] Alec : Il a neigé.

[10 : 16] Alec : Mais le soleil brouille.

[10 : 17] Alec : Désolé, je voulais dire brille, correction automatique.

[10 : 19] Grace : Prenez une photo.

On frappa à sa porte. La sonnette n'avait pas été réparée.

Alec se rendit compte qu'il pleurait. Il ne savait pas depuis combien de temps.

Il s'essuya les joues et se leva.
Il neigeait encore.
La neige aurait fondu à minuit. Elle ne restait jamais.
Il ouvrit la porte.
C'était elle.
Cooper.

Chapitre 67

— Que faites-vous ici ?

Elle hésita, porta le regard derrière lui, à l'intérieur de la maison. Il flottait une odeur de viande, comme pour des pâtes à la bolognaise, mais rien n'indiquait qu'il avait cuisiné.

Il n'avait pas allumé la lumière, même si la nuit était tombée.

— J'étais… je m'inquiétais pour vous. Je voulais voir comment vous alliez.

Alec la fixait. Il paraissait plus petit sur le seuil de la porte. Au moment de leur rencontre, il était grand et trapu. Il paraissait fort, beau même, avec sa barbe de trois jours et son regard animé et interrogateur.

Au cours des premiers jours, il avait vite dévoilé certains aspects de son caractère : sa nervosité, son anxiété, son inquiétude au sujet de son poste, son désir de bien faire. Mais à présent, des semaines plus tard, à la fin de l'année, il ne montrait plus rien de tout cela – ses bons comme ses mauvais côtés avaient disparu, comme s'ils n'avaient jamais existé.

Maintenant, il paraissait vide.

Il se retourna, puis rentra, laissant la porte grande ouverte.

Cooper le suivit et appuya sur l'interrupteur.

Elle ôta son manteau, le tint sur son bras. Elle défit son grand foulard gris.

— J'enlève mes chaussures ? demanda-t-elle à Alec.

Il ne répondit pas. Il avait disparu dans la cuisine.

L'eau bouillait dans la bouilloire.

Elle enleva ses chaussures et resta immobile près du canapé, ne sachant pas si elle devait s'asseoir ou rester debout, le rejoindre ou l'attendre.

Elle attendit, debout.

Finalement, d'une voix rauque, depuis la cuisine, il lui lança :

— Thé ?

— Café, répondit-elle. Je peux le faire, si vous…

— Sans lait, sans sucre ?

— Noir, c'est bien.

Du temps passa.

Il apporta les cafés l'un après l'autre ; le sien avec du lait et deux sucres.

Cooper jeta un coup d'œil dans la pièce.

— Vous avez une… euh…

Elle fronça les sourcils, esquissa un sourire, tenta de se mettre à l'aise, ne sachant pas quoi dire. *C'est une jolie maison.* Elle était venue là une dizaine de fois sans la permission d'Alec et elle ne voyait toujours pas comment la décrire.

— Je ne sais pas comment il faut faire pour complimenter quelqu'un sur sa maison. Désolée.

— Ce n'est pas grave.

Ils se turent et burent leurs cafés. Dehors, la neige tombait de plus en plus dru, en gros flocons.

— Vous tous… commença Alec en fixant sa tasse. Vous avez laissé mon fils mourir.

Il secoua la tête.

Cooper resta muette un instant, les traits figés, les yeux écarquillés.

La neige continuait de tomber, s'accumulant sur l'herbe et sur le rebord de la fenêtre. Les guirlandes lumineuses de

Noël clignotaient dans l'obscurité, dans les arbres du jardin d'en face.

— J'ai fait tout ce que j'ai pu.

— Alors ce n'était pas suffisant.

La photo de famille avait quitté son emplacement d'origine dans la cuisine. Elle trônait maintenant sur la cheminée.

Sur ce cliché, Alec portait une barbe épaisse, pas une repousse comme maintenant.

Simon était un petit garçon.

Alec et sa femme se tenaient par la taille. Tous les deux souriaient.

— Tout ce que vous avez fait... dit Alec. Ce n'était pas suffisant.

Cooper posa sa tasse.

— Pourquoi m'avez-vous préparé du café, si c'est votre sentiment ?

— Je le fais toujours.

— Vous le faites toujours ? Je ne comprends pas.

— Quand les gens viennent.

Sa main tremblait, du café se renversait et éclaboussait son pantalon. Il ne semblait pas le remarquer. Soudain, l'expression de son visage changea.

— S'il vous plaît, supplia-t-il.

— Alec ? fit Cooper en se levant.

— S'il vous plaît, laissez-moi vous aider, murmura-t-il en laissant échapper sa tasse. S'il vous plaît.

Chapitre 68

Cooper allait dormir sur le canapé, puis elle rentrerait le matin. Elle refusait de laisser Alec seul dans cet état.

— Nous pouvons parler de l'affaire, lui proposa-t-elle sans avoir la moindre intention d'en parler.

Monter l'escalier lui demandait encore trop d'effort, Alec prit donc l'autre canapé.

— Avant, j'avais du mal à dormir, confia-t-il à Cooper.

Le sourire qu'il esquissa fut de courte durée.

Elle quitta la pièce pour aller lui chercher une couverture. Elle passa devant une trace sombre sur le mur, là où un miroir avait un jour été brisé.

Elle monta les marches sur lesquelles un inconnu avait un jour laissé des traces de boue.

Quand Cooper revint dans le salon, Alec était en train d'enfiler un T-shirt sorti du panier à linge. Son dos était couvert de cicatrices trop anciennes pour avoir été causées par l'accident.

— Vous n'êtes pas obligée de rester. Je vais m'en sortir.

Cooper s'assit sur le canapé qui lui était attribué, toujours habillée.

Alec s'assit sur le sien.

— Une fois, je vous ai demandé quelle était la pire chose que vous avez faite, dit-il.

— Effectivement.

Il s'allongea. Il n'ajouta rien avant un petit moment.

Cooper s'allongea aussi.

Il semblait si petit et faible.

— J'ai besoin de votre aide, dit-elle.

Elle était sereine. Elle remarqua qu'Alec portait son regard partout dans la pièce sans le fixer sur rien.

— Bien sûr que j'ai besoin de votre aide. Bien sûr que je vais vous impliquer, vous aviez juste besoin de vous rétablir. Maintenant vous allez mieux, n'est-ce pas ?

Alec se détourna pendant qu'elle parlait et poursuivit d'une voix plus douce.

— Nous trouverons le coupable, et surtout nous retrouverons votre fils. Tout ira bien.

Il ne répondit pas, il ne se tourna pas vers elle.

Cooper alla éteindre la lampe de la table basse près du canapé.

Il se passa un certain temps avant qu'Alec ne reprenne la parole.

— C'est ce que je lui ai fait, dit-il dans un murmure. À Elizabeth.

Il ne prononça plus un mot, du moins pas que Cooper puisse discerner. À un moment, elle crut l'entendre parler de Noël, mais ensuite ce fut le silence, et elle songea qu'elle l'avait peut-être rêvé.

La nuit passa.

Le matin, Alec posa des questions au sujet de l'île. Au sujet de l'anthrax, des bâtiments qui s'effondraient, des incendies qui y avaient fait rage, de la fosse et du père responsable de toutes ces horreurs. Il interrogea Cooper, sans reconnaître une seule fois lui avoir menti en affirmant n'être au courant de rien, sans s'excuser une seule fois. Et Cooper le laissa divaguer. Il avait besoin d'établir des liens, il avait besoin d'espoir. Il aborda les autres cas d'épidémies, les bombes testées par le gouvernement sur des moutons de rivages éloignés et dont les dégâts n'avaient pas été nettoyés. Et si ce qui s'était passé récemment avait été un test aussi ? Et s'il ne s'agissait pas seulement d'incompétence et de négligence ? Et si on leur avait menti ?

Il poserait ces questions dans les jours à venir. Il s'interrogerait sur les autres pères morts dans leurs fermes et dont les enfants avaient vu leur vie changer à jamais.

Pour l'instant, assis à la table du petit déjeuner, il se contentait de poser des questions sur le premier homme décédé.

— Est-ce que ça lui est arrivé aussi ? demanda-t-il à Cooper.

— Quoi donc ?

— Je veux dire, et s'il était visé lui aussi ? Si celui qui me fait ça lui avait fait la même chose, à lui et à sa famille ?

— Rien ne prouve que quelqu'un d'autre ait été impliqué.

— Sa fille a survécu, poursuivit Alec. Nous devrions aller lui parler.

— Elle ne peut pas parler.

— Ne peut pas ou ne veut pas ?

Alec finit son café et secoua la tête.

— Mais c'est une piste, non ? Peut-être que ses parents connaissaient Grace. Peut-être qu'ils l'ont rencontrée ou je ne sais pas…

Cooper hésita. Elle essayait de se montrer compatissante.

— On va y réfléchir. Ça en vaut la peine. Et ne vous inquiétez pas, d'accord ? On a plein de choses à examiner. Vous en aurez marre d'être dans la voiture avec moi, quand tout ça sera fini.

Alec sourit faiblement, puis alla mettre son manteau.

— On va le retrouver, le rassura Cooper.

Et il acquiesça.

Quand ils furent dans la voiture, il continua d'en parler, il se répétait.

Une force mystérieuse l'avait pris pour cible, avait détruit sa famille comme elle en avait détruit tant d'autres. Ce n'était pas sa faute.

Rien de tout ça n'était sa faute. Tout le monde s'en rendrait compte.

Cooper tourna dans l'allée sans lui répondre, puis lui dit :

— Je pense que vous n'envisagez pas les choses sous le bon…

— Sous le bon quoi ? rétorqua Alec en fronçant les sourcils.

— Ce qui s'est passé sur l'île, ce que cet homme a fait à ses enfants, à sa femme. Je sais que vous pensez lui ressembler, mais c'est faux.

Cooper s'interrompit, elle essayait de trouver les mots justes.

— Il a tout détruit. Nous savons que c'est lui, qu'il avait décidé de le faire. Nous savons qu'il est mort. Il n'y a pas de coupable ici, rien à découvrir, du moins pas à ce que je voie. Si vous cherchez un responsable, alors c'est juste son psychisme. C'est ce qui arrive aux gens.

— Qu'est-ce qui arrive aux gens ?

— Tout ce qui les fait changer.

— Le mal, vous voulez dire.

— Appelez ça comme vous voulez.

Les gens avaient des devoirs les uns envers les autres.

Les jours passèrent et elle essaya de l'aider.

Elle essaya d'aider un homme qui ne s'était jamais aidé.

Chapitre 69

Alec ne fut pas officiellement réintégré et il ne perçut pas de salaire au-delà de son arrêt maladie ; tout ce qu'il entreprit à partir de ce moment-là, ce fut en tant que citoyen, avec la bénédiction de l'inspecteur, toutefois un peu réticent. Personne ne semblait avoir le cœur de l'arrêter plus longtemps. Le service était en pleine dissolution ; après le départ des renforts temporaires, après les morts, il ne restait plus que quatre agents en service pour toute la côte laissée à l'abandon.

Avant qu'il ne quitte le commissariat, Harry informa Alec que la veuve de George demandait à le voir, s'il le voulait bien.

Quant à sa relation avec Cooper, elle avait changé pour le mieux. Bien qu'elle lui cachât encore des choses, bien qu'elle restât évasive au sujet de ses employeurs, elle l'amena avec elle dans ses déplacements. L'inversion des rôles était étrange. Alec supposait qu'il était jaloux, et il n'avait jamais voulu l'être. Il ne s'était jamais vu comme un homme jaloux. Il voulait simplement être quelqu'un qui faisait du bon travail.

À présent, le principal objectif de Cooper – et donc le sien – était de retrouver l'homme au caméscope.

— Un des propriétaires de chevaux a vu que Rebecca Cole était filmée lors d'une promenade en calèche.

— Quel propriétaire ?

— Michael Stafford. Le cocher.

— Je sais qui c'est. Vous n'avez pas besoin de tout m'expliquer.

Alec demanda alors à Cooper si elle avait eu connaissance de ses antécédents. Des crimes de cet homme.

Elle ne lui répondit pas vraiment. Alec lut dans son regard qu'elle y accordait peu d'importance, de toute façon.

Ça ne le dérangeait pas. Il était seulement content d'être sorti de l'hôpital, avec ses éclairages artificiels et ses bips étranges.

Personne ne le comprenait, mais le travail l'aidait.

Le travail l'avait toujours aidé, pour tout. Il essayait de continuer, sans penser au passé ou à l'avenir.

Il ne pensait qu'au mystère. À tous ces criminels en liberté, qui attendaient d'être arrêtés. Il imaginait des rituels, des robes de cérémonie. Il imaginait un réseau d'adversaires, victimes ou non de chantage, une force démoniaque invoquée par toute cette histoire, ce sol, cette chair. Ne voyant rien de ses propres yeux, il l'imaginait.

Ilmarsh offrait ce néant à Alec. Son port était vide, ses rues désertes. Même si aucun chiffre officiel ne le confirmait, un nombre incroyable d'habitants avait quitté la ville depuis la quarantaine – les maisons étaient simplement abandonnées. Un lent exode avait marqué le calme avant la tempête. C'était devenu une extase.

Qui pouvait leur dire s'ils avaient vu Grace, s'ils avaient vu un homme avec un caméscope, s'ils avaient vu quoi que ce soit ?

Il restait si peu d'habitants – même certains propriétaires de chevaux avaient fui, terrifiés à l'idée d'éventuelles représailles.

Un soir, Cooper et Alec avaient rendu visite à un ancien conseiller municipal, un futur membre du Parlement que George avait interrogé avant sa mort.

Des affiches encadrées ornaient les murs. Beaucoup montraient une femme aux yeux brillants, aux cheveux teints en blond cendré, vêtue d'une veste rouge, un panneau en bois à la main, du genre de ceux qu'on voit devant les maisons à vendre. Elles montraient cette femme en train de serrer des mains, ou à côté de ministres et des slogans de l'élection qu'elle avait perdue, sa dernière campagne. JO MARSH. JOANNE MARSH. MARSH. Tout ce que la compétition exigeait. Des unes de journaux. Des dépliants. Des promesses de rester.

L'ex politicienne habitait au bout d'un cul-de-sac, une longue route dans la forêt menant uniquement à sa maison et au bois au-delà. Pour transporter les chevaux, une camionnette avait dû contourner le bâtiment et revenir de la même manière.

Ils étaient allés lui poser des questions sur l'homme au caméscope, lui demander si elle avait remarqué un individu suspect au cours des derniers mois, si elle reconnaissait Grace sur leurs photos.

Les plans de travail étaient envahis de bouteilles de vin et la table de verres sales.

— Je n'ai rien vu, je n'ai rien entendu. Ce n'est pas de ma faute…

Ils lui parlèrent un moment. Ils épuisaient une de leurs dernières pistes. Ils prirent congé.

Alec envoya un autre message à Grace ; il faisait nuit, il se tenait près de la voiture.

Il s'assura que Cooper ne le surprenne pas. Ils firent le chemin du retour sans parler. Elle le déposa, et les mots continuaient de tourner en boucle dans sa tête tandis qu'il remontait son allée vers une porte qu'il avait trouvée ouverte un jour, vers un escalier qu'il avait découvert boueux, vers un endroit qui avait été un refuge.

Tout ce qui nous fait changer.

Il ferma la porte. Il but du vin dans sa cuisine jusqu'à ne plus rien ressentir, et s'endormit.

Chapitre 70

La police voulut procéder à une perquisition chez lui.

Frank longeait la jetée.

Les planches de bois noircies s'enfonçaient dans la mer sur une trentaine de mètres ; les parois de la jetée tenaient toujours, même après tout ce temps. Même après l'incendie, même après l'abandon. Un panneau indiquait aux promeneurs de ne pas y aller ; de supposés travaux de démolition ou de réaménagement du site avaient été projetés, mais en dix ans, rien ne s'était passé. Les enfants s'y rendaient donc encore, parfois. Alors Frank y alla.

La vie de la jetée avait pris fin en même temps que l'enfance de Frank, d'une certaine manière. Il ne se trouvait même pas à Ilmarsh quand l'incendie s'était déclaré. Sa mère l'avait envoyé vivre chez des parents pour un temps ; il passait de maison en maison. Quand il revenait, il s'asseyait parfois dans la salle d'attente du cabinet vétérinaire, en attendant que ses parents aient fini. Ils y travaillaient tous les deux. C'était difficile de rencontrer des gens en dehors du travail. Ses parents n'étaient pas mariés. Sa mère était l'infirmière en chef du cabinet. La femme de son père exerçait ailleurs. Tout le monde était au courant. Kenneth et Jennifer. Lui était apprécié. Elle était redoutée, souvent jalouse quand de nouveaux employés intégraient le cabinet, les jeunes en particulier. Ça se passait comme ça dans son cabinet, dans tous les cabinets de ce genre.

Tout ce qu'ils lui avaient laissé – à lui, leur seul garçon ayant survécu à la naissance –, tout cela avait disparu à présent.

Frank avait mis son cabinet en vente. Peut-être qu'une grosse entreprise viendrait à son secours. Peut-être que personne ne le ferait. Il avait changé le nom du cabinet avant de le mettre en vente, espérant que la mauvaise presse soit ainsi plus difficile à dénicher.

Ils avaient déçu tellement de monde.

Il était venu là quelquefois avec Kate dans les premiers jours, en la voyant si effacée, si peu intégrée – à un groupe de gens qui n'étaient jamais revenus travailler, qui l'avaient trahi ; seuls les morts étaient restés fidèles.

Ils venaient ici et achetaient des frites au bord de la mer.

TRENTE-CINQUIÈME JOUR

Chapitre 71

Pendant son séjour à l'hôpital, Rebecca passa le plus clair de son temps à regarder la télévision. Elle voulait son téléphone portable, mais il était introuvable et, n'ayant pas l'habitude d'exiger des choses des adultes, elle ne l'avait réclamé qu'une seule fois. À qui aurait-elle envoyé un message de toute façon ?

Qui restait-il ?

Les enquêteurs étaient venus, puis repartis. Au début, ils avaient posé des questions sur son père, qui était mort, fait étrange auquel elle essayait de ne pas penser. L'adolescente avait devant elle des semaines, des mois, des années pour se souvenir de lui, qu'elle le veuille ou non. Ils lui apprirent des choses horribles à son sujet, les sous-entendirent, en tout cas, et bien qu'elle n'eût pas aimé son père, lui l'avait aimée.

Il l'avait protégée. Il l'avait protégée d'un monde qui aurait pu l'emporter.

Et elle avait pris ce temps – ce dernier cadeau – et qu'en avait-elle fait ?

Elle savait que son père ne comprenait pas les jeux auxquels elle jouait. Ni pourquoi elle passait tout son temps dans d'autres mondes.

Elle ne le faisait pas pour s'amuser.

Elle savait simplement donner le change.

Elle avait trouvé les chevaux à cinq heures du matin, pas parce qu'elle s'était réveillée tôt, mais parce qu'elle s'endormait rarement avant six heures. Elle était réveillée quand le téléphone avait sonné.

Quand enfin elle avait entendu à nouveau la voix de l'homme qui l'avait filmée le jour de son anniversaire, qui avait marché avec elle dans la forêt et dans des endroits éloignés.

Il était désolé pour tous les messages.

Tout ce qu'ils avaient fait n'aurait servi à rien si elle ne l'écoutait pas.

Rebecca était donc sortie.

Elle ne savait pas discuter.

Elle avait pris le chien avec elle, cette nuit-là, mais pas pour le promener.

Elle l'avait pris parce qu'elle avait peur.

Elle avait marché vers les yeux enterrés.

Elle était sortie, et elle le savait maintenant, bien des semaines plus tard – les médecins lui parlaient de la nouvelle vie qui l'attendait le matin, des parents d'accueil, d'une place au collège – elle le savait, maintenant, au plus profond d'elle-même.

Son père avait trouvé la force de l'aimer pendant l'année qui venait de s'écouler.

Et elle l'avait tué, n'est-ce pas ?

Tous ces gens…

Tout était de sa faute.

TRENTE-NEUVIÈME JOUR

Chapitre 72

Rebecca fit le reste du chemin à pied, après que le couple qui l'accueillait l'eut déposée. Elle insista, même si elle se sentait encore faible – sinon, comment pourrait-elle se remettre ? Grise et cabossée, déformée à chaque vague de chaleur et à chaque épisode de gelée, la route serpentait le long d'usines abandonnées, désaffectées depuis au moins cinquante ans. Jusqu'à la lisière de la forêt, verte comme les sapins de Noël, comme les étangs.

Après des semaines de maladie, un an après que son père avait commencé à lui faire la classe à domicile, Rebecca retournait au collège. On avait pensé que ça lui ferait du bien, lui changerait les idées : elle ne connaissait ses parents de substitution que depuis quelques jours, mais ils lui avaient déjà établi un planning, avaient fait jouer leurs relations pour qu'elle puisse passer trois jours au collège avant les vacances de Noël.

À une époque, elle avait rêvé d'avoir une autre famille.

Ces gens étaient sympathiques mais réservés, surtout occupés à faire leurs comptes de fin d'année, et Rebecca eut rapidement l'impression – en l'espace de quelques jours seulement – de n'être qu'une colonne de plus dans un tableur. Ils n'avaient pas remarqué comment elle…

Elle avançait sur la route.

Les bois étaient séparés du terrain de l'école par une clôture à maille de chaîne, tout au bout. Par endroits, des racines avaient soulevé la terre, déformé des pans du grillage, les faisant fléchir face au ciel. À d'autres endroits, les enfants grimpaient par-dessus la clôture ou se frayaient un chemin par les ouvertures, pour jouer dans les arbres, fumer, s'évader. Le bruit courait que les gens faisaient l'amour dans ces bois.

D'autres arbres bordaient la cour de récréation – des arbres à feuilles caduques, des chênes effeuillés –, la délimitant. Ils bruissaient dans la brise. Il n'y avait personne d'autre en vue. Elle était arrivée tôt.

C'était la première fois qu'elle revenait depuis plus d'un an. Elle ne savait même pas si elle allait passer son brevet. On ne lui avait rien dit à ce sujet.

Comment as-tu trouvé les chevaux ? Pourquoi étais-tu dehors si tôt ?

Pourquoi en as-tu touché un ?

As-tu vu ou entendu quelque chose d'étrange ?

Sais-tu pourquoi quelqu'un pourrait vouloir faire ça ?

Un corbeau perché sur la clôture croassa.

Rebecca entra dans la cour de récréation. Il y avait des places de parking délimitées, mais les voitures étaient uniquement autorisées à se garer là les jours de réunion parents-professeurs. On y vendait aussi des voitures, un week-end sur deux en été. Les gens de la ville et les parents d'élèves vendaient leurs vieux DVD, des jeux de société et toutes sortes d'objets accumulés chez eux. Sa mère et son père avaient vendu leurs affaires ici, à l'époque où ils pensaient encore pouvoir apprivoiser *Well Farm*, encore pouvoir lâcher prise et libérer de l'espace.

Elle entra. Les portes n'étaient pas verrouillées, leurs longues barres de métal étaient froides. Les couloirs étaient déjà éclairés par la lumière glacées des néons qui se réfléchissait sur le carrelage brillant et bon marché. Des photos s'étalaient sur les murs blancs. Elles représentaient d'anciens directeurs, uniquement des hommes. Des photos d'équipes de football, de rugby. Quelques photos des troisièmes. Quelques vieux trophées dans une vitrine. Le guichet d'accueil était fermé. Tout semblait plus petit que dans son souvenir. Tout semblait minuscule, comme rétréci au lavage.

Elle se rendit dans les toilettes des filles, passant devant des rangées de casiers orange. Elle ferma la porte et s'approcha des miroirs. Elle observa son visage, éclairé par la lumière. La pièce était dépourvue de fenêtres. Son visage était voilé d'ombre et de taches de rousseur. Elle avait relevé ses cheveux en queue-de-cheval avant de partir. Elle s'était toujours coiffée comme ça pour aller à l'école. C'était ridicule, mais elle se demandait si les choses avaient changé, un an plus tard, si ça n'allait pas.

Elle joua avec sa queue-de-cheval pour tenter de se donner un style. Elle la tortilla pour la faire reposer sur son épaule.

On aurait dit une queue de serpent enroulée.

Elle enleva l'élastique, laissant ses cheveux libres. Elle les passa derrière l'oreille. Elle entra dans des W.-C., ferma la porte, puis s'assit, son nouveau téléphone en main. Elle envoya des messages jusqu'à ce qu'elle entende des gens dans le couloir.

Elle ouvrit la porte et se dirigea vers sa salle de classe.

Chapitre 73

Rebecca était en avance, elle entra dans la salle sans permission.

Elle retira de son sac à dos la feuille sur laquelle elle avait imprimé un poème. Elle sortit sa gourde rouge et la posa sur la table devant elle. La salle était imprégnée de l'odeur des copeaux de crayon. On lui avait demandé de rédiger des commentaires sur le poème qu'on lui avait envoyé par e-mail. Elle ne savait pas si d'autres élèves l'auraient préparé aussi, ou si elle avait fait preuve de zèle. Elle le lut et rédigea ses commentaires. Les élèves allaient étudier un poème préparé à la maison et un autre qu'ils découvriraient en classe.

Aucun de ses camarades n'était vraiment resté en contact avec elle quand elle avait commencé l'école à domicile. Ils avaient promis de l'appeler ou de lui écrire, mais ils ne l'avaient pas fait. Elle avait bien quelques amis sur Internet mais elle ne leur était pas vraiment attachée. Après les premiers élans d'enthousiasme à l'idée de se voir et de faire des choses ensemble, les rares amis auxquels elle tenait n'avaient plus donné de nouvelles. La plupart du temps, quand elle demandait à son père de la conduire en ville, il refusait.

Les élèves commencèrent à entrer dans la salle. Rebecca reconnut certains visages, retrouva quelques noms. Perdre les gens de vue, c'était pire que de ne les avoir jamais connus.

En perdant le contact, on tombait dans l'oubli, on devenait l'ombre de la personne que les autres avaient connue, ils devenaient l'ombre de ceux que vous aviez connus. On ne peut pas s'asseoir à côté d'un fantôme.

Rebecca se retrouva donc à une table sans voisin, alors même que des dizaines d'élèves arrivaient et se répartissaient sur les sièges. Alors même que certains la regardaient, souriaient et chuchotaient, et que les retardataires étaient obligés de s'approcher, manifestement sans en avoir envie.

Les élèves discutèrent pendant huit minutes du poème préparé à la maison, *L'Amant de Porphyria*, de Robert Browning, décrivant deux amants serrés dans les bras l'un de l'autre, qui désirent que ce moment dure toujours, si bien que l'homme saisit la chevelure de sa bien-aimée et s'en sert pour l'étrangler.

Ils parlèrent de la vie de l'auteur. Des interprétations que permet le poème. Le narrateur était très probablement fou, et atteint d'une pareille folie, aimait-il vraiment la femme qu'il tenait dans ses bras ou cherchait-il à la posséder en la tuant ?

Depuis qu'elle avait quitté le collège l'année précédente, Rebecca avait uniquement lu les poèmes qui faisaient partie de son jeu. On ne lui avait pas demandé d'en lire d'autres.

Les élèves avaient vingt minutes pour rédiger des commentaires supplémentaires dans leurs cahiers, puis le poème qu'ils ne connaissaient pas encore apparut sur le tableau blanc interactif : *Halte près des bois par un soir enneigé.*

Ils allaient continuer comme avant et lire chacun un vers.

Je crois savoir à qui sont ces bois
Et même s'il vit dans le village
Il ne me verra pas si je m'arrête là,
Pour regarder la neige tapisser le feuillage.

Rebecca commença à avoir la nausée. Elle se demandait ce que les autres élèves allaient dire, ce qu'ils allaient faire.

Mon petit cheval doit trouver bien étrange

De faire arrêt ainsi, loin des fermes et des granges,

De l'autre côté de la classe, une fille la regarda droit dans les yeux. L'expression de son visage était différente de celle des autres.

Au milieu des bois tout près d'un lac gelé,
Par la plus sombre des soirées de l'année.

Rebecca prit sa gourde et but une gorgée d'eau.

Il secoue son harnais, fait tinter ses clochettes
Me demande pourquoi s'éloigner des fermettes.
Ici où seul résonne le son délicieux
De la bise qui souffle des flocons duveteux.

Son père l'avait giflée un mois avant sa mort.

Les bosquets sont plaisants, ténébreux et profonds
Mais il me reste tant de promesses à tenir.
De chemin à parcourir avant de m'endormir.
De chemin à parcourir avant de m'endormir.

— De quoi traite ce poème ? demanda le professeur.

Aucun élève ne répondit.

L'enseignante, agacée, expliqua le texte. À première vue, il semblait parler d'un homme qui avance dans l'obscurité avec son animal, et qui se sent peut-être un peu seul, impatient de rentrer chez lui.

Elle demanda aux élèves ce qu'ils éprouvaient à sa lecture.

— Je suis triste pour lui, répondit un garçon.

Sa voix glaça Rebecca. Il avait mué au cours des derniers mois.

— Pourquoi es-tu triste pour lui, Peter ?

— C'est comme vous avez dit. On a l'impression qu'il est seul. Son cheval semble, je ne sais pas trop, il semble inquiet pour lui.

Quelque chose chez Peter donna à Rebecca envie de courir, de pleurer.

— Pourquoi son cheval semble-t-il s'inquiéter pour lui ? demanda le professeur.

— Il pense qu'ils vont aller dans les bois, répondit l'ancien ami de Rebecca. Il fait sombre et froid.

— La soirée la plus sombre de l'année, ajouta l'enseignante. Que pourrait-il lui arriver ?

Personne ne répondit.

— Qu'est-ce qui pourrait lui arriver de pire ?

— Il pourrait mourir, répondit finalement un garçon à l'autre bout de la salle.

— Oui, acquiesça l'enseignante. Il pourrait mourir. Alors, selon vous, quel est le thème de ce poème ?

Personne ne répondit.

Le professeur balaya la salle du regard.

— S'il sait qu'il pourrait mourir, si son cheval s'inquiète pour lui ou s'il semble penser que son cheval s'inquiète, s'il est dans un état d'esprit tel qu'il éprouve de la compassion pour des animaux, mais pas envers lui-même, alors que se passe-t-il ? À quoi pense-t-il ?

Rebecca fixait l'écran. Elle l'avait fixé si longtemps, clouée sur place, que ses yeux étaient secs.

Elle repensait à la promenade en calèche, le long du rivage, qu'elle avait faite il y a longtemps.

Elle pensait aux anniversaires.

Le caméscope la filmant depuis la rue.

Elle pensa à tout ce qu'on lui avait fait, tout ce qu'elle avait fait à son tour, et tout ce qui restait.

— Au suicide, dit-elle. Le thème du poème, c'est le suicide.

Chapitre 74

[08 : 51] Alec : Qu'est-ce que votre mari croyait d'autre ?
[08 : 52] Grace : Que je suis une mauvaise personne.
[08 : 52] Grace : Une mauvaise mère.
[08 : 53] Grace : Et probablement que la Terre est plate.
[08 : 54] Grace : Je ne sais pas.
[08 : 55] Alec : C'est pour ça que vous êtes partie ?
[09 : 03] Grace : Est-ce que je suis partie parce que la Terre est plate ?
[09 : 04] Alec : À cause de ce qu'il pensait de vous.
[09 : 05] Alec : Vous avez abandonné votre fille. Vous avez abandonné toute votre vie.
[09 : 05] Alec : Pourquoi avez-vous fait ça ?
[09 : 06] Grace : Qu'auriez-vous fait à ma place ?
[09 : 07] Alec : La chose juste à faire.
[09 : 07] Grace : C'est-à-dire ?
[09 : 07] Grace : Comment tirez-vous ce genre de conclusion ?

Chapitre 75

Autrefois, Ilmarsh et ses alentours comptaient neuf hôtels.

Au cours des dernières décennies, cinq d'entre eux avaient été reconvertis en logements sociaux ou en logements temporaires, tandis que deux autres, trop vétustes pour être rénovés ou procurer des avantages économiques, avaient été laissés en l'état pour les sans-abris et les vagabonds.

La société responsable de la reconversion des hôtels inutilisés était détenue en partie – à la suite de la rupture de la majorité de ses contrats avec l'étranger – par le gouvernement. Les actions devaient être vendues à perte prochainement et rachetées par les amis des politiciens qui avaient pris la décision de vendre.

Les immeubles de cette ville reculée faisaient fuir les habitants. Il en partait tous les jours ; ils ne voulaient plus vivre là. Alors d'autres villes reculées y envoyaient la population dont elles ne voulaient pas, en train et en autocar. On les expédiait vers la désolation, vers les tours.

Les lits et les tables étaient entassés dans des espaces bien trop petits. Les cloisons avaient été percées pour créer des portes. Les gens arrivaient de tout le pays, de l'étranger aussi. Il leur fallait s'enthousiasmer. Ils allaient voir la mer.

On annonça aux personnes vulnérables qu'on leur fournirait un logement non pas là où elles vivaient, non pas là où elles avaient des connaissances, des amis ou de la famille, mais là, et seulement là. Ils allaient venir, ces étrangers, et seraient étourdis, parfois ravis, en découvrant la fantaisie des bâtiments, les petites boutiques pleines de bonbons, d'objets gonflables et de pelles à sable que personne n'achèterait vraiment aux vieux commerçants ronchons qui ne parlaient pas beaucoup. C'était un peu comme si le gouvernement les avait envoyés en vacances.

Seule une minorité de ces résidents temporaires pouvait se permettre de quitter cette côte et ses eaux froides. Il n'y avait pas d'emplois, mais pour avoir droit à leurs prestations, ils devaient accomplir des travaux pour la municipalité. Ils aidèrent à paver. Ils aidèrent à draguer. Ils débarrassèrent les rues de la mousse, des seringues, du sable et du sang pour un salaire inférieur au salaire minimum. Certains se noyèrent. L'atmosphère à Ilmarsh virait à l'agonie. Les vieux couples vivaient leur rêve de retraite au calme dans un silence surprenant et terrible, parvenant à peine à chauffer leur maison.

À l'extérieur un panneau indiquait : THE WHITE ROOMS.

Cooper et Alec s'approchèrent de la porte ; seules les traces des lettres arrachées dévoilaient l'ancien nom de l'immeuble.

Chapitre 76

Les parents d'accueil de Rebecca avaient consenti à laisser Alec et Cooper parler avec elle s'ils acceptaient de la laisser prendre ses marques dans sa nouvelle vie.

— Donnez-lui juste quelques jours, avaient-ils dit.

Alec et Cooper pénétrèrent dans la tour où ils découvrirent un hall au carrelage plein de fissures, un motif en damier noir et blanc. D'affreux rideaux rouges étaient enroulés derrière ce qui avait autrefois été la réception, et qui ne servait plus qu'à entreposer des boîtes de Dieu savait quoi.

— C'est quel appartement? demanda Alec.

— Je ne sais pas.

— C'est sur votre téléphone.

Alec tendait le cou, reniflant l'air du hall.

— Sur le vôtre aussi, répliqua Cooper. Regardez sur le vôtre.

Alec grimaça et sortit son téléphone portable. Ce genre de comportement agaçait toujours Cooper. Que les autres vous prennent votre temps, vous forcent à faire à leur place ce qu'ils peuvent très bien faire eux-mêmes.

— Troisième étage, numéro trente-neuf, annonça Alec.

Ils s'approchèrent de l'ascenseur. Rien n'indiquait qu'il était hors service, mais ils hésitèrent à l'emprunter.

— Qu'en pensez-vous? demanda Cooper.

— L'escalier serait moins risqué.

— Vous êtes sûr de pouvoir monter ?

Alec acquiesça.

S'ils prenaient l'ascenseur, ils pourraient rester bloqués pendant des heures, ou pire.

— Il n'y a que trois étages, répondit Alec.

Seulement trois étages.

Cooper respecta son rythme, prête à l'aider s'il trébuchait.

À la moitié du deuxième étage, il dut faire une pause.

— Tout va bien, la rassura-t-il.

De toute évidence, il avait dit cela pour lui autant que pour elle.

Ils montèrent dans la poussière, au milieu des tags sur les murs, des sacs-poubelles noirs qui traînaient devant les portes.

Au troisième étage, ils se dirigèrent vers l'appartement numéro trente-neuf et toquèrent à la porte.

Chapitre 77

Lorsque Simon avait dix ans, il avait trouvé sa mère en train de vomir dans l'évier. Elle faisait pourtant très attention à ce qu'elle mangeait. Elle était de plus en plus maigre, puis un jour elle les avait laissés, lui et son père, pour quelques semaines.

Alec le savait non pas parce qu'Elizabeth le lui avait dit, mais parce qu'elle avait laissé des journaux intimes après sa mort.

À son retour à la maison après ses quelques semaines d'absence, il n'était plus question de pilules ni de régimes. Elle recommença à cuisiner. Elle se remit à manger de la viande, mais quand Alec lui posait des questions, elle se taisait, elle avait l'air coupable, comme toujours, et il changeait de sujet.

Alec répétait sans cesse qu'il était très fier de sa femme.

Assis dans le canapé, il regardait la télévision et faisait des commentaires sur chacune des femmes qui apparaissaient à l'écran, parfois sur leur physique. En somme, il se comportait comme tout le monde.

Parfois, elle s'inquiétait que Simon ne mange pas assez. Il était trop maigre, laissait de la nourriture dans son assiette, refusait les gâteaux aux anniversaires et ne buvait que de l'eau. Elle réussit à lui faire abandonner certains de ces comportements tout au long de son adolescence, et en essayant de l'aider à aller mieux, elle s'aida elle-même.

Mais son fils continua d'obéir à cette pulsion, même s'il était devenu grand et fort, et cela la hantait de savoir qu'elle était peut-être à l'origine de ses troubles. Que quelque chose dont il avait été témoin ait pu lui nuire. On ne savait tout simplement pas.

Des années plus tard, Alec avait lu les journaux intimes d'Elizabeth. Ils étaient restés bien en vue et étaient maintenant rangés dans les nombreux cartons de ses affaires récupérées auprès de sa belle-mère, qui n'avait aucun droit sur elles. Elles appartenaient à Alec, après tout. Ils n'avaient jamais divorcé. C'étaient les dernières choses que Simon garderait de sa mère. Ce qui lui permettrait de se souvenir d'elle, voire de lui.

Mais, après avoir lu ces journaux, Alec les avait brûlés.

Chapitre 78

Quatre caisses en bois étaient abandonnées le long du rivage, cachées dans une clairière perdue au milieu des arbres.

Aucune n'était plus déplacée. À l'intérieur, les animaux commençaient à pourrir. Les mouches volaient à proximité, en décrivant d'étranges cercles.

La pluie avait commencé à s'y infiltrer.

Le long du rivage, une maison s'était mise à chanceler.

Elle tremblait à chaque vague, son pastel rose se délavait, ses poutres gémissaient.

Les murs tombèrent.

Ils tombèrent, écrasant un cadavre humain à l'intérieur, brisant les os, déchirant la chair.

Et la mer engloutissait tous ces débris.

Balayée par le vent, une caisse vide s'écrasa contre un tronc d'arbre.

L'eau avançait, de plus en plus proche.

Il pleuvait des cordes.

Chapitre 79

Rebecca semblait si différente aujourd'hui de la fille qu'Alec avait rencontrée à la ferme bien des semaines auparavant – maigre, émaciée, le regard horrifié – et qui lui avait raconté tout ce qu'elle avait vu, comment elle avait trouvé les têtes, ce qu'elle faisait dehors si tôt le matin. Elle n'arrivait pas à dormir, elle était sortie promener son chien, à présent disparu, qui avait fui dans la confusion des jours suivants.

Elle avait été le premier témoin.

Dans les *White Rooms*, elle dévisageait à nouveau Alec. Elle portait maintenant un uniforme d'école, un chemisier blanc et une cravate bleue ; elle avait les joues rouges et les yeux creux.

Des bruits étouffés leur parvinrent de l'étage au-dessus. Une femme cherchait ses clés en criant, essayait de faire taire un bébé en pleurs.

— Bonjour, Rebecca, fit Alec, ne sachant pas quoi dire d'autre.

Rebecca le dévisagea, puis regarda Cooper. La jeune fille était anxieuse, s'accrochait à la porte comme si elle seule la maintenait debout.

Elles se présentèrent.

Alec et Cooper entrèrent. Rebecca leur apporta de l'eau dans des gobelets en plastique.

La femme de sa famille d'accueil était assise devant son ordinateur portable dans un angle de la pièce. Elle avait des écouteurs. Alec et Cooper l'invitèrent à s'asseoir avec eux, mais elle fit non de la tête. Cela ne la concernait pas, insista-t-elle.

Les cloisons étaient minces. Le papier peint jaune s'effritait dans un coin du salon ; des jouets d'enfants encombraient le sol en lino bon marché. Alec marcha malencontreusement sur l'un d'eux en entrant. Il jura sous sa barbe, s'excusa auprès de son hôte, puis constata qu'elle était tellement absorbée par ses comptes qu'il aurait aussi bien pu ne rien dire. Il s'installa avec Cooper et Rebecca autour de la table basse au plateau en verre sur laquelle reposaient une télécommande et une pile de magazines. Cela lui rappelait une salle d'attente.

Ils posèrent leurs questions. Rebecca promit de répondre du mieux qu'elle pouvait.

Elle confirma avoir suivi une leçon d'équitation.

— Juste une. Il y a des mois. Mon père. Il ne…

Elle s'interrompit.

— C'est dommage que tu aies arrêté, enchaîna Cooper. Les autres élèves ont dit que tu étais vraiment douée.

Rebecca rougit.

— Je ne pense pas que je l'étais.

— Ce n'était que ta première leçon, souligna Cooper.

— Pourquoi ne nous en avoir pas parlé ? demanda Alec en frottant ses yeux ensommeillés.

— Quoi ?

Rebecca se retourna, confuse.

— Tu avais un lien avec les chevaux. Tu es allée à l'un des endroits où ils ont été emmenés. Pourquoi tu ne nous l'as pas dit ? Ce n'est pas grave. Je me demandais juste pourquoi tu n'as pas abordé le sujet.

Rebecca ne savait pas. Ils mentionnèrent d'autres adolescents : Maryam, Peter.

— C'était il y a des mois, répondit Rebecca.

La jeune fille leur parla de la ferme, de la séparation de ses parents. L'été précédant le départ de Grace, le grand-père paternel de Rebecca était mort. Cet événement avait provoqué un changement. Ils avaient pris l'avion pour assister aux funérailles en famille, mais à leur retour, ils s'étaient tous éloignés, Rebecca ignorait pourquoi. Ils vaquaient à leurs occupations, à leurs tâches et à leurs travaux agricoles sans se demander d'aide, sans se croiser, parfois même sans passer du temps ensemble le soir, s'ils pouvaient l'éviter. Tout cela avait été progressif, mais irréversible.

— Je ne sais pas s'ils s'aimaient, déclara Rebecca. Plus ils étaient seuls, moins ils restaient eux-mêmes.

Un jour, après qu'ils étaient partis chasser le cerf, sa mère s'était rendue à son bureau, adossé à un côté de la maison.

C'était la dernière fois que Rebecca et son père avaient vu Grace Cole.

— Il nous a fallu trois jours pour en parler, précisa Rebecca en fixant son verre.

— Comment sais-tu qu'elle était partie, si vous ne vous croisiez pas souvent ?

— Elle ne préparait plus les repas. Aucun de nous ne cuisinait avant son départ.

— C'est bizarre que nous ayons tous été là-bas en même temps, déclara Rebecca.

Ils parlèrent de la maladie. De l'hôpital. Cooper ne corrigea pas la jeune fille ; si croire que Cooper avait été malade elle aussi permettait à Rebecca de se sentir plus en confiance, alors c'était très bien.

À l'étage supérieur, une dispute éclata. Le ton était monté ; les mots devenaient des cris incompréhensibles.

— Je suis désolée pour ton père, dit Cooper.

Elle leva brièvement les yeux vers le plafond ; le vacarme se répandait dans le salon. Elle s'aperçut aussitôt qu'elle avait dû donner l'impression de ne pas être sincère en levant les yeux. Elle rougit. Elle ne savait pas quoi dire.

Alec prit la parole.

— Est-ce que vous avez reçu des lettres à la ferme, pendant les semaines qui ont précédé tout ça ? Des photos ? Quelque chose d'étrange ?

— Des lettres ? demanda Rebecca, confuse.

Alec sortit son dossier.

Il lui montra des photocopies d'articles de journaux.

NOUS SAVONS.

Des photos de caisses dans les bois.

L'espace d'une seconde, Cooper craignit qu'il lui en montre de pires, mais il s'arrêta là.

— Certains des propriétaires de chevaux ont reçu ça, dit Alec d'une voix douce.

Rebecca fixa les photos des caisses.

— Est-ce que ça t'évoque quelque chose ?

— Non, soupira Rebecca en levant les yeux au ciel.

Un épais brouillard semblait s'être levé.

— Je ne sais pas. Je ne crois pas.

Il y eut une longue pause. À l'étage du dessus, les cris continuaient.

— Y a-t-il quelque chose que tu ne nous dis pas ?

— Je vous ai tout dit, répondit Rebecca.

— Mon fils a disparu, lui confia Alec. Tu as dû voir les informations. Tu dois être au courant.

Elle hocha la tête, les yeux écarquillés, la respiration un peu plus forte.

— Nous devons le retrouver. Nous devons nous assurer qu'il va bien. Qui que soit le coupable, nous devons découvrir son identité, ses motivations.

Quand il insista, Rebecca devint moins loquace.

— Cette promenade en calèche que tu as faite sur la plage, qui l'a payée, Rebecca ? Qui l'a filmée ?

Elle ne répondit pas.

— On sait que ce n'est pas ton père. C'était un ami ? Un voisin ? Un partenaire de jeux en ligne ?

— Je ne sais pas de quoi vous parlez. Personne ne m'a filmée.

À l'étage supérieur, le bruit s'intensifia.

Cooper essaya de ne pas lever les yeux, de garder le regard fixé sur Rebecca et sur elle seule.

— Michael, l'homme qui conduisait la calèche, a dit…

— Mon père m'a offert cette balade pour mon anniversaire, c'est tout ce que je sais.

— Je peux t'aider pour la vaisselle ? demanda Alec en levant son gobelet en plastique.

Il se rendit compte aussitôt du ridicule de sa question.

Rebecca secoua la tête, lui adressant un curieux regard plein de sollicitude. Elle reconduisit Cooper et Alec à la porte. Ils étaient là depuis une heure. Ils n'avaient plus vraiment de questions à poser.

— Tu te sens bien ici ? demanda Cooper en enfilant son manteau vert.

Rebecca opina.

Alec ouvrit la porte pour partir. Il faisait plus froid dans le couloir maintenant. Aucun bruit ne s'échappait des autres appartements. Le soleil avait commencé à se coucher ; les couloirs étaient plus sombres. Alec se demandait ce qu'on ressentait en errant là la nuit.

Lorsque Cooper dit au revoir à Rebecca, Alec se retourna.

— Encore une chose. Est-ce que ta mère t'a contactée récemment ?

— Pourquoi ? demanda Rebecca en les regardant tous les deux.

Elle n'ajouta rien.

— Nous avons eu du mal à la contacter, mentit Alec.

Il enfila son manteau.

— Nous avons juste trouvé un profil sur Facebook.

— Nous aimerions… commença Cooper.

— Vous n'avez pas son numéro de téléphone ? la coupa Rebecca.

Alec la fixa.

— Il n'est plus en service, répondit Cooper. Nous…

— Pourquoi voulez-vous la contacter ?

Alec essaya de sourire.

— Tu ne préférerais pas vivre avec elle plutôt que dans un endroit comme celui-ci ?

Rebecca hésita.

— Je ne pense pas qu'elle…

— Si tu peux nous mettre en contact, obtenir un coup de fil ou un rendez-vous, nous pouvons…

— Un rendez-vous ?

Rebecca le dévisageait.

— Comment pourriez-vous vous rencontrer ?

— Comme nous, à l'instant. Si elle revient par ici, on peut…

— Elle vit au Portugal.

Elle était visiblement irritée, contrariée.

Un ange passa. Elle avait énoncé un fait. Une vérité indéniable.

— Tu pourrais vivre avec elle, dit Alec. Tu es sa fille. Tu ne veux pas la voir ?

— Je ne peux pas la voir. Elle est au Portugal. Et moi, j'habite ici.

— Mais si on pouvait juste…

— Vous lui avez quand même parlé, non ? Pourquoi ne pas lui demander directement ? Lui demander pourquoi elle ne vient pas ici ? lança Rebecca en rougissant un peu. Pourquoi vous ne lui demandez pas ?

— Elle a parlé de moi ?

Cooper posa la main sur le bras d'Alec.

— C'est peut-être assez pour le moment, suggéra-t-elle.

— Elle a dit que vous ne la laissiez pas tranquille, continua Rebecca. Elle a dit que vous étiez obsédé par elle.

On entendit un bruit de pas au bas de l'escalier.

La respiration d'Alec s'accéléra un peu.

— Qu'est-ce que tu veux dire ? Tu peux me montrer ton téléphone ?

Rebecca lui lança un regard noir, mais sa colère était simulée.

Elle semblait sur le point de pleurer.

— Qu'est-ce qu'elle t'a dit ?

Alec s'approcha d'elle.

— Qu'est-ce que tu veux insinuer ?

— Merci de nous avoir accordé ton temps, dit Cooper d'une voix monocorde et ferme.

Elle posa de nouveau la main sur le bras d'Alec pour l'entraîner dehors.

— On te laisse à ta soirée.

Rebecca ne répondit pas.

Arrivé au milieu du couloir, Alec regarda derrière lui, vaguement honteux.

Rebecca le fixait.

Elle se retourna brusquement et ferma la porte.

Les solitaires s'éloignaient et, tout autour, un vide s'épanouissait dans l'air.

Un jour, j'ai posé cette question : préféreriez-vous être indifférent ou cruel ?

Mais c'était une énigme, n'est-ce pas ? Il y avait un choix au-delà du choix.

Une chose merveilleuse était en train de se produire.

Je me suis surpris à danser, cette nuit-là.

Je me suis trouvé.

Chapitre 80

Ils s'étaient garés près de l'épave de l'ancienne jetée.

Les planches de bois avançaient de trente mètres dans la mer. Elle ne s'était pas encore effondrée.

— Je suis venue ici en vacances quand j'étais petite.

Cooper cligna des yeux. Au loin, les éoliennes vrillaient la ligne d'horizon.

— C'est étrange, non ? Je suis venue ici et je ne le savais même pas. C'est ma mère qui me l'a dit hier, au téléphone.

— Comment c'était ?

— La jetée n'avait pas encore brûlé.

— Je parlais du coup de fil avec votre mère. Comment s'est-il passé ?

— Bien, répondit Cooper sur un ton dédaigneux.

Alec opina de la tête et Cooper poursuivit.

— On était en vacances, la dernière fois que je suis venue ici. On a lancé des balles sur des noix de coco, mangé des beignets, essayé d'éviter les mouettes. La ville semble différente aujourd'hui, mais je ne sais pas si ça allait bien, même à l'époque. Les salles d'arcade, par exemple, quand j'avais dix ans, ç'aurait été magique. J'aurais adoré, je crois.

— Je vous imagine mal revenir un jour, dit doucement Alec. Pas après ce séjour.

Cooper sourit, mais pas avec les yeux.

— Pourquoi pas ? Il y a des tonnes de distractions pour toute la famille.

Il la regarda, et il y eut un déclic.

Il poursuivit d'une voix plus gaie.

— Je n'ai jamais vraiment connu qui que ce soit ici. George, peut-être. On pourrait considérer que c'était un ami. Harry, un peu, mais pas vraiment. Et puis il y a… vous.

Cooper ne réagit pas.

— Je vous ai aperçue, la nuit avant que vous ne veniez à *Well Farm*. Dans le pub. J'ai songé à venir vous parler, mais…

Cooper le fixa.

— Pourquoi vouliez-vous me parler ?

Alec dirigea son regard vers la mer.

Ils restèrent un moment silencieux.

— Rebecca ment, bien sûr, déclara Alec.

Cooper acquiesça.

— Qu'est-ce qu'elle voulait dire ? Quand elle a déclaré que vous aviez parlé à Grace. Vous lui avez vraiment parlé ?

Il y eut un silence.

— Je ne sais pas ce qu'elle voulait dire. Mais c'est intéressant, non ? Elle affirme ne pas avoir parlé à sa mère depuis un an, mais elle semble être au courant des messages qu'elle reçoit. Ça ne colle pas.

— Rien ne colle, approuva Cooper en se retournant vers la mer.

Un instant, Alec crut presque qu'elle était en colère contre lui.

— Tous ceux qui pouvaient nous aider sont morts, ont menti, ou sont partis. Cette affaire, elle…

— Le soleil se couche.

— Je n'aime pas que vous m'interrompiez, Alec.

— Vous êtes juste fatiguée, c'est tout. Je ne vous interromps pas vraiment. Retournez à votre hôtel. Je vais traîner un peu, faire des courses avant que les magasins ferment.

— Comment allez-vous rentrer ? Qu'est-ce que vous voulez acheter ?

— Des cadeaux de Noël. Pour le retour de Simon à la maison.

Cooper garda le silence.

— Pour vous aussi.

Alec lui fit un clin d'œil. Plus tard, une fois seul, il se demanderait pourquoi il avait fait ça et il serait gêné. Mais pour le moment, elle lui souriait, bizarrement, pas comme d'habitude.

Ils se dirent au revoir.

Chapitre 81

Alec préférait le froid à la chaleur – cette sensation qu'il insufflait dans ses poumons, ces caresses qui effleuraient son visage –, et avec le soleil, les deux étaient supportables, en parfait équilibre. La brise était douce.

Sur la place qui grouillait habituellement de monde, seuls trois étals étaient installés. Les mouettes cherchaient de la nourriture et n'en trouvaient pas beaucoup. Bientôt, elles mourraient de faim et beaucoup s'envoleraient à jamais.

Tous ceux que les gens préféraient :

GLACES, DIX PARFUMS.

PAPA TEA.

RÉPARATION DE CHAUSSURES ET DE CLÉS PENDANT QUE VOUS ATTENDEZ.

AMERICAN CHIP SALON.

Tous étaient fermés. Alec ne songea même pas que certains pourraient l'être définitivement.

Le kiosque des surplus militaires était toujours là. Le regard du vendeur n'était plus haineux. Il souriait comme au matin de Noël.

Les rues étaient couvertes de neige fondue et de gravier épandu en cas de verglas. On avait du mal à distinguer les deux.

Un scooter était abandonné à côté du seul coffee truck ouvert.

Alec se rendit au supermarché. Il y trouverait peut-être quelque chose.

À l'intérieur, une seule caisse était ouverte. Une étrangère pleurait près du rayon des surgelés. Alec ne savait pas s'il devait dire ou faire quelque chose.

— *Chcę iść do domu*, chuchotait-elle au téléphone. *Proszę…*

Alec trouva un ours en chocolat au rayon confiserie, emballé dans du papier doré orné d'une petite cloche de Noël. Ce serait un bon début. Il acheta aussi une bouteille de whisky, une bonne – Cooper avait mauvais goût. Ils pourraient le boire ensemble.

Il se rendit à la caisse, paya et partit.

Les arbres se dressaient contre le ciel bleu pâle tout autour.

Alec regarda devant lui, pensant à Cooper, la réévaluant, se demandant ce que son fils penserait d'elle lorsqu'ils se rencontreraient. Il se demandait s'ils s'entendraient bien.

Il se demandait si, après tout ça, elle pourrait rester à Ilmarsh.

Elle le faisait sourire.

Des mouettes étaient perchées en haut d'immeubles aux façades écaillées et de lampadaires en fer noir. Les enseignes au néon diffusaient leur lumière criarde. Les salles d'arcade dépeuplées s'illuminaient. Tout cela n'était destiné à personne, absolument personne.

Cooper sortit faire un jogging avant la fin de la journée ; elle enfila son sweat à capuche violet de l'université. *Royal Veterinary College* s'étalait en grosses lettres blanches au bas d'un écusson à motif d'animaux dansant autour d'une couronne.

L'air était froid et sec.

Elle se dirigea vers le front de mer, passa devant des plages désertes, sous une lune cramoisie. Le flux et le reflux perpétuels.

Elle traversa le parc. Les arbres étaient beaux, par cette journée d'automne tardif. Les feuilles étaient tombées comme des étincelles avec les faux départs de cet hiver qui peinait à s'installer. Elles s'entassaient sur le chemin et les bords du chemin. Cooper dépassa deux personnes qui promenaient leurs chiens et ne croisa qu'elles. De timides saluts dans les derniers rayons du crépuscule, le soleil brillant encore au-dessus de la végétation dense. Les gens disaient bonjour, mais seuls les chiens saluaient vraiment.

Cooper transpirait déjà sous son haut vert, malgré l'air frais et vivifiant. Son sweat à capuche violet cachait les traces de transpiration. Merci le Royal Veterinary College ! Elle avait été assez heureuse pendant son séjour là-bas. La plupart de ses amis, des Américains inscrits au programme international, étaient rentrés chez eux maintenant. Les autres Britanniques avaient quelque chose qui la rebutait. Ses notes étaient moyennes ; elle avait pris part à beaucoup trop d'activités extrascolaires au début, s'était investie dans trop d'associations et de clubs, et possédait plus d'aptitudes pour les travaux pratiques que pour la théorie. C'était peut-être étrange qu'elle ait fini par exercer ce métier-là, mais elle s'était toujours épanouie dans l'inattendu. À force de décevoir son entourage, on fait de nouvelles rencontres.

Elle courait, ses cheveux bruns attachés en queue-de-cheval, ses baskets grises s'enfonçant dans la boue du chemin.

Elle prenait plaisir à se dégourdir les jambes, à admirer la nature, enfin seule, loin de tout échec, à profiter de cet air pur.

Elle entendit le cri d'un corbeau.

Elle poursuivit sa course.

Tout autour d'elle lui semblait silencieux, même la marée, la rumeur des vagues et les salles d'arcade résonnant dans les bâtiments vides, dans les rues désertes.

Ilmarsh mourait, comme tous les jours.

Elle poursuivit sa course.

Lorsqu'elle arriva devant la porte de sa chambre, un paquet et une enveloppe sans destinataire l'attendaient.

Elle descendit à la réception, mais ne trouva pas le gérant.

Elle remonta, ramassa le paquet, puis entra dans la chambre.

Les rideaux tirés en grand laissaient voir le coucher du soleil rougeoyant. Des serviettes propres et une savonnette étaient posées sur le lit soigneusement fait.

Elle s'assit au bureau et tâta l'enveloppe. Elle sentit un petit objet de quelques centimètres d'épaisseur, rectangulaire.

Elle ouvrit l'enveloppe, consciente qu'elle aurait dû attendre.

Mais il fallait qu'elle sache la vérité.

Elle décolla le rabat et découvrit une petite cassette vidéo noire à l'ancienne.

— Je crois que je mourrais si quelque chose t'arrivait.
— Pourquoi ?
— Je n'ai personne d'autre.
...
— Quoi ?
— Qu'est-ce que je suis censée répondre à ça ?
— Rien. J'ai juste...
— Viens ici.
— OK.

— Je suis plus vieux que toi.
— Je sais.
— Rebecca, je...
— Je ne le dirai à personne.
— Tu ne connais personne.
— Exactement. Alors ce sera facile.
Qui t'a fait ça ?

Chapitre 82

Des années plus tôt.

Un caméscope commence à filmer.

La ville bourgeonne, c'est le printemps. Les pétales tombent des arbres autour d'un kiosque à la peinture écaillée, dans un parc.

Le film saute, parfois interrompu par un écran bleu.

Il y a des moments plus heureux enregistrés dans les alentours de la ville. On aperçoit des étrangers, des femmes sans domicile fixe dans des sacs de couchage sur la plage, qui jouent aux cartes, rient, se racontent des blagues. Ils sont tous filmés de près. Les gens ne s'adressent pas à la caméra et ne semblent pas savoir qu'ils sont filmés.

La nuit tombe.

On ne sait pas très bien ce qu'enregistre le caméscope. Pas au début. Il fait très sombre.

Le vent souffle dans le micro.

On voit un bâtiment en pierre, des champs, au loin et tout autour, des arbres à l'horizon.

C'est *Well Farm*.

Tout autour, les roseaux frémissent et frissonnent.

On entend des voix. Il est question de la maladie du monde.

Des gens parlent du besoin d'agir, de faire quelque chose, n'importe quoi.

Ils parlent d'une île.
Ils disent qu'on les surveille.

Nuit du feu de joie.

C'est la nuit. Le tournage continue, des mois plus tard. Des feux d'artifice éclatent par intermittence, parsemant le ciel de zébrures de la couleur des façades d'hôtels. Lorsqu'ils ont été convertis en immeubles résidentiels, les bâtiments ont chacun reçu la marque de l'entreprise : une façade étroite sur un côté, peinte de couleur vive, pour les rajeunir, pour donner un nouveau souffle à la ville du bord de mer.

La caméra se déplace, montre comment ils se courbent, comment ils encerclent le champ. À un moment donné, on dirait presque qu'elle s'envole, mais c'est simplement qu'elle filme depuis une fenêtre.

Quelque chose bouge dans le champ en dessous.

Une chose plus grande qu'une personne.

Effrayée.

Décembre.

Les derniers plans montrent Alec et Cooper, parfois ensemble, parfois séparément.

Des poitrails échoués sur le sable.

Un chien dans les bois, des caisses tout autour.

La plage le soir. Alec et Cooper assis côte à côte, de loin, le dos tourné à l'objectif, parlant d'une chose que celui qui filme n'entendra jamais, ne saura jamais.

Puis arrive une dernière scène.

Elle se passe en intérieur. Il fait nuit. L'éclairage est faible, dispensé par les guirlandes lumineuses de la promenade, les reflets des salles d'arcade et la lumière qui filtre au bord des rideaux.

Cooper se penche vers l'écran, bouche bée, ses yeux fatigués écarquillés.

La vidéo montre une femme qui rêve dans un lit, se retourne sous la couette.

La caméra s'arrête sur elle.

Elle filme le visage de Cooper endormie dans le noir, témoin d'une nuit dans un coin de sa chambre d'hôtel, à quelques mètres de son corps.

QUARANTIÈME JOUR

Chapitre 83

La bande se termina.

Ils étaient assis chez Alec. C'était l'aurore.

Cooper n'avait pas pu dormir dans sa chambre d'hôtel.

— On ne peut pas rester ici.

Les ombres se déplaçaient au rythme de la lumière dansant dehors sur les arbres.

— Je ne peux pas rester là-bas. Vous ne pouvez pas rester dans cette maison. Nous sommes la cible de cette personne. C'est nous qu'elle observe maintenant.

Des sourires se sont épanouis, un jour, dans une ville de bord de mer.

— Ça a réussi. J'ai obtenu l'autorisation, comme vous le voulez. C'est arrangé.

— Qu'est-ce qui est arrangé ?

Alec fixa Cooper.

— Une entrevue.

À une époque, j'étais habité par la colère.

J'ai eu la peste dansante.

— J'ai l'impression de… J'ai l'impression de perdre…

QUATRIÈME PARTIE :

SEIZE CHEVAUX

Chapitre 84

Le dernier jour d'école, Rebecca avait attendu dans les toilettes à la fin de la journée, assise dans une cabine jusqu'à ce que les piétinements et les claquements de portes aient cessé. Elle avait simplement consulté son téléphone.

Elle se dirigea vers son casier, si neuf qu'elle n'avait même pas eu le temps de se procurer de cadenas. Le collège tout entier semblait plus terne que dans son souvenir. Elle avait mentalement transformé le beige fade en une couleur éclatante et terrible. Elle n'avait que ses livres avec elle, aucun objet de valeur.

Elle regarda dans le couloir. Un professeur sortit de sa salle et se dirigea vers l'accueil. Une femme de ménage avait commencé à nettoyer la salle d'attente.

Rebecca ouvrit son casier ; une poudre blanche s'en échappa, pénétrant dans ses poumons, embrumant complètement ses yeux.

CHAPITRE 85

Alec et Cooper se trouvaient maintenant à mi-chemin.

La fille de l'île – celle dont le père avait détruit toute sa famille, l'avait empoisonnée, avait mis le feu à la maison et à la ferme, celle qui n'avait pas parlé depuis tout ce temps – était selon Alec leur dernier espoir de trouver une explication à ces étranges événements.

Cooper n'en était pas sure. Mais il avait raison, en un sens. Ils étaient à court de pistes. Et même s'il était peu probable qu'une adolescente puisse détenir la solution, au moins ils ne seraient pas à Ilmarsh. Au moins, ils seraient loin de celui ou celle qui les traquait.

L'adolescente les attendait.

— Au moins vous avez une raison, maintenant, déclara Cooper.

— Une raison de quoi ? demanda Alec.

— De faire ce que vous faites.

La circulation était dense, Cooper ralentit.

— Le lendemain de notre rencontre, vous m'avez dit que vous vous étiez retrouvé à faire ce métier par hasard. Que vous aviez manqué d'imagination.

— Et vous ?

— Que voulez-vous dire ?

— Pourquoi faites-vous tout ça ?

— C'est mon travail. Et je veux aussi vous aider. Nous sommes amis.

— On est amis ? C'est ce que nous sommes ?

— Je…

Elle s'interrompit et n'ajouta rien.

Il ferait nuit quand ils arriveraient, il ne resterait que quelques heures de visite.

Ils continuèrent de rouler.

Alec regardait Cooper de temps à autre.

Chapitre 86

La fumée étouffante des incendies avait été le premier révélateur, l'unique, des événements survenus sur l'île. Des bateaux l'avaient signalée. Des policiers étaient venus enquêter. Infectés aussitôt, ils avaient été soignés rapidement. Ils avaient trouvé la petite fille par hasard ; elle s'était cachée dans le coin d'une des granges effondrées, sans faire de bruit quand des gens passaient, puis avait fini par tousser violemment.

Elle n'avait pas parlé. Ni à l'époque, ni après, et ne parlait toujours pas.

La famille n'avait pas toujours été aussi isolée. Son arrière-grand-père était un habitué des marchés de la ville ; les gens se souvenaient des blagues de son grand-père, un homme sociable qui s'emportait parfois. C'était le dernier fils qui avait rompu avec la société ; assez curieusement, d'ailleurs, étant donné qu'il était parti poursuivre des études supérieures, suivies d'une belle carrière dans un laboratoire du gouvernement. Il était revenu un jour, amenant avec lui ses enfants et sa femme enceinte. Au fur et à mesure que la décennie avançait, le fossé qui l'avait séparé de cette ancienne vie s'était réduit, il avait coupé les ponts avec tout le monde.

On avait trouvé des choses étranges chez lui.

Des écrits sur le paradis et l'enfer.

Des textes sacrés rédigés par lui-même. La vie avait été un péché. Ils vivraient séparés.

Ils trouveraient une nouvelle voie. Ce ne sont pas les gens qui influent sur leur environnement, c'est leur environnement qui influe sur eux.

Et le père, il les avait tous tués.

Le traumatisme n'avait jamais pris fin. Il n'avait fait que répandre ses spores.

Il ne restait qu'une fille.

Mais elle ne pouvait pas parler.

Niamh avait maintenant dix ans.

Le soignant qui les accompagnait avait demandé à Alec d'attendre dehors. Les hommes la rendaient nerveuse.

— Ça va aller, le rassura Cooper.

Les enfants aimaient bien Cooper, en général. Elle savait que si sa sœur avait des enfants, sa nièce ou son neveu la trouverait géniale, ça ne faisait aucun doute. Elle essayait de traiter les enfants comme des personnes à part entière. Elle essayait de s'intéresser à ce qu'ils aimaient, à ce qu'ils n'aimaient pas. Elle essayait d'être normale.

Cette fille se passionnait pour le dessin. Quand Cooper entra, elle vit des crayons de couleur partout sur la table.

Cooper lui expliqua qui elle était, pourquoi elle était venue. Au milieu de son récit, elle prononça le mot « cheval ».

Alors Niamh les dessina. Son T-shirt bleu était couvert de motifs de marionnettes. Elle avait des cheveux roux coupés court.

— Ce dessin n'est pas très réussi, lui dit Cooper.

La jeune fille leva la tête, les yeux écarquillés. Son trouble vira à la contrariété, et Cooper sourit.

— Excuse-moi, ce n'était pas gentil. Je peux essayer d'en dessiner un ?

Niamh regarda sa feuille et reprit son dessin.

— Attends, dit Cooper en ouvrant son sac.

Elle en retira son bloc-notes et son stylo.

— Voilà.

Elle dessina quelque chose qui ressemblait à un tube reposant sur des échasses cylindriques, avec un smiley ridicule à une extrémité.

— Comment tu le trouves ?

Cooper lui tendit la feuille.

Niamh l'examina. Elle esquissa un sourire, mais quand elle vit Cooper sourire à son tour, il s'effaça aussitôt.

— Ouais, c'est à ça que ressemblent tes chevaux, j'en ai peur, dit Cooper. Tu ne devrais pas inventer ce que tu dessines. Tu devrais dessiner des choses que tu vois. Tu en apprendras plus comme ça. Par exemple...

Cooper posa son thermos sur la table.

— Ça. Dessine ça.

Niamh et elle dessinèrent toutes les deux le thermos.

— Tu vois comment la lumière s'y accroche, l'ombre ? Tu peux ajouter de la couleur sur l'objet. Ça rend plus vivant, ça donne de la profondeur.

Elles commencèrent toutes les deux à colorier leur esquisse.

— Avant, je dessinais tout le temps, dit Cooper.

Elles terminèrent leur dessin.

Celui de Niamh était meilleur. Elle leva les yeux vers Cooper, cherchant son approbation.

— C'est mieux que nos chevaux. On s'améliore, c'est sûr.

Alec consulta les dossiers des visiteurs pendant que Cooper s'entretenait avec Niamh.

Aucun membre de sa famille, aucun parent éloigné n'était venu la chercher. Des travailleurs sociaux lui avaient rendu visite, ainsi que des membres du personnel judiciaire et d'autres institutions immédiatement après l'incident.

Personne d'autre.

Il chercha d'autres noms dans la base de données.

COLE.

Rien.

ELTON.

Rien.

NICHOLS.

Au cours des vingt dernières années, il était venu quinze fois, apparemment. Pas pour rendre visite à cette fille. Mais à des patients dont il ne reconnaissait pas le nom.

NICHOLS, ALEC.

Alec ne se souvenait pas d'être venu.

Il ne comprenait pas pourquoi son nom apparaissait dans cette base de données, il ne voyait pas à qui il avait pu rendre visite.

Il sollicita un employé.

— Je ne suis pas venu, déclara-t-il. Je ne suis jamais venu ici avant.

Mais on ne put pas l'aider.

Comment aurait-on pu ?

C'était juste ce que mentionnaient les dossiers. Ils avaient été transférés dans un nouveau système à partir de tous les services de la région.

— Cela ne concerne pas seulement cet établissement, alors ?

En effet.

Alec laissa l'employé vaquer à ses occupations.

Il relut chaque nom, se demandant pourquoi il n'arrivait pas à s'en souvenir. Il avait dû rendre visite à ces gens pour des affaires sur lesquelles il avait travaillé dans son ancien quartier.

Avaient-ils eu si peu d'importance pour lui ?

Ou bien avait-il eu quelque chose au cerveau, à lui aussi ?

De quoi nous souvenons-nous vraiment au cours d'une vie ? Combien de jours avons-nous vécus suffisamment pour nous en souvenir ?

Alec retourna dans la salle d'observation. Cooper était encore en train de dessiner avec la jeune fille. Cela faisait quarante minutes maintenant.

Il y avait des dessins de chevaux de l'autre côté du bureau. Et des dessins du thermos de Cooper. Elles s'étaient aussi dessinées l'une l'autre.

Mais elles ne parlaient toujours pas.

Que faisait Cooper ?

Ils n'avaient pas de temps à perdre.

— Je peux entrer ? demanda Alec.

L'assistante sociale lui expliqua que ce n'était pas une bonne idée. Que ces choses-là demandaient du temps.

— Votre partenaire s'en sort bien, lui assura l'assistante sociale.

Il attendit vingt minutes, assis sur une chaise inconfortable, en observant par la vitre sans tain.

Il avait oublié son ordinateur portable. Il emprunta celui de Cooper.

Elle l'avait brièvement laissé l'utiliser dans la voiture, surprise que cela ne lui donne pas le mal des transports. À présent, il utilisait son mot de passe.

Il le composa, se connecta à sa boîte de réception, à ses notes.

Il avait fait une liste de toutes les significations qu'il avait pu trouver, quelques jours plus tôt.

Seize : Unité de mesure. Nombre carré, quatre fois quatre. Hexadécimal de base en informatique. Nombre de pions sur un échiquier – d'ailleurs, c'est aussi le nombre précis de pièces avec lesquelles on commence une partie, élégantes, disposées symétriquement.

Carte de la Tour au tarot.

Destruction. Révélation. Enseignement supérieur. Changement.

Majorité sexuelle.

Majorité civile.

Divisible par un, deux, quatre, huit et par lui-même.

Nombre d'heures de veille dans une journée.

Date de la Boston Tea Party, des premiers Oscars, du mariage de Marie-Antoinette, du jour de sa mort, du rang de son mari, Louis XVI, dans la dynastie.

Numéro atomique du soufre.

Âge de Rebecca.

Cela voulait tout et rien dire.

Le document comportait des images. Des photos des têtes. Des caisses en bois au milieu des arbres. De la carte de la Tour, représentant un effondrement, deux personnes se jetant d'un bâtiment.

Un doigt. Un ongle.

En ce qui concernait les chevaux, il y avait d'autres combinaisons :

Équitation. Sauvetage. Courses. Travail. Animal de compagnie.

Guerre. Tirer le char du soleil. Colle.

Chasse. Viande. Puissance. Ami.

L'enterrement des chevaux en tant que rituel se retrouvait dans diverses cultures, symbole d'Odin, de fertilité, de richesse, de mort.

Dans la province de Shandong, six cents chevaux avaient été découverts dans une fosse, des siècles après leur mort.

Pendant la guerre de Troie, un cadeau en bois avait été offert devant un portail.

Il y avait eu une épidémie. Les forces grecques avaient été perdues en mer, les soldats malades mourant sans espoir de récupérer l'Hélène perdue.

Un cerf, sacré pour Artémis, avait été abattu.

La malédiction de ce lieu était la conséquence de leurs propres méfaits, un châtiment pour tout ce qu'ils étaient et tout ce qu'ils avaient été. Elle stigmatisait leurs crimes, au nom de la justice, réparatrice et punitive.

Pour y mettre fin, les forces grecques devaient offrir un sacrifice de valeur équivalente à celle du cerf mort.

Le roi grec dut trancher la gorge de sa fille Iphigénie.

La guerre se termina, des années plus tard, grâce à des hommes cachés dans un cheval.

Le roi rentra chez lui en vainqueur.

Il embrassa sa femme et marcha sur des draps violets.

Il regarda tout ce qu'il avait accompli et sourit, victorieux.

Il ne se réveilla jamais.

Sa femme le tua dans son sommeil.

Avant qu'Alec n'éteigne l'ordinateur portable, il se connecta à la messagerie de Cooper en utilisant le même mot de passe. Il ne fut pas surpris que cela fonctionne.

Il lut toute la correspondance qu'il eut le temps de lire.

Il vit les e-mails de sa sœur.

Il vit les e-mails plaidant l'innocence d'Alec, faisant état du contenu de sa maison. Il vit des e-mails demandant qu'il soit autorisé à se joindre de nouveau à l'enquête, des tentatives d'argumenter contre ce qu'une certaine Ada Solarin considérait comme le caractère « instable » d'Alec, sa négligence, son incompétence.

Il vit des messages concernant des cous d'oiseaux.

Des messages au sujet de ses empreintes digitales, trouvées sur du plastique.

Une obsession pour un miroir.

Il se leva et replaça l'ordinateur dans le sac de Cooper.

Il remonta le couloir et ouvrit la porte.

— Alec ?

Il passa devant Cooper et tira une des chaises appuyées contre le mur opposé pour la placer en face de Niamh. La jeune fille tressaillit au bruit des pieds métalliques sur le sol. Elle évita de regarder Cooper et Alec. Sa main ralentit et elle modifia le dessin.

— Alec, on…

Il ignora Cooper.

— Salut, Niamh. Je suis policier. Je suis le sergent détective Alec Nichols.

La jeune fille cligna des yeux sans cesser de dessiner.

— Nous sommes ici pour te poser quelques questions sur ta famille.

— Ce n'est pas…

Cooper se retourna, sourcils froncés.

— Vous ne voulez pas qu'on en parle dehors plutôt ?

— Non, non. Ici c'est bien. Tu vois, dit Alec à la jeune fille, quelque chose m'est arrivé aussi. Je suis tombé malade. Comme toi, comme ton père, ton frère, comme tout le monde. On a tous vécu la même chose.

Elle ne leva toujours pas les yeux. Elle continuait de dessiner, plus vite maintenant.

— Ce n'est pas approprié, dit Cooper. Rien ne montre qu'elle sait quoi que ce soit à ce sujet.

Alec ne réagit pas.

— Ce n'est pas juste. Allez, Alec, on…

— Vous pouvez partir si vous voulez, dit-il sans la regarder.

Au bout de quelques instants, elle s'exécuta.

Alec resta seul avec la jeune fille.

— Et j'ai survécu, tout comme toi. J'ai survécu, mais il manque encore quelqu'un. Mon fils. Mon garçon. Il a l'âge qu'aurait eu ton frère. Et j'ai besoin de savoir où il est. J'ai besoin de trouver les responsables.

Niamh ne répondit pas.

— Est-ce que quelqu'un vous a rendu visite à toi et ta famille, avant ce qui s'est passé ? Est-ce que l'un de vos animaux a été blessé, est-ce que vous avez reçu des lettres, des photos ?

On entendait du bruit dans le hall.

— Y avait-il quelqu'un chez vous qui n'aurait pas dû être là ?

Niamh continuait de dessiner.

Alec se pencha sur la table, hésitant.

Il arracha le crayon de la main de la jeune fille.

Elle n'opposa aucune résistance.

Elle ne répondit pas.

Sa main pendait dans le vide.

— Pourquoi votre maison a-t-elle été incendiée ?

La porte s'ouvrit. Cooper entra accompagnée de deux aides-soignants, suivis par le directeur.

— Monsieur Nichols, vous ne pouvez pas rester là.

— Sergent détective Nichols, rectifia Alec.

— Je dois vous demander de partir.

Alec les fixa. Cooper se tenait en retrait. Il ne l'avait jamais vue aussi en colère. L'avaient-ils épié ? Étaient-ils là dehors ?

— Niamh, je…

Alec se retourna. Elle avait de nouveau ses crayons.

Elle dessina une maison en bois.

Puis elle en dessina une autre, et encore une autre.

Alec fut conduit hors de la pièce. Il regardait fixement Niamh tandis que des agents de sécurité lui saisissaient les bras. Il essaya de compter les maisons.

Elle s'était arrêtée à cinq.

Il n'y avait pas d'explication à sa propre affaire, pas là.

Il n'en trouverait pas. Ne saurait pas et ne pourrait pas savoir.

Cette tentative désespérée était illusoire.

Niamh n'était qu'une petite fille, perdue dans une vie d'hommes en feu.

Chapitre 87

Rebecca s'éloigna de la jetée. Chaussée de ses baskets bleues et blanches, elle longea les salles d'arcade et leur bruit assourdissant ; quelques enfants à l'intérieur la regardèrent passer, ils ne jouaient pas, ils lui lançaient des regards de gamins furieux. Elle s'était rendue à la salle d'arcade quelquefois avec son petit ami. Ils avaient surtout joué à des jeux de tir au pistolet ; elle avait mis des pièces dans des machines aux noms stupides et pointé son arme rouge et noire sur les têtes de vélociraptors et de zombies. Elle le regardait tout le temps, souriait, mais lui était tellement concentré sur la partie qu'il ne se tournait jamais vers elle. Ils avaient mis autant de pièces qu'ils en avaient. Rebecca avait tout juste les moyens de se payer cette distraction, mais ils l'avaient fait quand même. Cela l'avait rendue heureuse, même si ce n'était pas son genre de jeu. Il avait proposé des hamburgers. Elle n'en voulait pas – ils étaient extrêmement gras –, mais il lui avait dit de manger, alors elle avait mangé.

Des mois après son dernier anniversaire, ils s'étaient allongés dans les champs de la ferme, loin de la maison, loin de son père, des étrangers.

Il lui avait demandé ce qu'elle voulait.

Elle avait seulement évoqué cette promenade en calèche le long de la plage.

Elle avait parlé du bonheur, de ce qu'il pouvait signifier.

Maintenant, des mois plus tard, Rebecca vint s'asseoir sur la digue et fit claquer ses talons contre la paroi.

Elle n'avait parlé de la poudre à personne.

Le lendemain, on ouvrirait son casier et on appellerait la police. La poudre serait analysée et on découvrirait qu'il s'agissait simplement de farine, déposée là par des élèves cruels pour lui jouer un tour stupide. Rebecca marchait, ne sachant rien de tout cela.

Elle sortit son téléphone et envoya quelques messages. Elle n'avait plus d'amis. Peut-être n'en avait-elle jamais eu.

Peut-être que tout ce temps, tout ce blanc dans sa vie, n'avait été qu'un rêve.

Elle ne savait pas ce qu'elle avait inhalé. Elle ne savait pas si cela allait se reproduire, elle ne savait pas qui la détestait.

Elle se leva et se dirigea vers la ville. Elle avait apporté un manteau et un sac à dos rempli de ses affaires. Elle se rendit au marché.

Là, quelques personnes en scooter électrique s'étaient attroupées près du food-truck à frites. La plupart des étals fermaient pour la journée. Un homme à l'air sévère se tenait près d'un tapis sur lequel étaient disposés des souvenirs militaires. De vieux fusils. Des médailles. Des vêtements.

— Ce sont des vrais ? demanda Rebecca.

— Hein ?

L'homme leva les yeux. Son visage était grilé de cicatrices d'acné et marqué par soixante ans d'abus de soleil, mais sa voix étonnamment éraillée lui donnait l'air moins maussade.

— Quoi ?

Rebecca continua de marcher. Elle ne lui répondit pas et l'entendit murmurer derrière elle. Elle se rendit dans un pub où s'étaient un jour assis un policier et son ami, où le policier s'était demandé si quelqu'un l'appréciait. Rebecca ne savait rien de tout cela, mais elle s'assit à la même table. Cet endroit prenait sens. Il ressuscitait. Elle ouvrit une application sur son téléphone et commanda une boisson au bar. Vodka Coca.

Le barman apporta son verre ; elle en fut un peu surprise. Mais il hésita.

— Ma mère est aux toilettes, mentit Rebecca.

Le barman acquiesça et retourna au bar. Rebecca but son verre, détesta le goût et fut étonnée d'avoir agi aussi facilement. Non pas pour la commande, mais pour le mensonge. Elle avait menti et le barman l'avait crue. Elle commanda à dîner : des frites, un hamburger, la totale.

Elle mangea tout, puis se leva pour partir. Un homme au bar lui fit un clin d'œil.

Elle sortit, en se demandant si l'homme allait la suivre.

Chapitre 88

Chaque jour, quelqu'un quittait la ville.

Dans trois ans, la gare aussi aurait disparu. Même les rails seraient démontés pour finir en ferraille.

Le cabinet vétérinaire ne fut jamais vendu. Les employés se firent engager ailleurs. Les clients – déjà peu nombreux, la population diminuant de jour en jour – se rendaient dans les villes voisines.

Frank pensait à tout ce qu'il avait fait pour eux. Tout ce qu'il leur avait fait. Au milieu des champs les avertir que leur moyen de subsistance allait être détruit. Leur parler d'infection, de fièvre aphteuse, de feu et de pistolets d'abattage. Leur expliquer ce qui devait se passer.

Sa petite amie ne voulait plus lui adresser la parole. Il n'aurait jamais dû fréquenter quelqu'un de plus jeune. Il avait été flatté de l'intérêt qu'elle lui portait. Mais il s'était fourvoyé.

Tout le monde était sur les nerfs depuis si longtemps. Tout le monde avait peur.

— Je te parlerai bientôt, lui avait-elle dit.

Mais elle ne le pensait pas.

Les gens le trouvaient arrogant, il le savait. Ils le trouvaient grossier, mais si on ne fait pas semblant d'être sûr de soi – si on ne se transforme pas en ce que le monde attend de nous –, quel genre d'homme est-on ?

Il s'était rendu au *diner* tard le soir pour la surprendre, une dernière tentative pour regagner son cœur, mais en ouvrant la porte avec sa clé en pleine nuit, il l'avait contrariée, effrayée, et leur relation avait pris fin.

Il parcourut les allées millénaires, les rues étroites, la terre se rappelant à jamais ce qu'elle était, ce qu'elle pourrait redevenir. Le tracé avait toujours été là pour ceux qui regardaient, pour les pires des hommes.

Il passa devant le cocher, adossé à sa caravane, le visage rasé, le regard limpide. Michael lui fit un signe de tête, et son expression attrista Frank, sans qu'il sache pourquoi.

Le vétérinaire se rendit à sa voiture, où il avait quelques affaires à l'arrière.

La police était revenue, cette fois avec des chiens renifleurs. On continuait de penser qu'il avait de la drogue et on ne le laissait pas tranquille.

Tout le monde savait d'où elle venait. Tout le monde savait mais personne ne le disait. Frank se demandait combien ils avaient payé l'inspecteur. Il se demanda si c'était ça, s'il devait assumer tous les péchés de ces arcades et de ces rues désertes. Si on allait l'accuser de crimes qu'il n'avait pas commis.

C'était le problème crucial de sa profession. Comment sauver l'animal de son propriétaire.

Il resta immobile un moment, assis sur son siège, fixant le contour des maisons d'en face. Il ne pouvait rien voir par les fenêtres, pas d'aussi loin. La lumière était faible à l'intérieur.

Il était allé au marché le matin. Il s'était assis au milieu des scooters, il avait écouté les cris des mouettes, il avait aperçu des visages qu'il n'avait pas vus depuis des décennies.

Une vieille femme avait soudain tourné la tête pour s'adresser à lui, avec des mouvements brusques et théatraux.

« Il se passe quelque chose. »

Chapitre 89

Le ciel s'assombrissait et à mesure que les heures passaient, Rebecca, les jambes fourbues et les pieds endoloris, continuait de penser à son père, à sa tenue quand on l'avait retrouvé après sa mort.

Il ne portait pas de chaussures, apparemment.

Il les avait enlevées ; elles gisaient dans les roseaux à proximité. On avait un moment pensé que quelqu'un les lui avait retirées – Rebecca avait certainement posé la question –, mais aucune empreinte digitale, aucune preuve n'avait été trouvée. Elle s'était aussitôt demandé pourquoi il les avait enlevées.

Elle marchait dans des ruelles si sombres et si mal entretenues que son père l'aurait tuée pour les avoir empruntées. Il faisait nuit maintenant.

Elle entendit des bruits, un cri provenant d'une ruelle.

Elle continua d'avancer.

Elle croisa une voiture et un tas de gens. D'après ce qu'elle comprenait, un homme avait trébuché sur la route et le conducteur d'une voiture avait été surpris.

Elle avait entendu crier : « Putain d'abruti ! »

L'auteur de ce cri, un ami de la victime, expliqua aux ambulanciers que la victime de l'accident avait été un sacré personnage et qu'il avait l'habitude de perdre ainsi l'équilibre. D'autres personnes sur la route prirent des photos de l'homme qui perdait son sang sous la pluie. Le conducteur de la voiture avait pris la fuite. Rebecca commençait à avoir les cheveux mouillés. Elle s'éloigna.

Rien dans sa vie ne se passait comme on aurait pu l'envisager. Cette réflexion lui vint à l'esprit alors qu'elle pensait aux chaussures de son père.

Des feuilles brunes voletaient sur le trottoir.

Il y avait une lumière bleue, des décorations scintillant au-dessus des têtes. Autour des flaques d'eau, autour des bâtiments, rougeoyait une lueur sinueuse, comme un feu pâle.

Son dernier souvenir du ciel cette nuit-là serait sans étoiles, vide, noir, pour elle et elle seule. À l'école, quand elle était petite, elle dessinait toujours la nuit en bleu foncé, pas en noir, et elle avait dit à son professeur qu'il se trompait en la croyant noire. Le ciel était bleu clair le matin, bleu foncé le soir. C'était ainsi que devait être l'existence. C'était ainsi que le monde fonctionnait.

Rebecca pensait toujours qu'il pourrait y avoir plus, quand nous serions tous partis, quand nous aurions tout détruit. Mais si l'œuvre de Dieu ne suffisait pas ? Et si son grand-père s'était trompé sur toute la ligne ? C'est ce que pensait son père. Son père, si grand dans sa mémoire. Fou, certes, étrange, certes, qui avait gâché tout ce qui était bon pour lui, qui avait souffert, qui avait laissé souffrir. Mais c'était son père, et il lui manquait. Son père, qui avait contribué à lui épargner les conséquences des actes qu'elle avait commis.

Et si nous en faisions trop ?

Les noms que nous prenons, la façon dont nous nous définissons, dont nous vivons nos vies, tout cela rend le monde supportable, n'est-ce pas ? Il est plus facile d'agir que d'être.

Elle repensa à ce que signifiait la bonté. Sûrement que si l'on était bon, il était facile de le rester, de faire le bien. On n'aurait pas à changer, à renier la personne qu'on avait été, à renier tout ce qu'on était. On n'aurait pas à mourir.

Elle passa devant un bar. Des hommes riaient dehors ; ce devait être un enterrement de vie de garçon. Certains d'entre eux avaient revêtu des masques de singe et, une pinte de bière à la main, portaient un toast à leur ami.

Rebecca s'attarda, les observa, et l'un d'eux sembla la remarquer. Il la regarda.

Il finit par s'approcher et lui demanda si les masques lui plaisaient.

Elle répondit qu'ils étaient bizarres.

— Vous en voulez un ? lui demanda l'homme d'une voix étrange à travers le plastique.

Il retourna à la table et en prit un pour elle.

— Laisse-la tranquille, dit un des invités en regardant son ami.

— Quoi ? Elle veut un masque.

— Elle doit avoir douze ans.

— Elle n'a pas douze ans.

Le second homme haussa les épaules.

Rebecca s'éloigna.

Elle emprunta une rue latérale. Les sons de sa ville natale la plongeaient dans une sorte de torpeur. Elle eut envie de rire, mais aucun son ne sortit de sa gorge. Elle s'avança sur la route et se demanda, un instant, si c'était le moment où son corps allait éclater, où elle s'en irait avant que quiconque sache pour sa mère, pour ce que Grace Cole avait fait, avant que quiconque sache ce qu'elle avait dit avant de partir, sache qui était Rebecca, vraiment, son cœur mis à nu.

Les gens étaient ce qu'ils étaient. Il y avait du bon en chacun de nous, mais nous avions plusieurs facettes. L'image que l'on renvoyait n'était pas toujours celle que l'on voulait.

Aucune voiture ne vint. La route était déserte et Rebecca avait déjà traversé.

Elle continua de marcher pendant des heures et traversa la ruine de son ancienne maison.

Elle passa devant les piquets rouges plantés dans la terre.

Warfarine comprimé 10 mg
un par jour
à heure fixe
à avaler avec de l'eau

Chapitre 90

Les routes étaient gorgées d'eau sur le chemin du retour ; des reflets rouges et blancs ondoyaient dans les flaques près du trottoir, et les enseignes de la ville la nuit, ses boutiques, ses magasins, ses foules et ses lumières de Noël étaient floutées par le mouvement rapide des essuie-glaces et le flot de pluie acide qui s'écoulait sur les vitres. Le GPS les guida à travers tout cela – tout ce que Cooper avait laissé derrière elle, tout ce qu'Alec avait abandonné pour toujours. Les gens ne se connaissaient pas personne dans les grandes villes, c'est ce qu'on disait, n'est-ce pas ? Mais Alec n'avait connu personne non plus dans sa petite ville, très loin de là.

Il continua de rouler. Il avait voulu conduire, il avait insisté pour le trajet du retour. Il n'imaginait pas que la circulation serait en accordéon.

Cooper ne parlait pas beaucoup. Elle regardait par la fenêtre.

Ils atteignirent la route dégagée. Une ligne droite débouchant sur les plaines, puis sur Ilmarsh. Ils allaient réserver deux chambres dans un bed and breakfast en périphérie. Ils ne se sentaient pas en sécurité à Ilmarsh.

Alec tourna la tête vers Cooper. Elle boudait. Elle regardait dans le vide.

— Ça va ? lui demanda-t-il.

— Oui.

Il n'aimait pas quand elle réagissait ainsi.

Il n'y avait pas grand-chose par ici. Des immeubles de bureaux, par endroits, assez proches de la ville pour faire la navette. Un kilomètre plus loin, ils passèrent devant une centrale électrique inachevée ; la construction des trois tours avait été mise en sommeil après que le gouvernement avait bloqué son financement. On craignait une ingérence étrangère à présent.

Alec se demandait ce qui se passait dans ces couloirs. Si quelqu'un gardait encore le bâtiment, s'il allait être démantelé pour récupérer les matériaux, si l'on attendait simplement de passer le relais, que l'on ait besoin d'énergie, ou que l'atome soit enfin divisé.

— Désolé pour tout à l'heure, s'excusa-t-il. Parfois, on a juste, vous savez…

Elle hocha la tête doucement, toujours sans le regarder, toujours sans rien dire.

— Qu'y a-t-il ? demanda Alec.

Cooper resta silencieuse.

— Pourquoi vous avez fait ça ?

— De quoi parlez-vous ?

— Vous avez secoué la tête.

— Oui, répliqua Cooper.

Ils continuèrent de rouler. Alec avait chaud, mais il ne pouvait pas baisser le chauffage, sinon il y aurait de la buée.

— Vous n'alliez absolument nulle part, dit-il. Vous dessiniez. Vous avez à peine posé une question sur l'affaire.

— La fille n'a parlé à personne, elle n'a sans doute *jamais* parlé à personne. On nous a dit que les hommes la rendaient nerveuse. Que pensiez-vous qu'il allait se passer, Alec ?

— Je comprends. Je comprends. Vraiment. Mais nous n'avions que quelques heures. Vous n'êtes pas thérapeute. Vous avez perdu du temps.

Cooper ne répondit pas. Elle se radossait au siège. Elle s'écarta un peu quand Alec changea de vitesse.

— N'en faites pas tout un plat. Vous boudez parce que j'ai dû prendre le relais. C'est tout.

— Allez vous faire foutre. Tout un plat, ricana-t-elle en levant les yeux au ciel.

Elle ne le regardait toujours pas.

À partir de ce moment-là, Alec ne quitta plus la route des yeux. L'estomac noué, une douleur sourde aux jambes, aux chevilles et aux pieds, il essayait de se concentrer pour oublier sa souffrance.

Ils passèrent devant des hameaux illuminés par des lumières de Noël, des sapins visibles au travers fenêtres de maisons accueillantes. Y avait-il un lien entre le mot hameau en anglais, *hamlet*, et la pièce de théâtre ? Entre ces petits groupes de maisons et un prince qui venge son père en tuant son oncle ? Il l'ignorait. L'anglais était une langue étrange. *Pepper*, par exemple, désignait un légume, un assaisonnement, l'action de mitrailler, des piments, et bien d'autres choses encore – sans rapport, hétéroclites. Il pensa à Noël.

Il n'avait pas encore beaucoup de cadeaux pour Simon. Chaque année, il faisait ses achats à la dernière minute.

Alec se demandait si Simon lui avait acheté quelque chose avant sa disparition.

Peut-être qu'il était comme son père. Peut-être que lui aussi avait attendu le dernier moment.

Il serra le volant plus fort. La pluie faiblissait.

Il diminua la vitesse de balayage des essuie-glaces et alluma la radio. Ils étaient loin, ces premiers jours où Cooper se disputait avec lui pour choisir les stations, les chansons. Il aimait les informations, les talk-shows. Cela l'aidait à se détendre.

Cette fois, elle ne toucha pas la radio.

À l'antenne, on abordait la question de la viande artificielle.

— Écoutez, je suis… dit Alec.

Vingt secondes passèrent.

— Quoi ? Vous êtes quoi ? s'impatienta Cooper.

— Rien.

— Vous n'êtes pas vous-même.

Comment l'aurait-elle su ? Comment quelqu'un aurait-il pu le savoir ?

L'émission de radio s'éternisait. L'animateur demanda à un invité s'il envisagerait de manger un steak produit en laboratoire si aucun animal n'avait souffert.

L'invité répondit que le steak était encore très complexe à produire. Un hamburger serait plus simple.

Cooper se pencha pour changer la station de radio, tomba plusieurs fois sur des chants de Noël, puis éteignit. Ils finirent le trajet en silence.

Le monde rapetissait à mesure qu'ils approchaient d'Ilmarsh.

Une seule chambre les attendait au bed and breakfast – avec deux lits, certes, mais ce n'était pas ce qu'ils avaient réservé.

Il n'y avait pas d'autre option, à moins que l'un d'entre eux ne veuille dormir dans une chambre sans lit du tout.

— Nous faisons des rénovations, expliqua la femme de l'accueil.

Ils récupérèrent la clé et montèrent à l'étage.

CHAPITRE 91

Elle ne le regarda pas en face. Elle ne s'assit pas. Elle resta allongée sur son lit, tout habillée. Elle fixa le plafond et commença à parler.

— Ce qui s'est passé aujourd'hui ne doit pas se reproduire.

Il ne répondit pas. Elle ne savait pas s'il était encore éveillé.

— Parfois, vous agissez vraiment sans réfléchir, Alec.

Une lumière ténue filtrait par les lamelles du store ; les lampadaires étaient toujours allumés à l'extérieur. L'endroit sentait comme tous les endroits de ce genre : le renfermé, la moisissure. Si d'autres personnes y séjournaient, on les entendait à peine.

Cooper se détourna d'Alec et ferma les yeux.

Elle se réveilla dans la nuit. Elle ne savait pas si elle avait dormi deux minutes ou deux heures.

Alec parlait, maintenant.

— Mieux vaut agir sans réfléchir qu'être cruel.

Cooper tourna la tête.

— Mon père disait ça, quand j'étais plus jeune, dit Alec en fixant le plafond. Il pensait qu'il était plus important de vouloir faire le bien que de… enfin… il ne savait pas trop quoi. Juste qu'il valait mieux vouloir bien agir.

Sa voix était creuse, fatiguée, douce.

— Quand vous avez rayé cette voiture, est-ce que vous vouliez bien faire ?

Cooper se frotta les yeux.

— Quoi ?

— Quand je vous ai demandé quelle était la pire chose que vous aviez faite. Vous m'avez dit ça.

— Érafler la voiture, Alec, ce n'est pas ça, le pire que j'ai fait. Mais on venait juste de se rencontrer. Et demander une chose pareille, c'est...

— Depuis votre séjour à l'hôpital, vous vous posez des questions sur moi. Je le sais.

On entendit des rires à travers les cloisons, quelque part, lointains.

— Moi, c'était Elizabeth. Ce que je lui ai fait.

Des photographies, accrochées autour des corps.

Des lambeaux de peau, exposés sur un tableau.

Elle les avait décortiqués, chaque vie étant un mystère. Elle avait essayé d'aider les morts.

— Elle m'a caché le diagnostic au début. Un an à vivre, dit Alec calmement. Un cancer.

Cooper ne disait toujours rien.

— Elle a mis trois ans à mourir. Alors je... Je l'ai quittée au bout d'un an. J'ai quitté Simon, aussi.

Il lui raconta à quel point ç'avait été dur.

Il raconta à cette femme ce qu'il s'était raconté des milliers de fois.

— Apparemment, il n'est pas rare qu'un homme quitte sa compagne quand elle a un cancer.

Il inspira profondément.

Pourtant, Cooper ne dit rien.

— Toute ma vie, les choses que j'ai faites, celles que je fais encore, les autres les font aussi, non ? Si j'étais mort, qu'est-ce qui aurait été perdu ?

Il cilla. Une paupière agitée de tremblements incontrôlables. Un nerf coincé.

— J'ai toujours été seul. Qu'est-ce que je voulais ?

Il ferma les yeux.

— Vous m'avez demandé pourquoi j'avais choisi cette vie. Je ne manquais pas d'imagination. Ce n'était pas ça.

Une porte s'ouvrit quelque part.

— Pourquoi l'avez-vous choisie, alors ? demanda Cooper.

Qu'y avait-il dans sa voix ?

Plus de froideur, plus de curiosité ?

Qu'était-il pour elle ? Qu'était-il pour quiconque ?

Cooper écoutait son ami.

Il se tourna vers la fenêtre. Elle ne savait pas quoi dire.

Elle ne savait pas quoi faire pour qu'il se sente mieux.

Elle se contentait d'écouter.

Elle fermait sans arrêt les yeux.

— Je voulais me sentir puissant, je…

Je voulais avoir la sensation d'être bon.

Chapitre 92

Il pensa aux lettres sur les caisses.

Au visage de Grace, à ses photos.

Il pensa à Cooper.

Aux yeux dans la terre.

Il se leva une demi-heure plus tard et emporta l'ordinateur portable de Cooper dans le couloir, à l'extérieur. Elle ne broncha pas.

En face, il y avait une chambre rénovée sans lit ; il avait besoin d'espace pour réfléchir.

Une solution s'offrait à lui. Il le savait, il devait juste travailler dur. C'est ce qu'on lui avait dit. C'est ce qu'on avait dit à tout le monde.

Travaillez dur. Une belle vie vous attend.

Peut-être que cela le rendrait meilleur.

Peut-être que cela les guérirait tous.

Il se versa un verre d'eau au robinet. Il songea à envoyer un message à quelqu'un. Ce n'était même pas forcément Grace. Ce pouvait être n'importe qui. Il voulait parler à tout le monde. Il se sentait étourdi, alors il but davantage, en secouant la tête. Plus vite il reprendrait le travail à plein temps, mieux ce serait. Il se dirigea vers le bureau. Il sentit une odeur de peinture, même si les murs étaient secs.

Il accéda au chat avec Grace.

Il fit défiler la conversation.

[10:04] Grace : C'est comment là-bas ?
[10:14] Grace : Il doit pleuvoir de toute façon.
[10:16] Alec : Il a neigé.
[10:16] Alec : Mais le soleil brime.
[10:17] Alec : Désolé, je voulais dire brille, écriture automatique.
[10:19] Grace : Prenez une photo.

Il pensa à Cooper, à leur rencontre.

C'est moi qui ai trouvé les chevaux, avait dit Alec. *Après M. Cole et sa fille, bien sûr.*

Cooper avait alors brisé le cou de l'oiseau.

Il pensait aux animaux, il avait du mal à respirer, une douleur à la poitrine.

Il pensa à sa vie à Ilmarsh.

Il sélectionna une photo des caisses, de l'eau, des animaux en train de pourrir, et l'envoya à Grace Cole en utilisant son téléphone personnel, en train de recharger sur la prise à côté de lui.

Il y avait un courant d'air.

Une fenêtre était ouverte.

Il baissa les yeux sur l'ordinateur portable. Il était toujours connecté à ses réseaux sociaux et à ses e-mails de la journée précédente ; il devait être plus prudent.

Il dirigea la souris sur les onglets.

Il les ferma.

Et il la vit.

Chapitre 93

Il avait une demande d'ami.

Charles Elton.

Et une autre. Kate Babbit. Et bien d'autres encore. Des noms qu'il reconnut et des noms qu'il ne connaissait pas.

Certaines personnes étaient mortes depuis des semaines.

Il accepta tous les profils des disparus.

Un message de Grace arriva trente-quatre minutes plus tard.

Une localisation s'afficha sur son téléphone. Elle l'avait partagée via l'application.

La carte et la petite épingle resteraient affichées pendant une heure, puis s'effaceraient.

Grace se trouvait près de *Well Farm*. Dans les bois, apparemment. Y était-elle depuis le début ? Il l'ignorait.

Venez seul, lui écrivit-elle.

Vous avez Simon ? répondit Alec.

Honteux, bouleversé, il tremblait sur sa chaise, se demandant ce qu'il devait faire.

Il se disait qu'il allait bien.

Il se disait qu'il pouvait le faire, qu'il le devait. Il ne pouvait pas attendre que les autres soient prêts. Il ne pouvait pas les laisser l'en empêcher. Il ne pouvait pas risquer qu'elle s'enfuie, et il la connaissait. Ils ne s'étaient jamais rencontrés, mais il connaissait Grace, et elle le connaissait.

Elle était la solution à tout. Peut-être les autres avaient-ils raison. Peut-être n'y avait-il qu'un seul coupable, en définitive. Ou peut-être que Grace était une victime elle aussi.

Oui, envoya-t-elle.

Elle détenait son fils. Il lui fallait juste la trouver. Il sourit faiblement et se leva.

Il rassembla ses affaires.

Et il partit seul.

Chapitre 94

Alec se rendit à *Well Farm* pour la dernière fois. La localisation partagée sur son téléphone pointait sur un endroit plus éloigné, du moins à en croire sa carte – dans les bois, à une demi-heure à pied de la ruine en pierre aux abords de la ferme. De là, un chemin menait à un petit lac.

Le portail était ouvert. Il ignorait si ses collègues avaient oublié de le fermer ou si quelqu'un était passé entre-temps. Il regarda devant lui, le moteur de sa voiture vrombissant toujours. Il n'avait presque pas conduit depuis l'accident, il craignait d'avoir oublié comment faire ou de paniquer, mais plus tôt dans la journée, aucun traumatisme ne s'était manifesté, pas de cette manière en tout cas. Il s'arrêta au bord du terrain. Il roula comme le van avait dû le faire cette nuit de novembre-là, ses occupants prêts à déposer les chevaux dans leur dernière demeure. Il imagina cela alors que les roues de sa voiture qui n'étaient pas adaptées à ce genre de terrain, avançaient sur la broussaille. La localisation ne resterait affichée sur son téléphone que quarante-trois minutes à présent.

La forêt s'éclaircissait à mesure qu'il s'en approchait, et sa forme compacte et obscure se profilait désormais en colonnes d'écorce frissonnante, de cimes déployées vers les cieux. Il s'arrêta et alluma les phares.

Il avait une lampe de poche. Une matraque. Un spray au poivre, des menottes, aussi.

Un couteau de cuisine. Au cas où.

Il vérifia sur son téléphone. Il restait quarante minutes maintenant. Il se tourna vers la route et aperçut un éclair rouge et blanc dans l'obscurité. Les phares des véhicules qui passaient éclairaient les marqueurs des têtes enterrées, les piquets rouges dans le sol derrière lui. Il attrapa son manteau et ouvrit la portière de sa voiture.

C'était l'hiver, maintenant – le vrai, celui qui écorche la peau, assèche les yeux et pénètre jusqu'aux os. La journée la plus courte de l'année.

Il boutonna bien son manteau, frissonnant déjà un peu. Il espérait que la marche le réchaufferait.

Connaissait-il enfin Ilmarsh maintenant ? Ces étranges semaines lui avaient paru durer un an. Encore un et la théorie d'Elizabeth se révélerait exacte, à savoir qu'il en fallait quatre pour se sentir chez soi, où qu'on se trouve.

Dans quarante, Ilmarsh aurait probablement disparu sous les eaux.

Le faisceau de sa torche vacillait. Il chercha des piles à l'arrière, mais il avait fait ses bagages en vitesse. Au besoin, il pourrait sans doute se servir de la lampe de son téléphone.

Il se tourna vers l'orée du bois. Il resta là un moment, immobile, transi de froid dans la brise d'hiver.

Chapitre 95

Cooper se réveilla, à moitié délirante.

Alec n'était pas dans le lit quand elle se retourna. Les draps étaient à peine froissés, à se demander s'il y avait dormi.

Elle alla dans la salle de bains pour s'asperger le visage d'eau, mais elle ne l'y vit pas non plus.

Elle remarqua alors que le sac d'Alec avait disparu.

Quant à son ordinateur portable à elle, il s'était volatilisé.

Elle mit ses chaussures, marmonna pour elle-même, puis sortit de la chambre, tapant déjà : *Mais où es-tu ?* sur son téléphone.

La lumière à l'autre bout du couloir, la porte ouverte et le panneau EN CONSTRUCTION semblaient lui fournir une réponse assez claire. Mais elle ne trouva que son ordinateur.

L'écran éméttait une lueur bleu-blanc dans la pénombre.

Elle n'entendait pas d'autre bruit que les siens, elle n'avait jamais connu de nuit plus calme.

Personne ne bougeait dans ce bâtiment, rien ne bougeait à part ses doigts.

Elle ferma les onglets qu'Alec avait ouverts.

Sur la dernière page, elle découvrit son profil.

Une fenêtre de message apparut dans le coin avec de nouvelles notifications.

Elle les lut. Elle vit la photo de la caisse.

La localisation. Le message.

Venez seul.

Chapitre 96

La lumière de la lampe torche révélait de petits monticules de pierres, entassés dans des flaques d'eau. Le feuillage des arbres s'agitait, empêchant Alec de se diriger à la lueur de la lune.

Il continua de marcher ; ses chaussettes étaient presque trempées. Il avait mal aux pieds ; il avait l'impression que ses voûtes plantaires s'étaient écrasées et que sa crampe aux mollets durerait toujours.

Il s'essuya le front, mais se rendit compte qu'il ne transpirait pas.

Il continua d'avancer, jetant de temps en temps un coup d'œil à son téléphone.

De manière assez surprenante, ce dernier captait plutôt bien le réseau, par intermittence toutefois, et il supposa qu'il en allait de même pour celui de Grace.

Alec n'était jamais allé aussi loin.

Il n'était jamais allé dans des endroits comme celui-ci, pas même quand il était enfant. Il ne s'intéressait pas à la nature à l'époque, pas vraiment. Simon, lui, avait fait du camping et de la randonnée avec Elizabeth, à l'époque où elle semblait encore pouvoir se rétablir. Il l'avait même emmenée se promener dans les collines une fois, pour une courte journée. Mais au cours de ces deux dernières années passées à Ilmarsh, Simon n'avait plus voulu sortir, explorer les environs. Pas avant de s'être fait des amis.

Les arbres s'agitèrent plus nerveusement.

Ces bois abritaient des choses mystérieuses.

Plus tôt, Alec était passé devant une structure incrustée de cailloux, entourée et ornée de feuilles. En braquant sa lampe dessus, il avait vu des planches de bois fissurées et compris qu'il s'agissait d'un vieux puits qui n'avait pas servi depuis des décennies ; des canettes de soda de vieilles marques étaient nichées tout autour telles des offrandes votives, au milieu d'un nid de mauvaises herbes.

À présent, il discernait plus loin une brouette renversée sur le côté. Plus loin encore, de grands poteaux en bois épais qu'on aurait pu prendre pour des arbres s'il n'y avait pas eu de métal au sommet. Ils ressemblaient à des haut-parleurs, à des klaxons de raid aérien. Il ignorait la raison de leur présence.

Un monde presque invisible vivait ici. Là où les arbres étaient clairsemés, poussaient des plantes et des fleurs, certaines seulement pourvues de rameaux à l'extrémité, malgré leur hauteur. Lourdes sur leurs tiges, elles oscillaient même dans le vent léger. Et, bizarrement, des abeilles volaient dans l'immensité de la nuit. Il ignorait qu'elles pouvaient vivre dans le froid. Peut-être ne le pouvaient-elles pas. Peut-être ne le savaient-elles pas. Peut-être qu'il se trompait et que ces créatures volantes n'étaient pas des abeilles. Mais de quel autre insecte aurait-il pu s'agir ? Il percevait comme un mécanisme d'horlogerie dont le bruit s'affaiblissait. Un bourdonnement indistinct émanait des insectes, de plus en plus fort. Et plus le temps passait, plus Alec tendait l'oreille.

Il ne restait que quelques minutes maintenant.

Tout cela s'était développé à cause des erreurs des hommes.

Ces structures définies par l'absence qui traversent le temps, ces témoins de ce que l'on a abandonné, détruit.

L'impression que quelqu'un nous observe.

Alec était proche du point de rendez-vous. Son téléphone ne captait plus, mais il devait se trouver à proximité.

Les responsables, c'étaient les hommes, toujours.

Tous, plus effrayés par eux-mêmes que par n'importe quoi d'autre.

Il entendit le clapotis de l'eau à travers les branches.

Il dirigea sa lampe devant lui, au tournant du sentier, là où elles s'écartaient.

Il hésita, regarda à nouveau son téléphone.

Une seule barre de réception.

Si Grace se trouvait là, elle n'avait pas bougé. Mais Alec ne voyait aucune lumière.

Il prit le couteau dans son manteau, tenant sa lampe de l'autre main.

Il avança.

Et vit le lac.

Chapitre 97

Alec fut d'abord frappé par le grésillement. Le bourdonnement des insectes dans les roseaux. Un souffle froid à l'odeur de pomme, curieusement, quelque part. L'étrange poussière sur sa peau. Tous ceux qui avaient vécu et étaient morts ici effleuraient son cou. L'eau hantait les étoiles, retenant leur reflet dans son immensité noire. Quelques plantes et roseaux jaillissaient sur les bords du lac, comme des poils de barbe. La surface de l'eau, aussi loin que s'étendait la lumière, brillait comme un croissant de lune.

Plus Alec l'observait, plus il y voyait un sourire.

Il aurait pu admirer tant de couleurs, s'il était venu de jour. Les mouches chantaient dans l'air. Il n'avait plus si froid. Il avait même chaud ; ses frissons s'atténuaient.

Ici, il n'y avait que des arbres, le lac, des plantes, et la carcasse d'une voiture rouillée à dix mètres sur la droite d'Alec et une lampe torche par terre à proximité, pointée à l'horizontale vers l'orée du bois. Elle n'avait pas bougé. Elle était éteinte.

Les mots sortirent de sa gorge comme un croassement, moins sonores qu'il ne l'aurait voulu.

— Je suis là.

Personne ne répondit.

Quand Alec braqua le faisceau de sa torche sur la carcasse de voiture, il lui sembla un instant que le véhicule était occupé.

Par trois personnes.

Mais ce n'étaient que des sièges. Le quatrième manquait.

Il l'avait appris quelques jours plus tôt en lisant des articles au sujet de la recherche de schémas, de symboles, de chiffres. Il avait voulu comprendre « seize ».

La paréidolie.

Voir un visage là où il n'y en avait pas. Entendre un message dans un hurlement de vent.

La nuit était si épaisse qu'au-delà du faisceau éclairé, c'était maintenant le noir complet.

— Il y a quelqu'un ? demanda-t-il.

Encore une fois, il avait parlé plus timidement qu'il ne l'aurait voulu, mais qui pouvait le faire parler plus fort ? Qui allait faire de lui quelqu'un qu'il ne pouvait pas être ? Ses mots traversèrent les eaux sombres, mais aucune réponse ne vint. Le vent ne soufflait pas plus fort. Les arbres ne frémissaient pas, ne tremblaient pas. La réalité était indifférente au son de la voix d'Alec Nichols, de ses pas alors qu'il avançait enfin, tandis que sa lampe éclairait plus loin, que chaque bruit évoquait la mort.

Il s'approchait d'un objet sur le sol.

Il ignorait que la nuit était noire aussi quand les chevaux avaient été enterrés.

Il s'approcha encore.

Il n'entendait et ne voyait toujours personne. Le faisceau de sa lampe vacillait, tremblotait, sans pouvoir rester dans une position fixe alors que la main qui la tenait avait déjà échoué, crispée à cause du froid et de la terreur.

Le faisceau éclaira brièvement l'objet.

Un caméscope.

Chapitre 98

Des nuages d'ouate noircissaient le ciel.

Tout était silencieux quand Cooper s'arrêta à côté de la voiture d'Alec. Elle avait dû supplier pour emprunter un autre véhicule, désespérée au point de remettre cent livres à l'employé de l'agence, et son passeport en guise de caution.

Les insectes vibraient le long des roseaux.

Elle ouvrit la portière.

Le silence allait au-delà du silence. Il explosait. Il était palpable.

Ilmarsh l'observait, elle était son ultime émissaire.

Dans les semaines à venir, les années à venir, les habitants partiraient à mesure que les eaux monteraient, que la planète se réchaufferait.

Cooper voulait aider les autres, mais était incapable de s'aider elle-même.

Elle sortit de la voiture, appela Alec en criant.

Elle avait déjà téléphoné à la police pour signaler sa position, avait partagé les derniers messages trouvés sur son ordinateur. Elle avait appelé tout le monde.

Et eux ? Ils lui avaient demandé d'attendre.

Elle s'était rendue dans les bois, malgré tout.

Il n'y aurait plus d'enlèvements.

Plus de mutilations.

La ville ne souffrait plus.
Il n'y avait plus personne pour ressentir cette douleur.
C'était fini.

Chapitre 99

Alec revoyait son fils dans le coin cuisine en train de jouer avec des trombones, les enchaînant les uns aux autres et les attachant ensuite autour de chaises en bois pour y accrocher ses jouets et ses figurines. Il revoyait ses cheveux. Il se revoyait serrer sa femme dans ses bras pendant qu'elle cuisinait des spaghettis, repensait à la façon dont ils se moquaient l'un de l'autre.

— Tu ne fais que me copier, avait-il protesté.

— Tu ne fais que me copier.

— Alec Nichols est vraiment désolé pour ce qu'il a fait.

— Alec Nichols est *bla bla bla bla*.

Simon avait ri. Alec avait souri aussi, malgré lui.

— Hé ! avait-il protesté en touchant doucement le bras de sa femme.

Elle s'était retournée, manifestement fatiguée. Et il avait plaisanté.

— Je pense qu'Alec Nichols ne sait pas la chance qu'il a.

Chapitre 100

Une lumière rouge, presque imperceptible, était allumée sur le caméscope posé sur une petite pile de vêtements. À côté, il y avait autre chose. Alec fit le tour du caméscope, en essayant de rester hors champ.

Un téléphone portable, bon marché, abîmé, était appuyé contre un jean. Les vêtements étaient des vêtements de femme.

Pour la dernière fois de sa vie, il sentit une présence.

Les mains tremblantes, le visage hagard, il sortit son téléphone. Il ne restait que sept pour cent de batterie. Il l'avait pourtant rechargé.

Elle serait déchargée avant qu'il arrive à sa voiture. Il fit défiler ses contacts, toutes les personnes qu'il connaissait, tous ceux qu'il aimait et pensait aimer.

Il vit le numéro d'Elizabeth, un peu en dessous de celui de Cooper. Il ne l'avait jamais supprimé.

Et celui de Grace, encore en dessous.

La source de cette tragédie.

Le numéro que son fils avait appelé une centaine de fois, deux cents peut-être.

Elle était ici et détenait son garçon.

Et Alec, aussi terrible, aussi dégoûtant qu'il l'avait été, pouvait devenir meilleur, il le savait.

On le pouvait tous, n'est-ce pas ?

On pouvait tout faire, si on avait l'ambition de guérir le monde. Si on pensait avoir un plan. Si on se disait que tous les maux pouvaient disparaître.

Si on avait de l'espoir.

Il fixa l'écran, sélectionna le numéro de Grace, puis attendit.

Un instant plus tard, le téléphone posé contre la pile de vêtements se mit à sonner et à vibrer, une sonnerie préenregistrée, rien de personnalisé. Rien de ce qu'Alec avait imaginé.

Alec se retourna, s'approcha du lac en essayant de diriger le faisceau de sa lampe plus loin.

L'espace d'un instant, il crut voir une forme, mais ce n'étaient que des feuilles.

Il se pencha au-dessus du caméscope.

Un autre bruit, à sa droite, le craquement d'une brindille.

— Qui est là ? demanda-t-il.

Il tituba, desserrant sa prise sur sa lampe.

Un rayon lumineux perça l'obscurité, plus loin devant lui, à l'orée de la forêt.

Son cœur bondit dans sa poitrine. Celui qui tenait la lampe avançait maintenant vers Alec.

— Grace ? croassa-t-il, serrant son couteau d'une main tremblante.

Sa lampe torche tomba sur le sol et s'éteignit.

Il saisit celle posée à côté du caméscope et la braqua dans la direction de l'inconnu qui s'enfuyait.

Les branches des arbres se replièrent ; une mince silhouette s'éloignait dans l'obscurité.

Tremblant de froid, Alec cria à s'en déchirer les cordes vocales.

— Stop !

Il courut dans la nuit, trébucha sur une branche et son téléphone tomba de sa poche. La silhouette disparut.

— S'il vous plaît…

Il serra le couteau plus fort, en s'assurant qu'il ne se blessait pas.

Il haletait.

Il se mit à tousser en arrivant à la clairière. Sa vue s'obscurcit.

Il découvrit une caisse. Une caisse en bois. Il promena le faisceau de sa lampe tout autour.

Il n'y avait personne.

Il tâta les bords, les échardes dans le bois. Il n'y avait pas de couvercle. Rien à l'intérieur. Elle était vide.

Le bruit de respiration derrière lui, dans la nuit froide.

La forêt souriante se crispa.

Alec se retourna et aperçut un homme au sol, courbé, gémissant.

Il s'approcha en tremblant.

Il regarda le visage, les pupilles contractées.

Les regards de Simon et Alec se croisèrent.

Alec se tint près de son garçon.

— Je suis tellement désolé, hoqueta-t-il.

Il serra contre lui le buste tremblant et presque flasque de son fils.

— Je suis désolé.

Simon ne prononça pas un mot. Malgré les larmes, ses yeux semblaient sans vie.

Son visage était sale, écorché.

Alec saisit la main de son fils. Son annulaire n'était plus qu'un moignon bandé. Son petit doigt avait disparu.

— Qu'est-ce qu'ils t'ont fait ? murmura Alec.

Simon trembla, puis d'une voix gutturale, presque inintelligible, il balbutia :

— Je… ah…

— Où sont-ils ?

— Ici.

On lisait l'angoisse sur son visage. Il serra son père plus fort dans ses bras.

— Il faut qu'on s'en aille.

Alec regarda autour de lui, éclairant les arbres.

— Combien sont-ils ? Ils sont armés ?

Simon ne répondit pas.

Alec se tourna et le secoua doucement.

— Simon, il faut que tu te reprennes. Je sais que c'est dur, mais on doit te mettre en sécurité, d'accord ?

Son fils acquiesça en clignant des yeux, sans y voir.

— Combien sont-ils ?

— Cin…

— Quoi ?

— Ils sont… ils m'ont…

— Ils sont là ?

Simon fit non de la tête.

— Deux… partis.

À une époque, j'étais habité par la colère. Je rêvais parfois d'être meilleur. Nous avons tué pour soulager et en soulageant j'ai senti quelque chose en moi.

Kate.

Charles.

Alec fit quelques pas et s'aperçut que Simon ne le suivait pas. Il se dirigeait vers son arbre en titubant.

Alec attrapa la main valide de son fils et commença à le traîner. Son garçon pleurait toujours.

— Tout va bien, d'accord ? le rassura-t-il.

Il essaya de le calmer. En bégayant, il lui dit de se taire, essayant de l'attirer contre lui, la peau de son fils froide contre la sienne.

— Tout va bien.

Il ne savait pas où aller. Il ne savait pas par quel côté il était venu.

J'ai allumé des feux. Je suis éveillé et personne ne m'a vu et personne ne me verra.

— Ils t'ont dit quelque chose ? Avant de te laisser. Est-ce qu'ils ont dit quelque chose ?

— Grace, elle…

Simon ne termina pas sa phrase.

Ils continuèrent d'avancer entre les arbres. Alec sourit en apercevant des branches écrasées, les signes de son passage.

— Par ici, dit-il.

J'ai eu la peste dansante. Je m'épanouis, maintenant.

Ils retournèrent au bord du lac.

Alec entendit de nouveau le grésillement, plus fort à mesure qu'ils se rapprochaient. Un souffle froid à l'odeur de pomme, curieusement, quelque part. L'étrange poussière sur sa peau. L'eau, le sourire du lac.

Son fils lâcha sa main tandis qu'Alec se dirigeait vers le caméscope. Il devait l'emporter. Ce ne serait pas fini avant qu'il ne les ait tous retrouvés. Mais il avait récupéré son fils. Il avait réparé le miroir. Il avait tout réparé.

Les arbres sombres gesticulaient.

Le sourire, c'est le vôtre.

Alec se retourna.

Simon n'était pas là.

Il s'approcha de la carcasse de voiture rouillée.

Il y avait quelque chose à l'intérieur.

Il entendit le craquement d'une brindille derrière lui, au ras du sol.

Vous auriez pu le sauver.

Chapitre 101

Cooper arriva au lac.

Elle ne cria le nom de personne.

Elle ne braqua pas sa lampe torche aveuglément dans l'obscurité.

Elle l'avait éteinte une minute plus tôt, se fiant uniquement à la faible lumière de son téléphone.

Elle observa.

Elle attendit. Les arbres tressaillaient ; elle aperçut une lampe abandonnée sur le sol, un point rouge devant elle.

Il semblait n'y avoir personne.

Elle fit un pas en avant, frissonnant en s'approchant.

Près d'une pile de vêtements se trouvait une caisse en bois avec des échardes rugueuses sur les bords et dont l'ombre dépassait largement du périmètre éclairé par son téléphone.

C'était comme un objet venu d'une autre réalité, fabriqué dans la nature sauvage agonisante, dans les décombres de tout ce qui l'avait précédé. Le bois brut presque jaune de la caisse semblait noir dans cette lumière.

Cooper eut l'impression que tout cela l'attendait depuis des années.

Elle regarda autour d'elle et ne vit rien d'autre, n'entendit rien.

Elle téléphona à Alec.

Elle lui avait envoyé une dizaine de messages, mais rien, pas de réponse, pas de bip signifiant qu'il avait lu.

Et il ne répondait toujours pas.

La caisse se trouvait devant elle. L'eau du lac clapotait encore doucement contre les berges.

Le cœur serré, elle hésita.

Elle chercha le numéro de Grace dans son répertoire.

Elle le composa, comme dans un rêve ; elle ne regardait plus, ne voyait plus.

Elle appela et quelque chose trembla le long des rochers, juste au bord de l'eau.

Vibra dans l'obscurité.

Une sonnerie étrange et belle retentit sur la berge.

Cooper s'approcha.

Quand elle se baissa pour ramasser le téléphone, elle sentit un coup sur sa tête. Elle eut un haut-le-cœur. Du sang coula le long de ses cheveux.

Elle s'effondra dans l'eau.

Tout s'efface.

Il y a des flashs.

Une main dans l'eau, un corps qui tremble.

Un rouge flamboyant, loin au-dessus des vaguelettes, la côte si lointaine.

La gorge de Cooper va se remplir d'eau ; son corps est froid.

Sur la rive, un homme la regarde.

Elle essaie de remonter, mais il la replonge sous la surface.

La réalité s'efface.

Cooper sort son couteau chirurgical de sa poche et l'enfonce dans la main de l'homme. Il plonge l'autre dans l'eau ; son visage et ses cheveux ballottent d'un côté à l'autre. Il essaie de se libérer.

Elle l'entraîne plus bas, agrippe sa tête, lui enfonce ses doigts dans les orbites. Il crie, il tombe avec elle dans l'obscurité.

Elle suffoque avant de retomber.

Elle a perdu son arme.

Tout devient noir.

Elle voit un visage, un regard depuis les profondeurs.

Il respire la haine, la méchanceté, la mort.

Cooper parvient à se hisser sur la berge, tousse, titube vers la caisse, vers la lumière ; l'homme la suit.

Il l'attrape, se jette sur elle.

Elle se retourne, le repousse.

Il titube, tombe, se cogne la tête contre les rochers.

Cooper s'approche, frissonnante, sa respiration haletante proche du cri.

L'homme porte les vêtements d'Alec.

Elle s'approche encore.

Dans l'obscurité, elle discerne à peine le sang qui coule, le regard qui s'agite.

L'homme pouvait tout juste bouger, encore moins se tenir debout. Elle se pencha et s'assit à côté de lui. Son visage était figé, comme s'il était fatigué, mais il avait le regard brouillé.

Il poussa un râle sourd.

Cooper ouvrit la caisse en bois. Le couvercle était desserré, pas cloué comme les autres.

Dans le silence, on n'entendait que des sons rauques.

Cooper regarda l'intérieur de la caisse.

Elle resta là une minute, paralysée, puis retourna au bord du lac.

L'homme tenta de parler.

— Chut, lui dit Cooper.

Elle dirigea le faisceau de sa torche à l'arrière de son crâne.

Il avait du sang sur la nuque, une fracture.

L'homme tenta à nouveau de parler.

Elle le tint doucement, parcourant la fracture du bout des doigts.

Elle s'imagina plonger le pouce dedans.

Elle ne le fit pas.

L'homme trembla.

— Chut, dit Cooper.

Quand il fut immobile, elle se leva et le laissa là.

Simon était mort.

Il fallut à Cooper quelques instants pour habituer ses yeux à la lumière.

Le soleil commençait à se lever.

Chapitre 102

Deux hommes-grenouilles avaient plongé dans le lac. Les vêtements et le caméscope avaient été mis sous scellés, et Cooper savait déjà ce qu'on allait trouver. Elle avait visionné la cassette.

Mais malgré tout, il fallait qu'elle voie.

Le soleil était levé ; le bourdonnement et le grésillement des insectes reprenaient. Les oiseaux gazouillaient et chantaient. Au bord du sourire du lac, une biomasse kaléidoscopique vacillait. Ce qui semblait brièvement rouge, vert et bleu, ce qui semblait grouiller de santé, se révéla enfin.

Ce qui se trouve ici était dangereux pour nous.

Les minutes passèrent.

Les plongeurs sortirent de l'eau un cadavre pâle aux cheveux noirs tombant sur les épaules, un corps nu simplement couvert d'eau boueuse.

Ils allongèrent Rebecca Cole sur le sol et la couvrirent d'un drap. Elle était morte trois heures avant l'arrivée de Cooper. Elle portait des marques de strangulation.

Le deuxième corps fut plus long à retirer de l'eau.

Le visage était méconnaissable, mais Cooper savait, depuis des heures maintenant.

On enveloppa le corps de Grace Cole.

Morte depuis un an, Cooper l'apprendrait bientôt.

Elle n'était jamais allée au Portugal.

Elle ne s'était rendue à l'étranger qu'une fois dans sa vie, en Irlande, en avion.

Grace n'avait jamais quitté sa famille, n'avait jamais fui sa fille, son mari, sa maison.

Grace n'était pas partie du tout.

Les corps furent enlevés.

La caisse en bois fut emportée aussi. Un corps avait été laissé à l'intérieur, dépouillé de ses vêtements.

Quelques heures plus tard, d'autres policiers trouvèrent la tête, enterrée plus loin dans un bosquet, un seul œil exposé à la lumière du soleil.

La cassette vidéo montrait la chambre de Cooper ; un inconnu l'avait épiée dans son sommeil, des semaines plus tôt.

L'enregistrement montrait aussi la nuit de l'enterrement des chevaux, les mains de Kate se déplaçant sur le sol et la personne qui filmait munie de gants de protection alors que Kate n'en portait pas.

La bande enchaînait sur une vue de la mer, de nuit, à un endroit où Cooper n'était jamais allée, plus éloigné et plus haut sur la côte que ceux qu'elle connaissait. Rebecca regardait par-dessus le bord de la falaise et se retournait, tremblante.

— S'il vous plaît, murmurait-elle. S'il vous plaît…

— Nous l'avons tuée, lançait une voix.

— Je ne veux pas…

Une voix jeune, sifflant dans le micro du caméscope, disait tendrement :

— Je t'aime. Tout ce que j'ai fait, je l'ai fait pour toi.

On voyait ensuite la jeune fille traverser les écuries des Elton.

Puis en train de faire une promenade en calèche sur une plage.

Puis découvrant les chevaux au matin, tremblante, en pleurs. Un téléphone sonnait près du caméscope.

La jeune fille marchait en direction d'un lac.

Et enfin, on voyait Alec.

Trois derniers plans.

Sur le premier, Simon se dispute avec son père. Son père lui demande quand il va repasser son permis de conduire, lui explique qu'il a besoin du permis.

Simon lui répond qu'il va bientôt s'inscrire. Qu'il est presque prêt.

Alec lui demande de le faire tout de suite, lui barre le passage, l'empêche de monter l'escalier.

Simon le bouscule et Alec se cogne le coude contre la balustrade. Alec grimace, se retourne et l'arrête. Le père et le fils s'empoignent.

Le garçon cède. Le père le plaque contre le mur ; la tête du fils heurte le miroir derrière lui, le fissure, mais sans le briser.

Simon est figé contre ce verre, et Alec, raide, s'écarte, le libérant.

— Je suis… dit Alec. Inscris-toi juste à l'examen.

Sur le deuxième plan, on voit Alec passer devant une caméra au bord d'un lac.

Sur le troisième, il parle.

— Ce n'étaient que des animaux, murmure-t-il, les yeux humides.

— Comment tu vas m'aider ? demande quelqu'un horschamp.

— Est-ce que tu réalises ce que tu as fait ? Tu vas passer ta vie en prison, tu ne peux pas la gâcher. Je ne te laisserai pas.

— Tu as laissé maman. Tu m'as laissé.

Silence.

Alec essaie de sourire. Il tient toujours une lame dans sa main droite, mais mollement, comme s'il l'avait oubliée.

— Ce sont les autres qui t'ont fait ça. Ils t'ont forcé à le faire.

Le jeune homme horschamp fait un bruit, comme s'il essayait de parler sans savoir quoi dire.

Alec le fait taire.

Son fils entre dans le champ de la caméra.

Il serre Alec dans ses bras, en pleurant, tremblant de tous ses membres. Alec l'étreint plus fort encore.

— Tout va bien, dit-il.

Tout va bien.

Simon immobilise son père, lui prend doucement le couteau de la main et lui tranche la gorge.

Épilogue

En passant devant la vieille infirmerie,
J'ai vu ma bien-aimée,
Étendue sur une table,
Si pâle, si froide, si belle.

Laissez-la partir, laissez-la partir, que Dieu la bénisse,
Où qu'elle soit.
Il n'y en aura jamais d'autre comme elle.
Il n'y en aura jamais d'autre pour moi.

Seize chevaux noirs comme du charbon,
Attelés à une vieille calèche aux roues caoutchoutées,
Ont transporté sept filles au cimetière,
Et seulement six d'entre elles en reviennent.

« Those Gambler's Blues »
(Auteur-compositeur inconnu)

I

— Pourquoi sommes-nous ici ? demanda la thérapeute.

Il n'y avait pas d'horloge dans la petite pièce blanche éclairée par des néons.

Cooper avait oublié de prendre sa montre. Elle ignorait pourquoi, et se demandait si sa thérapeute pourrait trouver un sens à cet oubli. Un coup du sort, et pile ce jour-là, par-dessus le marché. Elle se sentait nue sans elle, baissait sans cesse les yeux pour lire l'heure, pour savoir quand tout ça se terminerait.

Elle ne cessait de serrer son poignet.

Le climatiseur bourdonnait sans relâche pendant que la thérapeute écrivait dans son carnet.

Cooper but un peu d'eau de sa bouteille.

— On a assemblé les pièces à partir de la cassette. On a trouvé des notes dans le sac du garçon. Il avait laissé le compte de Grace ouvert.

— Le fils, c'était Grace ?

— Oui. Et Rebecca, avant lui.

Le soleil brillait encore, dehors.

Cela faisait presque un an que Cooper était revenue.

Une nuit, quelques semaines plus tôt, Cooper s'était connectée à Internet et s'était fait passer pour quelqu'un d'autre. Elle avait utilisé la photo d'un inconnu et avait discuté avec des inconnus. Elle avait partagé des histoires fictives de maltraitance et de traumatismes qu'elle n'avait jamais vécus.

Elle n'avait pas parlé à beaucoup de gens ensuite. Elle n'avait pas répondu aux appels de sa sœur. Elle ne s'était pas servie d'Internet.

2

La thérapeute regardait Cooper parler, l'observait qui clignait des yeux, dirigeait de temps en temps le regard vers les plafonniers.

— Pouvons-nous…

— Que voulez-vous ?

Elle attendit, et Cooper ne répondit pas, elle se contenta de fixer ses genoux.

— Tout va bien. Que voulez-vous, exactement ?

— La lumière semble plus forte ici. Est-ce qu'on peut…

La thérapeute se leva et tourna le bouton du variateur d'éclairage. Il faisait plus sombre à présent. Seuls quelques rayons du soleil rouge filtraient par la fenêtre.

— C'est mieux ?

Cooper n'acquiesça pas, ne répondit ni par oui ni par non.

— Vous me parliez des enfants.

— Simon n'était pas un enfant, répliqua Cooper. Nous cherchions tous un gamin, mais il avait dix-huit ans. C'était un homme.

Dehors, les voitures circulaient. Les gens vaquaient à leurs occupations, faisaient leurs courses, rentraient du travail.

Cooper se gratta le bras.

— Il pensait l'aimer. Elle pensait l'aimer. Et c'est comme ça que tout a commencé. Tout.

Il est parfois plus facile de se convaincre soi-même que de convaincre les autres.

Encouragée par Simon, Rebecca avait commencé à donner de plus en plus de médicaments à sa mère. La warfarine, en général utilisée pour traiter les problèmes de coagulation, servait aussi de raticide. En augmentant progressivement la dose prescrite par le médecin, ils avaient essayé de délivrer Rebecca de sa vie d'humiliation et de douleur. Ils avaient tenté d'affaiblir Grace suffisamment pour qu'elle laisse sa fille tranquille.

Cooper se détourna de la lumière de la fenêtre. Elle entama son récit d'une voix monocorde.

— Alec n'était pas un homme prudent. Il pensait donc que les autres ne l'étaient pas non plus. Il emportait ses dossiers chez lui et les posait sur la table, sur son bureau, dans sa chambre. Il pensait que son fils ne les lisait pas, ne les remarquait pas, qu'il ne s'intéressait pas à lui, et il les laissait étalés à la vue de tous. Alors quand Alec a rapporté chez lui les preuves de ce qui s'était passé sur l'île... l'incendie, les empoisonnements, les photos, les rapports... C'est comme ça que Simon a tout appris. Et c'est comme ça que sa haine est allée au-delà de la haine.

Cooper enfonçait ses ongles dans son avant-bras.

— D'après les messages que nous avons trouvés sur le téléphone au bord du lac, Simon éprouvait un sentiment de puissance parce qu'il détenait ces informations. Rebecca et lui se sentaient en position de force, car ils savaient pour l'infection. Ils savaient ce dont les gens sont capables.

Cooper déroula ses manches, jouant avec le tissu.

— Un jour, Grace est morte. On n'a retrouvé aucune trace de traumatisme physique sur son cadavre, excepté ceux consécutifs à la détérioration dans le lac. Est-ce que la mort était due à l'augmentation progressive de la dose de médicament ? Est-ce que les deux jeunes avaient l'intention de la tuer, je ne sais pas. On pense qu'Albert Cole a retiré Rebecca de l'école pour étouffer l'affaire. Il ne semblait pas savoir qu'elle avait un petit ami. Il aurait même pu penser que ce qui était arrivé à sa femme était un accident. Ils ont caché le corps, et la vie a continué.

Cooper avait le regard vide, les yeux rouges. Ses bras portaient des marques de griffures datant du jour même, et d'autres plus anciennes. Elle retenait sa respiration quand elle évoquait des détails traumatisants auxquels on lui avait conseillé de ne pas penser, qu'elle avait essayé d'oublier, mais qui revenaient sans cesse. La compassion lui passait comme une fièvre, et lorsqu'elle essayait de s'en prendre à elle-même, de se montrer compatissante en regrettant son propre comportement – ne pas s'être rendue assez vite dans les bois, avoir agi avec ce garçon comme elle l'avait fait –, ses efforts pour oublier leurs crimes étaient vains car le souvenir de la caisse en bois, de la tête dans le sol, du trou dans le crâne, finissait par lui revenir.

L'intestin survit à la mort. Le microbiote fleurit et s'épanouit. Mais les événements vécus près de ce lac, les drames qui avaient germé dans les familles brisées d'Ilmarsh en 6perdition… Son expérience là-bas l'avait changée. Et maintenant Cooper était brisée aussi.

Et à présent, assise dans cette pièce, elle racontait l'affaire des seize chevaux avec des mots si précis, si choisis, que la thérapeute ne pouvait s'empêcher de se demander si elle avait répété son récit, seule ou avec d'autres personnes. Plus les séances avançaient, plus elle utilisait des formules telles que « on pense que », ou le pronom « nous ».

Sa gêne respiratoire ne s'était pas atténuée. Elle persistait. Cooper continuait de se noyer.

— Qu'avez-vous ressenti en découvrant le corps de cet homme ? lui demanda la thérapeute.

— J'étais en train de parler de Grace, répliqua Cooper.

— Je sais.

— Rebecca s'est approprié le compte de Grace. Elle a prétendu que sa mère avait quitté le pays. Peut-être qu'elle surmontait son chagrin et son sentiment de culpabilité de cette façon, je ne sais pas. Les relevés des tchats suggèrent que c'était plus qu'un simple leurre. Elle a développé de réelles amitiés en se faisant passer pour la femme qui l'avait mise au monde et qui l'avait torturée ensuite.

— Cooper ?

La thérapeute la regarda fixement.

— Je vous ai posé une question. Qu'avez-vous ressenti ?...

Cooper poursuivit son récit en retenant sa respiration. Qu'est-ce qu'elle avait ressenti ? Sa thérapeute l'avait interrompue dans son explication. Elle avait le sentiment d'être une simple enveloppe.

— Ils ont fini par se séparer. Ils ne pouvaient plus être heureux. Rebecca a repris sa vie d'avant. Elle a pris une leçon d'équitation, elle a revu ses amis, elle a même envisagé de retourner à l'école. Elle essayait de changer.

— Pourquoi ne répondez-vous pas à mes questions ?

— J'essaie.

— Essayez de vous concentrer sur ce que vous ressentez, insista la thérapeute avec bienveillance. Sur votre attitude. Vous retenez votre respiration. Vous croisez les jambes. Savez-vous à quoi cela me fait penser ?

— Non, à quoi ?

— À l'attitude que vous avez eue en décrivant les chiens dans les caisses. Leur apparence, ce qu'ils avaient dû ressentir dans leurs dernières heures. Je pense que vous êtes plus investie émotionnellement que vous ne le laissez paraître, et ce n'est pas grave, Cooper. C'est normal de se soucier des autres et de le leur montrer. Ici, vous êtes en sécurité.

Le visage de Cooper se crispait de plus en plus au fil de la séance. La colère et le chagrin l'assaillaient, mais il ne s'agissait pas seulement de cela.

Elle ignora les remarques de sa thérapeute et reprit son récit.

— Simon avait découvert quelque chose en lui. Il s'était rendu complice d'un meurtre pour Rebecca, et maintenant il était seul, profondément seul. Tout ce qu'il avait, c'était un père qu'il détestait. Un homme qui avait, du moins c'est ce qu'il croyait, tué sa mère. Un homme qui dormait de moins en moins. Qui s'appropriait toutes les enquêtes du petit matin. Ces deux-là, c'étaient les cibles de Simon, peu importe qui d'autre mourrait, peu importe qui d'autre serait blessé. Son père et la fille dont il était amoureux. Il a trouvé une solution à un problème.

— Quel problème ?

— Le problème des autres.

La thérapeute nota quelque chose dans son carnet.

Le soleil rouge commençait à se coucher.

Cooper prit sa bouteille d'eau. Elle la fixa un moment.

— Il a piraté le compte de Grace. Il a volé tout ce que Rebecca avait laissé de sa mère. Tout ce qu'il a fait, il l'a fait pour ces gens qui l'avaient laissé tout seul. Pour ces gens qu'il avait aimés.

Les séances arrivaient à leur terme. La thérapeute ne fit aucun commentaire. Elle semblait préoccupée, mais c'était la fin. Elles ne se reverraient plus.

— Il y avait seize chevaux, conclut Cooper d'une voix lointaine. Un pour chaque année de la vie de Rebecca. Des cercles, comme des bougies sur un gâteau.

3

Le soleil brillait, rouge, sur Londres.

— Êtes-vous heureuse, Cooper ?

Cooper secoua la tête.

— Étiez-vous heureuse avant les chevaux ? Avant Alec ?

Il y eut une longue pause, et Cooper secoua à nouveau la tête.

— Lors de notre première séance, vous m'avez dit que vous aidiez les gens. Que votre activité permettait d'éviter le mal, que vous sauviez des animaux, que vous étiez fière de votre vie.

— Je l'étais. Je le suis.

— Que dirait votre moi intérieur, s'il me parlait de vous en ce moment ? Comment cette femme-là me dirait-elle que vous la traitez ? Que dirait-elle de votre vie sociale, de votre vie de manière générale ?

— Ne sois pas triste ? répondit Cooper en haussant les épaules.

— Que dirait-elle, Cooper ?

Elle dirait que je suis en train de la tuer.

4

Le trajet de retour de Cooper dura une heure et demie, une partie en métro, le reste en bus. Dans le métro, elle dut rester debout, jouer des coudes pour s'assurer qu'elle pouvait monter dans les voitures et que les autres passagers pouvaient en descendre. Elle dut bousculer violemment un homme pour laisser passer une jeune mère. Il portait des écouteurs, ne se retournait pas, il bloquait juste la porte sur le point de se fermer. Il ne tourna même pas la tête, ne brava même pas son regard. Il se contenta de se déplacer mollement sur le côté.

La partie en bus fut moins pénible. Il se vidait à mesure qu'il se rapprochait de l'arrêt de Cooper. Le quartier était beau, avec ses immeubles en briques rouges aux longs murs couverts de mousse. Les rues regorgeaient de cafés, résonnaient de musique parfois. L'été se prolongeait.

Cooper but une bouteille de vin chez elle, toute seule. Elle mangea son plat préparé préféré : des boulettes de viande cuites au four. Elle fit même bouillir des brocolis. Elle coupa les bouquets en deux, les fit bouillir quatre minutes, les égoutta, les sala, les poivra et ajouta un filet de citron. C'était bon pour elle, elle le savait.

Elle finit la bouteille, puis regarda la télévision.

Elle se prépara pour aller au lit. Son appartement était un studio tendance aux murs bruts, et à une époque, une guirlande lumineuse brillait au-dessus de la cheminée. Elle ne l'avait pas allumée depuis son retour, pas une seule fois. Elle se demanda si elle allait l'enlever, mais elle ne le fit pas.

Elle se brossa les dents, enfila son pyjama.

Elle mit la musique qu'elle écoutait pour s'endormir et se retourna dans son lit pendant un long moment.

5

Cooper se réveilla très tôt. Elle était allongée inconfortablement, la moitié de la couette sur le sol. Son pyjama était en tire-bouchon. Son cou et ses épaules la faisaient souffrir.

Son téléphone sonna.

Elle se leva, frotta ses yeux ensommeillés, cligna des paupières et attrapa son téléphone dans la pénombre, renversant presque son verre d'eau au passage.

— Allô, répondit-elle d'une voix enrouée.

Elle s'éclaircit la gorge.

— Allô ?

Il y avait enfin une autre mission pour elle. Elle fut mise en relation avec l'enquêteur en charge de l'affaire.

Elle pensa à ce que la thérapeute lui avait demandé.

Quelle était la pire chose qu'ils aient jamais faite ?

Alec lui avait parlé de sa femme, de son fils.

Cooper repensa à ce qu'elle avait répondu.

Elle avait abîmé une voiture. Elle avait vu son propriétaire frapper son chien, alors elle avait rayé la carrosserie. Elle avait treize ans.

Mais ce n'était pas la bonne voiture. Elle s'était trompée.

Elle souriait quand elle y repensait. C'était idiot, mais elle souriait en songeant à celle qu'elle avait été, à celle qu'elle était encore.

Pendant un bref instant, elle se demanda si elle devait raccrocher et se rendre chez sa mère comme elle l'avait prévu.

Elle aurait dû.

Elle n'avait pas vu sa famille depuis des mois.

Tout ce qui lui était arrivé dans cet endroit étrange, elle ne leur en avait rien dit.

Elle n'en avait parlé à personne d'autre qu'à cette femme.

Elle pourrait installer un panneau près de sa porte. Comme celui de l'hôtel.

Pas de peur, de haine, d'Alec, de chevaux, rien de tout ça.

Elle pouvait. Elle avait un marqueur permanent quelque part, mais pas de ruban adhésif.

À l'autre bout du fil, son interlocuteur lui demanda si elle était toujours là.

Cooper ?

Cooper ?

Elle avait tué quelqu'un.

Elle avait tué un adolescent. Pas un homme. Un adolescent.

Quand elle pensait à Alec, quand elle essayait de se souvenir, elle revoyait le sourire du lac. Elle revoyait Alec sur la vidéo sombre, le voyait marcher vers l'eau, vers Rebecca, vers son fils.

Cooper y retournerait un jour. Elle aurait les cheveux gris. Un chien marcherait à ses côtés. Elle retournerait là où elle avait ôté une vie. Elle déambulerait dans la ville déserte, dans ses rues abandonnées, une dernière fois.

Elle y retournerait.

Elle se rendrait près de ce lac. Réfléchirait à tous les détails qu'elle ignorait. Se demanderait si quelqu'un d'autre se trouvait là, cette fameuse nuit. Les peurs passées et les vieux doutes ne faneraient jamais. Elle les porterait en elle, et ils l'infecteraient, toujours, jusqu'à ce qu'elle ne puisse plus dormir, jusqu'à ce qu'elle ne voie plus que des silhouettes dans le noir, hantant ses rêves.

Elle imaginait Alec à ses côtés, lui posant encore une question stupide, l'interrompant dans ses pensées, elle revoyait son sourire idiot. Elle imaginait autour d'elle les fantômes des victimes d'une centaine d'affaires ; elle se demanderait pourquoi elle était encore là, et pas eux.

C'était ce qui l'attendait si elle acceptait l'affaire. Si elle ne rentrait pas chez elle. Si elle ne se disait pas qu'elle pouvait être heureuse, qu'elle pouvait être davantage que sa fonction, qu'elle pouvait encore changer.

Elle refusait d'avoir peur.

Les gens continuaient de vivre dans le souvenir des autres, transmettaient leurs traits de personnalité, les bons comme les mauvais.

Alec – tout ce qu'il était, tout ce qu'il était devenu – vivait dans son esprit.

Il avait cru l'aimer, elle le savait.

Et il avait cru aimer son fils, aussi.

Quel était le secret de la vie, la réponse à la question du bonheur ?

C'était simple, Cooper le savait. C'était une ruse.

Il fallait ne jamais se poser la question.

Elle garda le téléphone à la main et poursuivit la conversation.

Remerciements

Merci à mes amis G.C. Baccaris, Jose Borromeo, Sarah Longthorne, Anna Wharton, Patrick Weekes, Valerie Price, Gary Kings, et mes camarades de l'UEA pour vos précieux commentaires et suggestions. Merci à Claire McGowan, Doug Johnstone, et TLC pour leurs commentaires perspicaces sur les premières versions. Merci au Dr Harriet Brooks-Brownlie pour ses conseils extrêmement utiles et approfondis sur la pathologie vétérinaire, ainsi qu'à Graham Bartlett pour sa vérification experte des éléments de procédure policière. Merci à Giles Foden – votre soutien précoce au roman et vos suggestions ont façonné son évolution.

Merci à mon agent, Sam Copeland. Ma vie a changé lorsque je vous ai envoyé par e-mail un aperçu de 16 000 mots (une coïncidence). Sans vos commentaires et vos conseils au cours des deux dernières années, j'aurais pu comme les chevaux perdre la tête. Merci également à Peter Straus, Stephen Edwards, Sam Coates, Tristan Kendrick, Katharina Volckmer, Natasia Patel, Honor Spreckley, Madeleine Dunnigan, mon agent d'adaptation Michelle Kroes, Arian Akbar, et tous les autres membres de RCW et CAA pour tout ce que vous avez fait pour 16.

Merci à mon éditrice, Maria Rejt, pour ses révisions subtiles et attentives, qui m'ont aidé à créer un meilleur roman, mais aussi à devenir un meilleur écrivain. J'aimerais également remercier le reste de mon équipe éditoriale britannique : Josie

Humber, Sarah Arratoon, Rosie Wilson, Alice Gray, Samantha Fletcher, Claire Gatzen, et mon équipe éditoriale américaine, notamment mon éditeur Zachary Wagman, l'ancien éditeur Noah Eaker, Lauren Bittrich, Maxine Charles, Katherine Turro, Lisa Davis et Jason Reigal, pour tout le travail qu'ils ont accompli afin que 16 *arrive entre les mains des lecteurs.*

Merci à mes parents, Tricia et Glenn, et à ma sœur, Amy, pour leur soutien sans faille et pour avoir fait de moi ce que je suis (même si cela implique de vous envoyer cinq milliards de brouillons de diverses histoires depuis l'âge de huit ans !). Écrire un roman peut être un processus exaltant, passionnant et gratifiant, mais il peut aussi être solitaire. Vous ne manquiez jamais de me faire savoir ce que vous appréciiez dans mon travail, et votre foi inaltérable en mon écriture a été déterminante pour me permettre de franchir la ligne d'arrivée. D'autres membres de ma famille – Deirdre, Hilda, Ben, James – m'ont beaucoup aidé en lisant les dernières versions du roman et en donnant leur avis. Je tiens également à remercier ma nièce Izzy, née le jour où les agents m'ont répondu au sujet de 16*. J'espère que tu apprécieras cette lecture lorsque tu sauras lire !*

Enfin, j'aimerais remercier le Dr Charlotte Mahood, vétérinaire, Cooper dans la vraie vie, pour tous ses conseils sur les animaux, son soutien, ses retours sur l'écriture, sa patience et son amour tout au long de l'élaboration de ce roman. Lorsque nous nous sommes rencontrés en 2012, je n'étais pas un écrivain publié, tu n'étais pas vétérinaire, je ne savais pas claquer des doigts et tu ne savais pas siffler. Tu travailles encore le sifflement, mais réaliser trois rêves sur quatre, ce n'est pas mal du tout, et nous avons toute notre vie pour le reste.

Lecteurs, le roman que vous venez de lire ne pourrait pas exister sans toutes les personnes précédemment citées. Si vous avez aimé le livre et que vous les rencontrez un jour, n'hésitez pas à leur adresser vos éloges.

Photocomposition Belle Page
Achevé d'imprimer en décembre 2021
par Dupli-Print à Domont (95)
pour le compte des éditions Calmann-Lévy
21, rue du Montparnasse 75006 Paris

PAPIER À BASE DE FIBRES CERTIFIÉES

CALMANN LEVY s'engage pour l'environnement en réduisant l'empreinte carbone de ses livres. Celle de cet exemplaire est de :
XXX g éq. CO_2
Rendez-vous sur www.calmann-levy-durable.fr

N° d'éditeur : 8941241/01
N° d'imprimeur : 2021122883
Dépôt légal : Mars 2022
Imprimé en France.